늑대와 향신료

XXI

Spring Log IV

하세쿠라 이스나 지음
아야쿠라 쥬우 일러스트

주방을 쥐고
흐드는 취사장
한나

늑대와 온천 김 너머

"아, 고맙습니다…."

감기에 걸린 어린아이가 먹는 음식 같은데,

영양이 듬뿍 들었을 것임에 틀림없다.

게다가 달달한 내음이

긴장한 목을 부드럽게 해 주었다.

"요즘 들어 쭉 그 상태네?"

달달하고 진한 산양 젖을 마시고 있자

한나가 어이없는 웃음을 지으며 말했다.

온천장 '늑대와 향신료'에서 일하는
마음씨 착한 늑대의 화신
세림

온천장 '늑대와 향신료'의 주인
로렌스

늑대와 여행의 알

"신께서는 점술을 금하셨습니다.

그리고 도박은 점술이나 다름없습니다."

거액과 욕망이 뒤섞인 거래소와는

가장 걸맞지 않은 인물이 서 있었다.

사제복을 입은 성직자들이다.

현랑과 행상인의 딸
뮤리

늑대와 또 하나의 생일

이것은 아직,

온천의 향이 물씬한 뇨히라 첩첩산중에

아름다운 두 마리 늑대가 있던 시절의 이야기….

ConTENTs

늑대와 향신료 ㉑

Spring Log IV

eXtreme novel

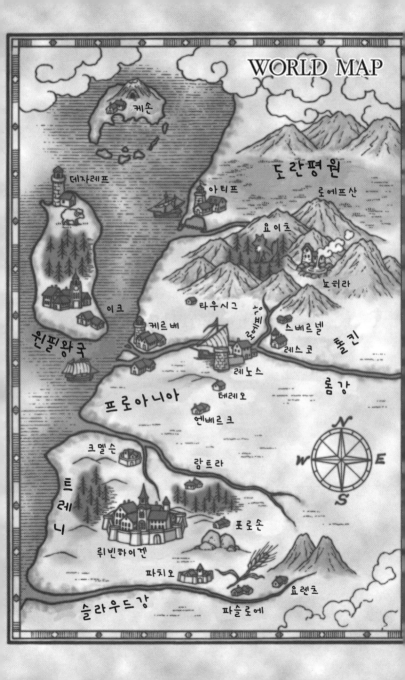

늑대와 온천 길 너머

썩둑, 낮에 베인 것처럼 잠에서 깼다.

이불 속에서 팔딱대는 이 심장 박동은 악몽을 꾼 탓이리라. 요 며칠 내내 이랬다.

세림은 천장을 바라보며 천천히 숨을 들이마시고 눈을 감았다. 여기는 안심해도 되는 곳이라며 자신을 다독인다. 세림이 잠들어 있던 곳은 제대로 지붕 덮인 방에 벌레가 득시글대지 않는 천 깔린 침대. 이불은 따스하고 부드러우며, 향유를 뿌렸는지 어렴풋이 단 내음이 난다. 지금까지 걸어온 여행길에서는 상상도 못 한, 복 받은 환경이었다.

세림은 남쪽 땅을 떠나 이리저리 떠돌다가 기이한 연이 닿아 온천마을 뇨히라에서 살게 되었다. 뇨히라에서도 평판이 자자한 온천장 '늑대와 향신료'에 일자리를 얻은 것은 행운이라기보다 기적에 가깝다.

그러니 온천장에서 일을 시작한 무렵에는 늘 악몽만 꿨다. 여행길에 몰래 숨어든 마을 헛간에서 한숨 돌리고 자려는 찰나 불길에 휩싸인다든가 하는 그런 유의 꿈.

자신에게 일어난 행운이 믿기지 않아, 이 역시 어느 날 불쑥 끝이 날 거란 자세로 살았던 것이리라.

그런 꿈을 꾸지 않게 된 것은 북방에서도 땅끝인 뇨히라에 한없이 이어지던 엄동설한이 마침내 끝나고 신록의 계절로 들어서고 나서였다.

일이 고되냐 하면, 결코 쉬운 것은 아니나 가혹하진 않다. 세림은 도시 내의 상회에서도, 농촌에서도, 전원지대의 귀족 가에서도 일한 적이 있는데, 온천장이라는 곳은 그 모두를 합해 놓은 듯한 장소였다.

수많은 사람이 오가고 구매 물량이 막대하다는 점에서는 상회 같고, 육류 어류 산나물을 대부분 직접 조달, 조리 가공해 다음 계절을 위해 비축하고, 건물 정비도 기본적으로는 직접 한다는 점에서는 농촌 같다. 그런 한편, 온천장은 손님을 맞기 위해 늘 일정 격식으로 가구 등을 갖춰야 하는 면에서 귀족 가와 비슷하다. 할 일은 지천이고, 사막의 모래알을 세듯 한이 없다.

그렇기는 해도 일을 더 하라며 몽둥이를 휘두르는 일도 없고, 중노동을 시키고는 곰팡이 핀 빵을 선심 쓰듯 주지도 않는다. 오히려 일을 잘못했을 때에도 이 여관의 착한 주인은 화를 내기는커녕 무엇이 잘못인지 원인을 찾아내 개선해 주기까지 했다.

침대에 모로 누워 곁에 둔 책상으로 시선을 주자, 주인의 총명함과 다정함이 눈에 들어온다. 나무창 틈새로 드는 달빛을 받아 깨끗이 닦인 둥근 유리가 빛난다. 저 흰 유리를 쓰면 작은 글자도 또렷이 보이게 되는, 안경이라는 물건이다.

자신의 눈이 남들보다 별로 좋지 않다는 것을 세림은 불과 얼마 전에야 알았다. 툭하면 부딪치고 물건을 착각하거나 읽고 쓰기에 실수가 나오는 게 단순히 자신이 둔해서 그런 것인 줄만 알았다.

온천장의 주인인 로렌스에게 저것을 받은 날 밤에는, 기쁘고 즐거워서 달빛 속에서 내내 문자를 들여다보았다.

이 온천장에서 영원히 쭉 일할 수 있으면 좋겠다는 생각이 든 것은 안경을 받은 날 밤, 금빛으로 반짝이는 달을 안경 너머로 바라봤을 때였다.

그러나.

눈을 감고 한숨을 쉰다. 요즘엔 영 기분이 울적하다.

한동안 꾸지 않던 악몽도 재발했다. 정확히는, 지금까지와는 또 다른 악몽을 꾼다.

"후우⋯."

자신의 나약함에 넌더리가 난다. 오빠에게 이런 모습을 들켰다가는 혼이 날 거다.

그렇지만, 하고 세림은 변명하고 싶다. 얼굴을 묻은 베개를 꽈악 끌어안았다. 그렇게 해서 가슴속의 불안을 억누르려고 해 보지만, 물론 아무 효과도 없다.

게다가 꾸무럭대고 있는 사이 나무창 밖에서 발소리와 우물에 통을 던져 넣는 소리가 들려왔다.

가게에서 제일 일찍 깨어나는, 취사 담당 한나가 일어난 모양이다.

아침밥 준비와 오늘 하루 식사의 밑준비만으로도 일이 많다.

어서 가서 거들어야 한다.

세림은 몸을 일으켜 침대 밖으로 나가려다가 마지막으로 다시 한번 베개에 얼굴을 파묻고 한숨을 푹 쉬었다.

더는 내쉴 숨이 없자 비로소 고개를 들고 체념한 듯 기상한다.

오늘도 하루가 시작되었다.

아침에는 물 긷기, 청소, 불 지피기. 숙박객이 있을 때는 이틀에 한 번, 없을 때는 나흘에 한 번꼴로 빵을 굽는다.

가루를 반죽한 뒤 잠시 두었다가, 동틀 무렵 마을의 공동 빵 가마에 가서 빵을 구워 온다.

빵을 굽고 싶은 사람들이 각자 장작을 들고 와 알아서 굽는데, 맨 처음엔 빵 가마가 식어 있어 연료가 더 들어간다. 두 번째 이후로는 이미 가마가 데워져 있기에 적은 연료로도 구워진다. 그 때문에 제비뽑기로 차례를 정한다.

물론 첫 번째를 뽑았다고 해서 주인인 로렌스에게 혼이 날 일은 없다. 그래서인 것은 아니지만, 세림은 가능하면 첫 번째를 뽑았으면 한다. 왜냐하면 빵을 굽는 가마터에 모이는 것은 남 탐색하기를 좋아하는 마을 여자들뿐이기에.

겨울 끝자락에 불쑥 나타난 세림은 더없이 좋은 먹잇감이다.

더구나 '늑대와 향신료'는 화제가 끊일 새 없는 온천장이니.

"다녀왔습니다."

제비뽑기는 그럭저럭 괜찮다 싶은 네 번째였으나, 빵이 구워지기를 기다리는 사이에 탐색의 화살에 또 한바탕 쏘였다. 취사장으로 돌아온 즈음에는 이미 기진맥진. 날도 훤히 밝아 있었다.

갓 구운 빵이 가득한 광주리를 취사장 작업대에 내려놓자, 국자를 쥐고 냄비를 젓고 있던 풍채 좋은 여성인 한나가 세림에게 힐끗 시선을 주었다.

"어, 수고했어."

광주리에 덮인 천을 들추고는 만족스럽게 고개를 끄덕인다. 이번에도 딱 알맞게 빵이 구워진 모양이라 세림은 안도했다. 사람보다 냄새를 잘 맡아 빵 가마 안의 상황을 보지 않고도 알 수 있다. 간혹 빵을 태우는 것은 빵 꺼내는 솜씨가 아직 서툴러 멈칫거린 탓이다.

"과연 늑대 님이시네. 탄 것 없이 딱 맞아. 빵가게에서 바로 일해도 되겠어."

"가마에서 언제쯤 빵을 꺼내야 할지 가늠하기만 하면 된다면요. 코로 냄새는 구분해도 커다란 빵을 반죽할 힘은 없어요."

세림이 난감한 듯이 웃으며 말하자 한나도 따라 웃었다.

세림은 인간 소녀의 겉모습을 하고 있으나 그 알맹이는 사람이 아니다.

사람보다 오랜 시간을 사는 숲의 주민이자, 참모습은 흰 늑대다.

"그러게. 세림 씨는 살 좀 더 붙어야 해. 아침밥은 거기 뒀어."

한나에 비하면 팔 두께가 반은 되려나.

온천장의 일 중에는 힘을 써야 할 것도 많으니 가능하면 좀 더 다부져지고 싶다.

하지만 세림은 근근이 연명하는 떠돌이 생활이 길었던 탓인지, 아니면 원래 타고나길 그런지 입이 짧다. 아침에도 별로 식욕이 나지 않는데, 조리대 위에는 밀과 호밀이 섞인 빵과 산채 수프, 게다가 소금에 절인 고기까지 곁들여져 있었다.

한나가 애써 차려 준 것이고 먹는 것도 나의 할 일이다 싶어 의자를 들고 가 앉아 스푼을 쥐지만, 역시 뭉그적거리고 만다.

어서 먹고 다음 일을 해야 하는데, 하는 생각을 하고 있자 뒤에서 불쑥 손이 들어왔다.

"데운 산양 젖에 포도주 좀 섞고 꿀과 빵 부스러기를 넣은 거야. 이건 먹을 수 있겠지?"

돌아보니, 한나였다.

"아, 고맙습니다…."

감기에 걸린 어린아이가 먹는 음식 같은데, 영양이 듬뿍 들었을 것임에 틀림없다.

게다가 달달한 내음이 긴장한 목을 부드럽게 해 주었다.

"요즘 들어 쭉 그 상태네?"

달달하고 진한 산양 젖을 마시고 있자 한나가 어이없는 웃음을 지으며 말했다.

세림이 저도 모르게 목을 움츠리자 한나는 어깨를 들썩이며 웃었다.

"뭐라고 하는 거 아냐. 세림 씨는 성실해서 생각이 너무 많은 거지."

한나는 허리에 손을 얹고는, 별것 아니라는 듯이 한숨을 쉰다.

이런 식으로 신경 써 주는 것도 오늘이 처음은 아니다.

"하지만…."

하며 세림이 입을 뗀 순간 취사장으로 두 사람이 불쑥 들어왔다. 한쪽은 키가 훌쩍한 청년이고, 다른 하나는 땅딸막한 중년 남성. 산나물이 수북한 소쿠리와 콩이 담긴 광주리를 각자 들고 있다. 먹거리의 밑준비를 하고 있었나 보다.

"한나 씨, 산채와 콩 껍질 벗기기 끝냈어요…. 엇, 세림 씨도 계시네. 안녕히 주무셨어요?"

"아, 안녕하세요…."

산양 젖이 든 나무 그릇을 든 채 세림은 몸을 움츠리며 취사장 구석으로 물러섰다.

"이야, 빵 냄새 좋네요."

키 작은 쪽이 느긋이 말하자 키 큰 쪽이 소쿠리와 광주리를 척척 정리한다.

"한나 씨, 다음엔 뭘 하면 됩니까? 치즈는 아까 뒤집어 놓았고, 표면도 소금물로 닦았습니다. 과일주는 내내 차가운 곳에 있었으니 난롯가에 잠시 두는 게 나을지도 모릅니다."

"수고들 했수. 그럼 주인어른 내외를 위해서 육포라도 떠 주실라우?"

한나는 흔쾌히 대꾸하며 선반에서 커다란 날붙이를 꺼냈다.

세림은 그런 모습을 내심 조마조마하며 보고 있었으나, 한나는 당당하게 이렇게 말했다.

"아니면, 혹시 울면서 도망들 치시려나?"

도전적인 웃음이 풍채 좋은 한나에게 몹시 어울린다.

그리고 취사장에 들어온 두 남자는 얼굴을 마주하며 쓴웃음을 지었다.

"에이, 설마요. 하기야 그렇게 순진하던 시절이 있었긴 했지만."

"하하하, 마치 이젠 세상사 다 겪었다는 말투시네?"

"제가 뭘요~?"

그런 농을 주거니 받거니 하면서 한 아름이나 되는 큰사슴의 어깨 살과 커다란 날붙이를 들고 취사장 뒤편으로 나갔다.

그들을 배웅한 뒤 한나는 세림을 돌아보았다.

"이 정도가 딱 좋아. 괜히 신경을 쓰면 저이들이 되레 난처할 테니까."

"……."

세림은 한나를 윗눈질로 보다가 손에 들린 그릇으로 시선을 떨구고 만다.

요즘 기분이 자꾸 가라앉는 원인 중 하나가 저들이다.

딱히 저들이 싫어서 그런 건 아니다. 어떻게 대해야 할지 아직도 갈피를 잡지 못해서다.

왜냐하면, 세림은 늑대의 화신이고 저들은 토끼와 양의 화신이니까.

"나도 사실은 새라서 나무 열매만 먹을 것 같지만, 먹거리 영역에서는 마님한테도 안 지거든."

하며 가슴을 펴는 한나 역시 사람이 아니고, 이 온천장의 주인인 로렌스의 아내 호로 또한 그렇다. 호로는 세림과 동족으로 일찍이 현랑이라 불린, 우러러봐야 할 만큼 거대하고 위엄 넘치는 늑대다. 세림은 큰 은혜를 입었는데, 호로와 로렌스는 그것을 은혜라고 생각하지도 않으니, 설령 호로가 쥐의 화신인들 세림은 그들을 위해 몸이 가루가 되도록 일을 하려고 했을 것이다.

다만, 동족인 늑대라는 안도감이 확실히 있기는 했다.

그러던 중에 저 여덟 명의 사람이 아닌 존재들이 왔다.

처음에는 여관 손님으로 온 줄 알았는데, 무슨 일인지 앞으로 한동안 여관 일을 돕게 되었다. 모두가 말과 토끼, 양과 새, 풀이나 나무 열매를 먹는 자들이라면서.

세림은 늑대라서 저들과 섞일 수 없는 점이 적지 않다. 식사 때 저들은 고기를 먹지 않는데, 한편으로 호로와 세림, 그리고 주인인 로렌스가 먹는 것은 저들의 동료다.

저들도 세상을 살아온 이들이니 새삼 그런 일에 동요하거나 혐오감을 품지는 않으리란 것도 안다. 만일 그렇다면 현랑 호로가 있는 온천장이라고 소문이 난 듯한 이 여관에는 애당초 오지도 않았을 테니.

그러니 한나가 커다란 낫을 내밀며 육포를 만들어 오라고 해도 가서 포를 떠 올 수가 있는 거겠지.

물론 저들과 일하기 싫다는 뜻은 아니다. 온천장 일은 바쁘기 그지없어 손님이 드는 여름철에는 눈이 핑핑 돌 지경이다. 그리고 이제부터 들어갈 겨울철이야말로 뇨히라의 성수기라고 한다. 저들의 도움을 받을 수 있게 되었으니 오히려 고맙기까지 하다.

그렇기는 해도 한나 앞에서 세림이 목을 움츠리는 데는 또 다른 사정이 있어서다.

"그래 뭐, 세림 씨가 남에게 지시를 내리는 데 익숙하지 않을 것 같긴 해."

한나의 쓴웃음에 세림은 한숨을 짓는다. 침대 안에서 수도 없이 내쉰 것과 같은 한숨이다. 세림은 여전히 끌어안고 있는 그릇 속 내용물을 마시는 것도 잊은 채 멍하니 중얼거렸다.

"호로 님과 로렌스 님은 대체 무슨 생각이신 건지…."

말할 것도 없이 세림은 호로와 로렌스가 참 좋았다. 실낱같은 희망에 매달려 남방에서 북방까지 찾아왔으나, 무계획성과 불운에 하마터면 길바닥을 떠돌게 될 뻔한 참에 구원을 받았다. 하지만 그런 일이 없었더라도 두 사람의 인품은 좋아질 만한 것이었다.

하지만 인간인 행상인과 늑대인 현랑이 손에 손을 잡고 겪어낸 대모험 끝에 북방의 땅에 온천장을 꾸린, 무슨 옛날이야기 같은 일을 실현해 와서 그런가, 두 사람에겐 현실과 영 동떨어진 면이 있다. 급기야 어느 날 느닷없이 엄청난 말을 꺼냈다.

"내가 이 온천장을 맡아서 운영하다니…. 반년은커녕 한 달이나 버틸지…."

밥이 목을 넘어가지 않고, 꿈자리가 사납고, 한숨만 나는 것은 그 때문이었다.

어느 날 아침 세림은 오늘도 주인 내외에게 도움이 되도록 열심히 일할 생각으로 일어났다가 호로에게 이런 말을 들었다.

―내년 봄이나 여름께까지 우리는 여행을 떠난다. 그러니까 네가 우리 대신 가게 좀 맡아 주지? 걱정 마. 일손은 새로이 여덟이나 늘었으니까.

북방에 흘러든 우리를 구해 준 이들이 바로 호로이고 로렌스다.

　그 어떤 부탁인들 싫다고 대답할 수 있겠는가.

　"그야 뭐, 불쑥 여관 운영을 맡아 달라고 하니 놀랍기도 하겠지. 저 둘은 자기네 이야기 속에서 살고 있으니."

　다소 위로가 되었다고 하면 한나가 동정을 표해 줄까.

　"하지만 저 두 사람 나름대로 문제없다고 판단해서 맡긴 거겠지. 주인어른은 인간 세상에 정통한 상인이고, 호로 님이야 말이 필요 없는 현랑 님이시니. 주인어른 앞에서야 어지간히 귀여움을 떠는 게 아니지만… 총명하시거든. 둘 다 무리한 말은 안 해."

　한나의 말도 논리로는 이해한다.

　그렇겠지, 하고.

　하지만 잘 받아들여지지 않았다.

　"두 분은 저에 대해 착각… 과대평가하시는 것만 같습니다…."

　"그런가? 세림 씨가 여기에서 일을 해 주는 게 주인어른들께는 행운이다 싶은데?"

　세림이 눈길을 주자, 한나는 어깨를 으쓱이며 손가락을 꼽기 시작했다.

　"그렇잖아? 불평도 없이 쉬지도 않고 아침부터 밤까지 일하지. 더군다나 글도 읽고 쓸 줄 알지. 숫자도 다루고. 나는 그런 거 못 해. 열 이상은 셀 줄 모르거든."

그럴 리가 있겠느냐 싶지만, 한나는 취사장에서 꿈쩍도 하지 않는 것을 보면 원래 한 가지 일만 하고 싶어 하는 직인 기질이리라.

"그런데 세림 씨는 순식간에 콜의 자리도 채웠고, 무슨 어려운 쓰기 작업도 하고 있잖아?"

콜이 어떤 사람인지 세림은 직접적으로는 알지 못하나, 성실하고 우수하며 필시 다정한 청년일 거라는 생각은 했다. 콜이 썼다는 문자과 숫자의 깔끔함을 보면 그랬다.

"장부 정리…라든가 물품 구입에 관해서는, 그야 가르쳐 주셨으니…."

"아니, 아니. 그러면서도 콜은 호로 님과 뮤리 아가씨한테는 영 약했거든. 종종 쓸데없는 물건을 주문하는 거야. 그걸 주인 어른한테 들키지 않으려고 취사장 선반을 차지해서 애를 먹었다고. 세림 씨가 온 뒤로는 그런 일이 뚝 끊겼다니까."

세림은 로렌스와 호로의 외동딸인 뮤리도 만난 적이 없다. 듣자 하니 한창 장난치기 좋아하는 어린 늑대라는 느낌인데, 역시 호로의 피를 이은 딸이라는 뜻일 것이다.

그리고 세림이 장부 정리를 맡게 된 후로 그런 일이 없어졌다는 이야기도 왠지 이해된다. 호로는 세림과 같은 늑대이기에 동족으로서의 허세 같은 게 있다.

"그런 것 말고도 초도 만들 줄 알지, 바느질도 할 줄 알지. 치즈도 다룰 줄 알고, 술까지 담글 줄 알잖아?"

"하도 없이 떠돌며 살다 보니 대충은…."

"무슨 소리. 다른 여관의 요리사와 가끔 이야기하는데, 양파하나 깔 줄 모르는 놈들이 허다하다니까."

그런가?

세림은 힘이 없는 만큼 오빠와 동료들의 걸림돌이 되지 않기 위해 필사적으로 애쓰며 살아왔다.

마땅히 그랬어야 한다는 생각에, 칭찬을 들어도 왠지 강물 바닥에서 물고기가 뻐끔대는 소리처럼만 들렸다.

"아무튼, 저 둘은 세림 씨에게라면 맡겨도 괜찮다고 판단한 거야."

"하아…."

세림은 더 이해가 되지 않고, 가게 경영은 역시나 해낼 수 있을 것 같지 않다.

지시를 내려야 하는 상대 대부분은 처음 만난 사이고, 더군다나 고기를 먹지 않는 이들이다. 자신이 그들보다 온천장 일을 잘 아느냐 하면 고작해야 반년쯤 앞섰을 뿐이다. 설상가상 제일 바쁘다는 겨울철 경영은 세림 본인도 아직 경험해 보지 못했다.

역시 난 못 해, 하지만… 하며 세림은 머리를 싸안고 있다가 한나가 한숨을 푹 쉬는 바람에 고개를 들었다.

한나는 다정하면서도 난감한 웃음을 짓고 있었다.

"결국엔 세림 씨가 자신감을 가지느냐 마느냐에 달린 거겠지만… 내가 좋은 거 하나 가르쳐 줄게."

"좋은 거요?"

그러자 한나가 꽤 짓궂은 웃음을 띠었다.

"저 둘은 자기네 이야기 속에서 살고 있댔잖아? 여행에서 돌아왔는데 여기가 엉망진창이 되어 있어도 별로 대수롭지 않게 여길걸?"

"엇."

세림의 눈이 휘둥그레지자 한나는 어깨를 크게 으쓱였다.

"세림 씨가 불안한 건, 일을 잘 처리하고 가게를 잘 추슬러서 저 둘이 돌아올 때까지 훌륭히 유지할 수 있을지 몰라서잖아? 그런데 그 점에 관해서는 별로 염려할 거 없을 거야."

"하, 하지만 그건…."

"나는 십 년 넘게 저 둘을 봐 왔으니 그럴 거라고 생각하는데…. 그거야 뭐, 세림 씨 본인 눈으로 직접 확인하는 수밖에 없겠지."

세림은 한나의 말에 회의적이었다. 왜냐하면 한나는 믿음직스럽지만, 한편으로는 소소한 일에는 그다지 신경 쓰지 않고 혈혈단신 훌쩍 어디로든 갈 수 있을 성격으로 보이니까. 한나도 세림이 자기를 그렇게 생각한다는 걸 아는 표정이다.

"속는 셈 치고 그런 눈으로 저 둘을 잘 관찰해 봐. 여행 준비가 한창이라 내 말뜻이 뭔지 더 잘 알 수 있을걸?"

"……"

세림은 여전히 회의적이었으나 한나는 그로써 할 말은 다 했다는 투로 손뼉을 짝 쳤다.

"자자, 어서 그거 다 마시고 일로 복귀해. 주인어른 내외의 여행 준비도 해야 하고, 신참들 일도 가르쳐야 하고, 겨울맞이 준비도 슬슬 해야 하니까."

아, 맞다, 하며 세림은 해야 할 일이 떠올라 정신을 차렸다.

가슴속에는 여전히 수많은 의문과 불안이 남아 있으나, 손에 들고 있던 그릇 속 산양 젖과 함께 꿀꺽 삼켰다.

살짝 따스하고 달달한 데다 마시기도 좋아 배 속으로 술술 잘 들어갔다.

"자, 잘 먹었습니다."

단숨에 마시는 바람에 살짝 게울 뻔했다.

"그래. 일 열심히 하시고."

손대지 않은 아침밥은 한나가 이따 점심으로 먹겠단다.

세림은 일상의 작업 흐름에 매진하며 머리 한쪽으로는 한나에게 들은 말을 곱씹었다.

둘의 모습을 보면 안다니, 대체 무슨 소리인지.

많은 것을 단숨에 삼켜 조금 불룩한 배를 문지르며 세림은 생각한다.

끄윽, 트림이 나오는 것은 아직 소화되지 않은 불안 탓이었
다.

온천장 '늑대와 향신료'의 주인 부부가 여행을 떠난다는 이야
기는 딱히 비밀도 뭣도 아니다.

특히 로렌스는 마을 온천장의 주인들 가운데 가장 신참이라,
여행을 떠나 있는 동안은 마을의 의무를 이행할 수 없다는 점을
미리 알려야 했다.

대리는 여기 있는 세림이…. 마을 창고 겸 회의소로 이끌려
간 세림은 그렇게 다른 온천장 주인들에게 소개되었다.

이런 어린 계집애가 뭘 할 수 있겠느냐는 경멸과 의심의 시선
은 떠돌이 생활로 익숙하다. 해 본 적도 없는 일을 익숙하다고
우기고, 할 수 없을 듯한 일도 할 수 있노라 약속하며 어떻게든
일을 얻어서 살아왔으니까.

하지만 로렌스의 대리를 어떻게 하겠는가. 그건 다른 온천장
주인장들보다도 오히려 자신이 더 잘 안다.

로렌스는 전혀 걱정하지 않는 기색이고, 이미 소개가 끝났으
니 뒤로 물러설 수도 없다. 게다가 로렌스 본인이 매일 잘 조처
한 덕인지 동정 어린 말을 해 주고, 나서서 도와주겠다는 온천

장 주인들도 몇 명쯤 있었다.

해낼 수밖에 없다며 각오를 단단히 한 적이 처음은 아니지만, 목숨이 걸린 때보다도 긴장됐다. 단 하루라도 좋으니 호로와 로렌스가 여행을 떠날 날이 늦춰지고, 하루라도 빨리 돌아와 줄 수 없을지 기도했다.

그러나, 세상일이란 건 뜻대로 되지 않는 법이다.

"헨라이 씨네는 태양 은화로 서른 냥, 다드리 씨네는 뤼미오네 금화로 다섯 냥하고 트레니 은화로 스물세 냥…."

온천장 계산대에서 세림은 옆에 앉은 로렌스가 불러 주는 말을 종이에 받아 적었다.

널찍한 계산대 위가 지금은 물건으로 넘쳐, 종이에 글자를 적어 넣는 일도 파묻히다시피 한 자세로 하는 중이다.

그 자리에 있는 것은 세림이 떠돌이 생활을 하던 시절에는 좀처럼 손에 쥐어 보지 못한 고품질의 금화와 은화, 그리고 덜 마른 잉크의 검은빛이 도드라진 증서 등등이다.

"휴고 씨네는 태양 은화가 쉰세 냥, 람부르크 은화가 열다섯 냥…."

호명되는 이들은 뇨히라에서 온천장을 운영하는 주인들이고, 화폐의 개수는 로렌스가 여행을 떠나는 참에 그 주인장들에게 환전을 부탁받은 금액이다. 금화와 질이 좋은 은화는 평소 물품 구매에 쓰기에는 너무 고액이다. 이대로는 불편하니 동화 같은 소액 화폐로 바꿔다 달라는 거다.

왜 이런 일을 부탁하느냐 하면, 요즘엔 뇨히라 마을뿐 아니라 온 세상의 상업 활동이 활발하여 자잘한 물품을 구매할 화폐인 잔돈이 부족하기 때문이다. 로렌스가 여행을 떠난다 하니 그러는 참에 바깥세상에서 환전해 달라는 것이었다.

그런 까닭에 로렌스의 인망에서인지 온천장의 널찍한 계산대 위에 현금이 든 자루가 첩첩이 쌓여 있다.

"…지금, 얼마쯤인가요?"

빌려주었네, 안 빌려주었네 하는 분쟁이 벌어지지 않도록, 여관 주인들이 가져온 금액을 기록한 증서를 손에 든 로렌스가 눈머리를 비비며 묻는다. 아침부터 저울 앞에 앉아 화폐에 부정은 없는지 계량하고 확인하는 중이다.

"어… 태양 은화가 사백스물두 냥, 뤼미오네 금화가 마흔한 냥, 류트 은화가 스물두 냥, 람부르크 은화가 서른일곱 냥, 티더라인 주교령 은화가 스물두 냥…."

손에 든 종이에 줄줄이 쓰인 것은 지금껏 듣도 보도 못한 은화의 나열이다. 게다가 맡긴 개수가 얼마 되지 않는다. 아래쪽으로 가면 한 냥, 두 냥만 맡긴 은화도 있다.

로렌스가 눈을 감은 것은 눈이 피로하기 때문만은 아니리라.

"…하나같이 골치 아픈 화폐만 떠넘기려는 수작들을…."

역시 그런 거였나, 하고 세림은 속으로 중얼거린다.

여행을 하다 보면 거쳐 온 도시의 수보다도 많은 화폐 종류를 알게 된다. 특히 다른 지역으로 가면 같은 은화라도 쓸 수 있는 게 늘었다가 줄어들었다가 하는 일이 잦았다. 여차하면 쓰지 못하는 곳도 있으니 몹시 애를 먹는 문제다.

먼 곳에서 오는 손님이 많은 뇨히라에는 이 지역에서는 유통되지 않아 쓰임새가 없는 화폐가 고여 있으리라.

"그나마 화폐는 낫지… 이걸 짊어지고 다니는 것도 아니니."

로렌스는 행상인 출신이라 상인의 다양한 마법을 알고 있다.

세림은 화폐를 짊어지고 떠나는 줄만 알았는데, 금액을 종이에 적은 어음 증서라는 것만 가지고 길을 나선다고 한다. 그게 있으면 이런저런 상회에서 반드시 현금으로 바꿔 줄 것이라는 증거가 되기에, 그 도시로 갈 때는 이 상회의 증서를 들고 가는 식으로 잘 연결하면 대량의 화폐를 짊어지고 가는 것과 똑같은 효과를 얻는다나.

자신이 하는 말 따위는 한마디도 믿어 주지 않는 여행이 길었던 탓에, 상인 사이의 신용 관계라는 것은 세림에겐 마법처럼만 느껴졌다.

"문제는 저쪽인데…."

시선 끝. 활짝 열린 현관 밖으로 보이는 처마 밑에서 말 씨와 사슴 씨가 부지런히 돌아다니고 있다. 그들은 처마 밑에 쌓인 크고 작은 온갖 삼베자루의 입구를 열어 내용물의 냄새를 맡고, 섞고, 무게를 확인하여 손에 든 밀랍 판에 무언가를 적고 있다.

"저걸, 모두 팔아 올 생각이신가요?"

세림이 조심스레 묻자 로렌스는 놀림을 당한 개 같은 표정을 짓고는 눈앞의 저울을 톡 건드렸다.

"전부는 아니더라도… 어떻게든 해야겠지요."

로렌스의 한숨 끝에 있는 것은 유황 가루가 담긴 자루였다.

정확하게 말하면 유황 자체는 아니고, 뇨히라의 온천에서 채취한 온천 침전물이다. 뜨거운 물에 녹이면 언제 어디서나 온천 기분을 느낄 수 있기에 뇨히라의 특산품이다.

하지만 인기가 있는 한편, 그야말로 온천수처럼 펑펑 솟기에 얼마든지 채취할 수 있다.

로렌스가 여행을 떠난다는 말을 듣자 온천장 주인들이 때는 이때다 하여 창고에 쌓인 재고품을 모조리 로렌스에게 떠맡기는 것일 수도 있다. 여행을 나서는 김에 이곳저곳에서 이걸 좀 팔아 와 주지 않겠느냐며.

로렌스는 사람이 좋기도 하지만, 뇨히라에서는 신참인 처지라 선배들의 부탁을 거절할 도리가 없으리라.

이리저리 떠도는 생활을 해 왔기에 신참자가 새로운 땅에 스며들기가 얼마나 어렵고 또 중요한 일인지 뼈저리게 잘 안다.

빵 가마 앞에서 쏟아지던 탐색의 시선은 언제든지, 그리고 쉽게 적의로 바뀐다.

"팔아 오면 얼마간은 수고비를 받을 수 있을 것 같고, 이건 다른 온천장이 저를 신뢰한다는 증거이기도 하니까요. 열심히 팔아야죠."

늘 낙관적인 로렌스는 금세 웃으며 그렇게 말하고는 화폐를 계량하는 작업을 재개했다.

그런 주인의 옆모습을 곁에서 보며 세림은 뭐라 할 말이 없었다. 진지하고 성실한 로렌스를 보고 있으면 이따금 세림도 안타깝다. 이렇게 착한 주인의 힘이 되고 싶지만, 자신에게는 이렇다 할 힘이 없는 게 속상했다.

한편으로는, 로렌스가 이 마을에서 부지런히 쌓아 왔을 터인 얼마 안 되는 신용을, 부재중에 자신이 떠맡았다가 망치는 게 아닌지 싶어 새삼 긴장한다. 무슨 문제가 있어 회합에 불려 나가면, 로렌스를 대신해 자신이 문제에 대처해야만 하니.

그뿐 아니라, 세림도 요즘 마을 사정을 차츰 알게 되었다. 온천장 '늑대와 향신료'의 로렌스가 여전히 신참 취급을 받는 까닭은, 신참이면서도 장사를 잘 해 뇨히라 온천장 대다수를 능가한 탓도 이유 중 하나인 듯했다. 신입의 성공을 흔쾌히 받아들이지 못하는 이들이 꽤 있는 모양이다.

그들이 끼어들 틈을 주어서는 안 되는데. 그 점을 생각하면 세림은 다른 여관 주인들을 탓하는 일 없이 착하고 이지적이기만 한 주인을 아주 약간 원망 어린 시선으로 보게 된다.

나한테 그런 역할을 떠맡기시지 말란 말이에요, 라며.

게다가, 유황 가루에 고액 화폐 환전까지 떠맡았으니 로렌스는 그 전부는 아니더라도 대부분을 처리하지 않고는 마을로 돌아오기 어려울 게 뻔하다. 그것은 곧, 로렌스와 호로의 귀향이 늦어진다는 뜻이기도 하다.

사정을 알면서도 세림은 로렌스와 호로가 일각이라도 빨리 돌아왔으면 좋겠다고 생각했다. 자신을 이 계산대에 혼자 두지 말았으면 했다. 로렌스와 호로의 기대에 부응하고 싶은 한편, 그렇기에 더더욱 자신이 직면해야 할 문제의 크기에 겁이 난다.

자신의 실패가 곧 존경해 마지않는 주인의 손해로 이어진다. 가뜩이나 심약한 세림은 울고만 싶은 상황이었다.

그러고 있는데 불현듯 세림의 귀에 낯익은 발소리가 들렸다.

고개를 들자 호로가 이층에서 내려와 있었다.

"뭐야, 일이 왜 이렇게 커졌어?"

계산대 상태를 보자 호로는 대뜸 그런 소리를 했다.

호로는 평소와 달리 늑대의 귀와 꼬리를 감추지 않았다. 평소엔 갑갑하게 머리에 두건을 쓰고, 스커트 아래로 꼬리를 숨기고 있는데.

"진짜 큰일은 저쪽이지."

로렌스가 처마를 가리키자 호로는 흥 코웃음을 치고는 어깨를 으쓱였다.

"이층에서 봤어. 앞에도 뒤에도 온통 유황 냄새라 코가 마비될 지경이야."

가게 뒤편에는 온천탕이 있다. 신기하게도, 사람이 들어가 있지 않으면 몹시 진한 유황 냄새가 바람결에 실려 온다.

"하여간에 당신은, 착해 빠진 것도 어느 정도여야지. 거절이란 말 몰라?"

유황을 팔고 돈을 환전해 오는 일이 줄어들면 그만큼 두 사람의 귀환도 빨라진다. 세림은 호로의 말에 속으로 강한 찬성을 보냈다.

"책임과 신뢰의 문제야. 마을 내에서 내 위상도 꽤 그럴싸해졌다는 증거라고."

늘 총명한 로렌스가 호로 앞에서는 왠지 맹하게 보인다.

"멍청이. 실컷 부려먹는 것뿐이잖아."

로렌스의 말을 썩둑 자른 호로가 계산대 안으로 들어온다. 세림이 의자를 양보하려 하자 손으로 막아 세웠다.

"작업은 아직 한참 더 해야 할 것 같아?"

호로의 물음은 계산대 위에 널린 화폐 더미와 저울을 바라보며.

"세림 씨한테만 맡기지 않고 네가 일을 도와주면 빨리 끝날 수도 있겠지."

자신의 이름이 불리는 바람에 움찔하다가 세림은 호로와 눈이 마주치고 만다.

호로는 세림에겐 다정한 눈웃음을 지었다가 로렌스 쪽에는 싸늘한 시선을 던졌다.

"멍청이. 당신이 구두쇠 짓 하느라고 시벽 안에선 안 사려고 하니까 한겨울 길바닥 위에서 입을 옷을 산더미처럼 지어야 하잖아. 그것도 아니면, 여기서 금화 좀 대충 집어 갈까?"

참모습이야 어찌 됐든, 사람 모습일 적의 호로는 세림보다도 더 어리고 가냘픈 소녀. 바느질용 골무가 투박한 토시로 보일 만큼 손가락도 가늘다.

이제부터 가을이 깊어지고 겨울이 되면 방한복은 없어서는 안 될 것이다.

"그래도 상관없지만, 그러면 여행길의 밥값과 술값에서 제할 줄 알아."

로렌스도 당하고만 있지 않았다.

호로도 뿌투룽하여 입을 다문다.

항상 보는 일이지만, 세림은 아무리 봐도 질리지 않을 정도로 두 사람이 저런 모습이 좋았다. 세상에는 저토록 행복해질 수 있는 이들이 있구나 하여, 희망 같은 게 느껴져서.

"그래서 뭐? 용건이 뭔데? 참견하러 온 게 다야?"

"당신 입을 털가죽 옷 치수 좀 재려고. 오늘 아침에 털가죽 옷 짓는 직인들이 마을에 들어왔잖아. 어느 여관이든 겨울용으로 여러 가지를 부탁할 거 아냐? 늦었다간 제대로 된 건 다 빠지고 주문도 밀리잖아."

"그건 그렇지만…."

로렌스는 그러면서 세림에게 힐끗 눈길을 준다. 미안한 듯, 늘 주위를 배려하는 착한 이의 눈빛이다.

"나머지는 제가 하겠습니다."

"…미안해요. 그럼 부탁 좀 할게요."

세림이 미소 짓자 로렌스는 안도한 듯이 웃음을 지은 후 호로를 보았다.

"얼른 끝내."

"당신이 옛날이랑 똑같은 체형을 하고 있었으면 고생 안 할 텐데."

"윽, 으."

슬슬 허리둘레가 신경 쓰이던 모양인 로렌스가 찔린 표정을 짓자 호로가 짓궂게 웃는다.

그리고, 몇 백 년을 살며 일찍이 광대한 숲을 지배했을 현랑 호로는 천진난만한 소녀의 모습 그대로 로렌스에게 딱 붙어 이 층으로 올라갔다.

그런 두 사람의 모습이 세림은 약간 어이가 없으면서도 흐뭇하여 웃고 만다.

떠맡은 막중한 역할에 눌리지 않고 버티고 있는 건, 저렇게 사이좋은 두 사람의 금실에 찬물을 끼얹고 싶지 않아서이기도 했다.

저 두 사람의 행복을 다치게 할 순 없다.

세림은 그렇게 마음속으로 중얼거린 후 다시 작업에 들어갔다.

수가 여덟이나 늘었기에 저녁 식사 자리는 몹시 떠들썩해졌다. 로렌스는 여관 주인으로서 이따금 숙박객들과 식사를 함께 하지만, 호로가 그러는 적은 거의 없다. 짐승 귀와 꼬리를 감춰야 해서도 그렇지만, 호로는 초연한 듯 보여도 세림보다 더 낯을 가리는 성격인지도 모른다는 걸 최근에야 눈치채게 되었다.

하지만 상대가 사람이 아닌 이들이라면 거칠 게 없다. 아무리 먹고 마신들 귀와 꼬리 좀 보였다고 의심을 살 일도 없으니, 라며 시치미 뚝 떼고 당당하게 술을 마셔서 로렌스가 인상을 쓰게 한다.

말은 그렇게 해도 호로가 정말 아무 스스럼없이 즐겁게 식사를 하느냐 하면, 그건 아닐 거다. 호로는 거침없이 활달해 보여도 그 누구보다 세심하니까.

그런 저녁 식사를 마친 후 세림은 호로의 호출을 받았다. 식사 뒷정리, 잠자리에 들기 전 내일을 위한 준비 등등을 마친 후

가게 밖으로 나가자, 근처 나무들 사이에 호로가 서 있었다. 웬일로 홀로 기다리고 있는데, 로렌스는 다른 이들과 담소라도 나누고 있는 것일까.

그리고 호로의 모습에서, 역시 호로는 성격이 섬세하다는 걸 느꼈다.

입에 저녁 식사 자리에서는 보지 못했던 육포가 물려 있기에.

"고기 없는 수프라니, 먹은 것 같지도 않아."

세림의 시선을 느꼈는지 호로가 퉁명스럽게 말했다. 불만을 터뜨리듯 내뱉지만, 저들이 온 뒤로 식탁에서 고기가 거의 사라진 것은 아마 호로가 하나에게 그렇게 시켰기 때문이리라. 부루퉁한 태도는 저들에게 마음을 쓰는 게 겸연쩍어서일 테고.

"그럼, 오빠네 여인숙에 도착하면 고기전골이라도 끓이라고 할까요?"

호로가 세림을 밖으로 불러낼 때는 대개 서쪽으로 산을 두 개 넘어간 곳에 있는 세림의 오빠네 여인숙에 가는 길을 동행시키기 위해서다. 오늘도 그럴 거란 생각에 세림은 그렇게 물었다.

"멍청이. 그러려고 가는 거 아냐."

그 말에 세림은 목이 움츠러들었다.

"곧 떠날 여행에 관해 너희 오빠에게 좀 물어볼 게 있어서지. 자세한 건 가면서 이야기하기로 하고… 어서 갈까? 늦어지면 내일 일에 지장이 생기니까."

"예, 예에."

밤의 산은 인간의 다리로는 도저히 넘을 수가 없기에 늑대의 본모습으로 가야 한다. 서둘러 옷을 벗기 시작하는데 호로가 불쑥 이런다.

"고기전골을 부탁하면 민폐일까?"

허리띠를 풀려다 말고 세림은 놀란 눈으로 호로를 보았다.

호로가 짓고 있는, 설핏 번지듯 수줍은 웃음.

호로의 어떤 점이 좋으냐 하면, 바로 이런 면이다.

"오빠는 오히려 반가워할 거예요. 일전에 커다란 사슴을 잡았다고 들었는데 지금이 딱 먹기 좋을 때거든요. 살짝 말려 둔 고기가 맛이 더 진하니까."

"호오, 기대되네."

호로는 훌훌 옷을 벗고 한발 먼저 늑대가 된다. 변함없이 훌륭한 털과 웅대한 모습이다.

"옷은 어떻게 할까요? 고기전골을 먹으려면 가져가는 게 나을 것 같은데요."

여느 때엔 로렌스에게 맡기거나 근처 나무 뒤에라도 숨겨 둔다.

「그러네. 그럼, 꼬리에 묶어 둬.」

세림은 고개를 끄덕이고 허리띠를 써서 호로의 옷을 꼬리에 묶는다.

「네 것도.」

세림이 눈을 껌벅이자 호로는 이빨이 가득한 입으로 웃는다.

「아니면, 내 발톱으로 그 옷을 묶으라고?」

하긴 그러네. 세림은 웃은 후 옷을 벗어 호로의 꼬리에 같은 방법으로 묶고, 늑대로 돌아가 한밤중의 산을 함께 달렸다.

호로와 함께 산을 달리자 금세 여인숙이 보였다. 원래 수도원이 있었다는 이곳은 지금은 순례자들의 숙박시설이 되었다. 이 수도원 터에 성녀가 잠들어 있다는 소문을 듣고 찾아오는 손님들이다.

그 성녀 어쩌고 하는 이야기의 뿌리가 된 게 사실은 나였는데, 하는 생각이 들 때마다 세림은 꼬리가 좀 간질거린다.

여인숙에서 조금 떨어진 곳에 서 있자, 이쪽 냄새를 맡은 오빠가 사람의 모습으로 찾아왔다. 용병 일을 하며 먹고살던 오빠도 이젠 소매가 긴 성직자 분위기의 로브가 제법 어울리게 되었다. 그게 세림은 볼 때마다 재미있었다.

「갑자기 미안하군.」

"아닙니다. 오늘은 무슨 일이신지요? 고기를 더 드릴까요?"

온천장 '늑대와 향신료'는 물품 구매 비용을 절약하기 위해 고기는 도시에서 사 오지 않고 오빠네가 잡은 사냥감을 나눠 받을 때가 많다.

　대신 오빠네는 도시로 자주 걸음하지 않아도 되도록 로렌스가 대신해서 이런저런 생필품을 조달해 준다.

「아니, 너희에게 물어보고 싶은 게 있어서.」

"예에…."

　오빠는 조금 당황한 듯이 세림을 쳐다보았다. 눈이 마주친 세림은 자기도 모른다며 고개를 숙이고 윗눈질을 했다.

「바쁜가?」

"아, 아닙니다. 호기심 많은 손님 둘이 숙박하고 있을 뿐, 느긋합니다."

「그럼, 미안하지만 잠시 시간 좀 내줘.」

　호로는 그렇게 말하고 늑대에서 사람의 모습으로 돌아갔다. 옷을 입고 있지 않은 것은 늑대일 때와 같지만, 오빠 아람이 예의 바르게 고개를 돌리는 것이 왠지 신기하기도 하고, 이해가 되기도 한다.

　세림도 호로를 따라 사람의 모습이 되어 옷을 도로 입었다.

　호로는 옷을 입을 때 흐트러진 짐승 귀와 꼬리의 털을 손으로 정리하며 말했다.

"실은 물어보고 싶은 건 권속들에 관해서인데."

"권속… 우리 늑대들 말씀이십니까?"

"우리가 잠시 여행을 떠나게 되었어. 그래서 이왕이면 견문을 넓혀 보는 것도 좋을 것 같아."

호로는 별 뜻 없다는 투로 말했지만, 약간 긴장하고 있는 게 느껴졌다. 그것은 아람도 마찬가지였는지 또 불안한 눈빛으로 이쪽을 본다.

오빠는 첫 대면에서 호로에게 한 번 혼이 난 적이 있었다. 그래서이리라.

세림이 대신 말문을 열었다.

"호로 님, 그건…."

그러자 호로는 딱한 이 오누이가 무슨 생각을 하고 있는지 알아챘나 보다. 곤혹스러운 듯이 웃음을 터뜨렸다.

"미안, 미안. 나는 그저, 옛 동료들에 관해 좀 알아볼까 해서."

호로는 아득한 옛날 요이츠라는 곳에서 살았다고 들었다. 그러다가 여행을 나선 호로는 먼 곳에서 머물며 세월을 보내다 고향 동료들과는 영영 이별하고 말았다고 한다. 몇 백 년이 흐른 후 호로가 다시 만난 것은 동료의 발톱 조각뿐이었다고.

지금 그 동료의 이름은 호로의 딸이 이어받았지만, 친구의 행방은 끝내 묘연하기만 했다.

"다음엔 언제 또 여행을 나설지 알 수 없고, 대부분이 인간 세상에 섞여 들었겠지? 남쪽에서 쭉 올라왔다는 너희라면 아는 게 많지 않을까 해서."

"아… 그런 일이라면 최대한 돕겠습니다."

아람이 대답하자 호로는 고마움을 표하는 웃음을 지었다.

"아, 그리고 한 가지 더 있는데."

예전에 호로를 노하게 한 일을 내내 염두에 두고 있는 아람은 그 소리에 바짝 자세를 바로 했다.

"속이 좀 허해서 고기를 전골로 해 먹었으면 하는데…."

조금 부끄러운 듯이 말하는 호로는 애교가 철철 넘친다. 투박하고 재치가 없는 오빠에게는 저 정도의 장난기가 딱일 수도 있겠다.

아람은 어리둥절하다가, 어서 가서 막대를 주워 오라는 말을 들은 강아지 같은 표정이 되었다.

"맡겨 주십시오. 마침 딱 알맞게 숙성된 사슴고기가 있습니다."

"호오."

이때만큼은 연기가 아니라 혀를 핥았다.

"수도원에 가서 드시겠습니까?"

"아니, 여기가 신경 안 쓰이고 나아. 불을 피우면 별로 춥지도 않을 테고."

"그럼 그리 하겠습니다."

하고는 오빠가 던진 눈짓을 세림은 바로 알아들었다.

잠시 다녀오겠다고 한 뒤 한발 먼저 수도원으로 향한다.

가면서 호로가 이곳을 방문한 이유가 다소 뜻밖이라는 생각을 했다.

　호로와 로렌스가 서로의 생의 길이, 종족의 차이 같은 것을 주단 밑에 살짝 감춰 둔 채 살려고 한다는 것은 곁에서 보기에도 확연했다.

　그러니, 혹시 호로가 예전의 동료를 찾기 위해 길을 나선다면 그건 로렌스와의 이별을 마무리한 후에나 그럴 것으로 생각했었다. 무엇보다, 본격적으로 찾고자 한다면 제아무리 호로의 튼튼한 늑대 다리로도 반년으로는 어림없을 테니까.

　이 세상에 나라 수는 백을 넘고, 대도시가 각 나라에 몇 개씩 된다. 나름대로 큰 도시는 그보다 열 배, 스무 배는 있을 테고, 마을은 몇 만 개에 달할지 모를 일이다. 옛 짐승들 대다수가 지금은 그런 인간 세계에 섞여 죽은 듯이 살고 있다. 하나씩 찾아내 연줄을 짚어 나간다는 게 얼마나 어려운 일일지. 우리가 여태까지 떠돌며 보고 들은 동료들의 소문을 확인하는 것만도 한 고생일 텐데.

　호로가 가게를 맡기겠다고 했을 때, 봄이나 여름이 시작될 때 정도까지라고 했던 것 같다. 그 말을 믿는다면 기껏해야 반년 정도의 여행이겠지.

　그게 아니면 혹시? 세림은 오빠 일행과 함께 고기전골 준비를 하다가 깨달았다.

　혹시 호로는 반년 후에 돌아올 생각이 아닌 거라면?

원래 그럴 생각이었던 걸까, 마을 사람들이 로렌스에게 이런 저런 일을 떠맡기는 것을 보고 마음이 바뀌었을 수도 있다. 그것도 충분히 그럴 수 있다 싶다.

호로는 거의 날이면 날마다 어디 좀 재미있는 일이 없나 하며 한쪽 손에 펜과 종이를 들고 가게 안을 어슬렁거린다. 멀리서 온 손님에게 그 지방 명물 음식에 관해 들으면 한나에게 만들어 달라고 하기도 하고, 재료가 없으면 로렌스에게 사 오라고 하는 모습도 여러 번 목격했다.

게다가, 연줄과 돈만 있으면 여행이란 게 훌륭한 오락이 될 수 있다는 것을 세림도 안다. 굶기를 밥 먹듯 하던 여행길에서도 아름다운 경치를 보면 눈물이 나고, 장엄한 건물 앞에 서면 압도되었으니까. 그 감동은 지금도 생생하다. 로렌스는 뛰어난 전직 행상인이었으니 여행의 불안 따윈 조금도 없이 여행의 참다운 즐거움을 한껏 맛보겠지. 거기에 절실한 이유까지 더해진다면, 본격적으로 긴 여행을 하지 않을 까닭이 없지 않겠나.

하지만 세림이 먼저 그런 걸 물어볼 수도 없다. 어서 돌아오셨으면 한다는, 그런 한심한 소리는 더더욱 못 한다.

세림의 시선 끝에는 호로가 고기를 자르고 손으로 버섯을 찢으며 들뜬 모습으로 전골 준비를 하고 있다. 맛을 내려고 소금을 듬뿍 치기도 했다.

그런 느긋한 모습을 보고 있자니 아무리 세림이라도 심란하기 짝이 없다.

남의 속도 모르고….

전골이 끓은 후에도 호로는 몸을 뻗어 가며 희희낙락 고기와 버섯을 가른다. 그릇에 넘쳐날세라 담긴 고기를 꼬리를 파닥거리며 덥석덥석 먹고 있다.

어찌나 태평스러운지, 소소한 일 따윈 아랑곳없는 천진한 소녀 같다.

하지만 호로가 약속을 깰 성격일 리는 없으니 세림은 더 안달복달하고 만다.

만약 오래도록 돌아오지 않을 생각이라면 처음부터 그렇게 말해 줬으면 좋겠다. 겨울철 성수기를 가까스로 넘기고, 이제나저제나 봄이 오기를 기다리다가, 내일이면 오려나? 내일모레면 오려나? 그렇게 주인 부부의 귀환을 기다릴 자신의 모습이 절로 떠오르니까.

하루하루 날이 갈 때마다 나는 피폐해지겠지. 내일이면 호로와 로렌스가 돌아와 웃으면서 일을 도로 가져갈 거라는 믿음이 있어야만 견딜 수 있을 것 같다.

그 상태로 쭉 여름이 되어서도 안 돌아오면? 자신은 부러지고 말 거라고 세림을 생각했다. 말 씨, 사슴 씨만 해도 그렇다. 저 여덟 손님이 언제까지 여기에 있어 주겠는가. 어떻게든 헤쳐 나가는 내일보다 언젠가는 꼭 엉망이 될 미래만이 쉽게 상상됐다.

언제 어느 때까지는 돌아와 줄 거라는 믿음이 있어야 견딜 수 있는 일도 있다.

그러나 만일 두 사람이… 하며 손에 든 그릇을 들여다보는 채로 생각에 잠겨 있는데, 불쑥 국자가 끼어들었다.

"이렇게 맛있는 음식 앞에서 그런 표정을 짓고 있는 건 고기에 대한 모독이야."

고개를 들자 호로가 짓궂게 웃고 있고, 손에 든 그릇에는 고기며 버섯이 수북이 쌓여 간다.

"너는 좀 더 먹어야 해. 고기를 먹으면 그 창백한 안색도 돌아올 것이고, 몸에도 활력이 차서 가라앉은 기분이 싹 날아갈 거야."

호로는 그렇게 말한 뒤 도로 앉더니 "이왕이면 술도 있으면 완벽한데." 하며 깔깔대고 웃었다.

"그게…."

세림은 자신의 성격이 밝지 않다는 것은 알지만, 지금은 바로 당신들 탓에 내 가슴속이 부글부글한 거라고요… 라며 호로를 원망스럽게 쳐다보았다. 그 직후.

"아무튼, 박복해 보이는 게 딱 우리 집 멍청이의 취향이란 말이지. 괜히 이상한 생각이 들게 해선 곤란해."

"옛?!"

커억, 이상한 소리가 나서 돌아보니 전골 그릇 너머로 오빠인 아람이 사레가 들렸다.

"쿨럭… 세, 세림, 너…."

"오, 오해예요!"

비명처럼 외치자 호로는 진심 즐거운 듯이 웃었다.

"큭큭큭, 너한테 마음을 두기라도 했다가는 우리 집 멍청이가
맨 먼저 갈가리 찢기지."

어휴 농담을 하셔도 참, 하며 호로를 쳐다보자, 붉은 기가 도
는 호박색 눈을 짓궂으면서도 친근하게 가늘게 뜨고는 송곳니를
내보였다.

"너는 가게에 꼭 필요하니까, 우리 집 멍청이의 취향이 되지
않게끔 부디 한나처럼 되어 줘?"

한나는 몸집도 다부지고, 전쟁터에 빵 굽는 여자로도 종군할
수 있을 거다. 온천장에 큰 전력이 되려면 확실히 그 정도 체형
은 돼야겠지.

호로는 자신을 염려해 주고 있는 모양이다. 제멋대로인 듯해
도 그 누구보다 주변을 배려하는 호로이니, 자신이 이런저런 고
민을 하는 걸 알고 있는 걸까?

그렇다면 정말로 봄에 돌아오시는 겁니까, 하고 지금 물어야
하지 않을까?

결심하고 세림이 입을 열려던 그때.

"농담은 이쯤 하고, 권속들 소문이라도 상관없으니 지도든 뭐

든 써 주면 도움이 될 듯한데."

호로가 훌쩍 다른 화제로 말을 옮겼다.

"어어… 예."

여전히 세림을 살피듯 보고 있던 아람이 어정쩡하게 대답한다. 제대로 대답도 못 하면서 멍청한 억측이나 하는 오빠에게 세림도 울컥해 고개를 홱 돌렸다.

네 할 일은 네가 알아서 하라면서 늘 엄격한 데 비해, 묘한 면에서 과보호인 오빠는 이제야 이해가 된 표정이었다.

"그럼, 수일 내에 올리겠습니다. 다만 개중에는 타인과 접촉을 꺼리거나, 그저 회자되는 소문 정도인 것도 있습니다."

"귀찮지 않다면 그런 설명도 첨부해 줘. 내 동료의 발톱을 소중히 간직해 온 것은 인간 용병단이었으니. 어떤 곳에 섞여 있을지야 알 수 없지."

"분부 받잡겠습니다."

"부탁할게."

호로의 표정에 다소 쓴웃음이 어린 것은 오빠 아람이 딱딱한 탓이리라.

"그리고, 여행하는 동안 먹을 육포 같은 것도 좀 부탁해도 될까? 그 멍청이가 이만저만 구두쇠가 아니거든. 도시에 가서 사게 했다가는 나무 판처럼 맛대가리 없는 걸 살 게 뻔해."

"맡겨만 주십시오. 이 계절에는 바람이 불어서 훌륭한 육포를 만들 수 있습니다. 잠시 시간을 주시면 염장육이며 소시지도 마련하겠습니다."

"멍청이. 너희가 손을 벌겋게 물들이고 부지런히 고기를 가공하고 있어 봐. 손님이 의심할 거 아냐?"

아람은 어리둥절하다가 자신의 옷차림을 떠올렸나 보다.

창피한 듯 시선을 떨구고 머리를 긁적였다.

"마음은 고맙게 받도록 하지. 그리고 돌아다니며 그 지방 음식을 먹는 것도 여행의 묘미이니까."

호로는 깔깔 웃으며 그런 소리를 했다.

호로와 로렌스, 주인 부부 두 사람은 정말로 봄에는 돌아오려나.

한나는 세림을 안심시키려는 듯이 말했지만, 두 사람의 행동을 지켜봐도 불안감만 커질 뿐이다.

세림은 사슴고기를 씹는다.

이내 진한 맛이 물씬, 입 안 가득 퍼졌다.

나날의 삶은 평온무사하게 이어지고 있으나, 이런 일상이 끝나는 때도 시시각각 다가오고 있었다.

로렌스는 다른 온천장 주인들에게 의뢰받은 짐을 모두 정리했고, 호로가 부탁한 늑대 권속에 관한 이야기도 이제 거의 완성

되었다고 한다. 여덟 명의 새 일꾼들에게도 한바탕 일을 가르쳤다.

오산, 이었다고 해야 할지 모르겠는데, 새로이 가게 일을 도와주게 된 여덟 명은 굉장히 성실하고 우수했다. 이제 세림이 장부를 관리하고 물품 구매와 관련해 드나드는 상인들을 상대하면, 그것만으로도 가게가 돌아가는 상황이 되었다. 한나는 거 봐라 걱정할 필요 없었잖냐며 웃었지만, 세림은 여전히 안절부절못했다.

악몽도 계속 꾼다. 이번에는 여행 도중 잠자리를 찾아 숨어든 외딴 마을의 헛간에서 먹을 것을 구해 오겠다며 나간 오빠와 동료들이 아무리 기다려도 돌아오지 않는 꿈을 꾸었다. 스스로 생각해도 성격 한번 참 알기 쉽다 싶어 어이가 없는데, 자신이 무엇을 두려워하고 있는지 정확히 짚은 꿈이었다.

말 씨, 사슴 씨가 아무리 우수하다 해도 그들의 언제까지나 이곳에 있을 리는 없으니.

호로와 로렌스가 봄이면 꼭 돌아올 거라는 확신이 없는 한, 악몽에 시달린 끝에 문제가 생길 것이다.

하지만 주인 부부가 기대에 부풀어 한창 여행 준비 중인데 큰 은혜를 입은 고용인이 거기다 대고 뻔뻔스럽게 어서 빨리 돌아왔으면 좋겠다는 말을 어떻게 할 수 있겠는가.

이날도 세림은 여행에서 쓸 짐마차를 정비 중인 두 사람을 위해 점심밥을 나르며 짐마차 정비가 영원히 계속되었으면 좋겠다… 같은 생각을 하고 있었다.

"당신, 짐칸을 좀 더 넓히면 안 돼?"

"여기서 더 커서 뭐 하게? 행상하러 가는 길도 아닌데. 애당초 너는 넓은 짐칸에서 가는 내내 낮잠이나 자려는 거잖아?"

"멍청이. 누구 잠버릇이 나쁜지 잘 좀 생각해 보시지?!"

그런 소리를 주거니 받거니 하는 두 사람 앞에서 직인들이 짐마차 개조 작업에 쫓기고 있었다. 왕년에 로렌스가 행상인을 하던 시절에 쓰던 것이라는데, 그동안은 짐을 보관하는 용도로 사용하고 있었다.

지난봄 스베르넬에 갔을 때는 임대한 마차를 썼다는데, 어느 정도 긴 여행에는 역시 이게 낫단다.

그냥 듣기에는 오래 써서 익숙한 게 낫다는 말 같은데, 세림의 귀엔 다른 뜻으로 들렸다. 이제부터 길고 긴 여행을 떠나, 예전의 여행길로 돌아갈 것이니 이게 낫다고.

주거니 받거니 즐거워하는 두 사람의 옆에 구운 염장육과 치즈를 끼운 빵과 벌꿀주를 내려놓으며 세림은 가만히 한숨을 삼켰다.

"앗, 밥이다."

호로가 코를 킁킁거리며 돌아보았다.

"벌써 시간이 이렇게 됐나. 여러분도 대충 정리하시고 쉬십시오."

호로는 대번에 빵을 집어 드는데, 로렌스는 직인들에게 먼저 말을 건넸다. 자신도 저런 마음씀씀이를 보일 수 있을지 불안하다. 직인들은 격 없이 그러겠다고 대답한 후 마을 광장 쪽으로 걸어갔다. 그쪽에서 파는 음식이 싸고 양도 많다면서.

"그나저나 당신, 말은 어떻게 할 거야?"

직인들이 없어서 그런지 호로는 머리에 두르고 있던 천을 벗고는 귀로 심호흡을 하듯 쫑긋쫑긋하며 물었다.

"말은… 일단은 옛날 길동무의 피를 이은 말이 스베르넬에 있기는 한데…. 과연 반년씩이나 빌려줄지."

"사는 거는?"

"멍청이."

로렌스는 호로의 말투를 흉내 내며 인상을 찌푸린다. 말은 그 자체로 한 재산이니 비용 계산에 여념이 없는 로렌스는 터무니없다 싶겠지.

생각 끝에 세림은 차라리 그럼 제가 짐마차를 끌까요? 라고 물을 뻔했다.

소에게는 쟁기를, 개에게는 썰매를 끌게도 하니, 늑대가 짐마차를 끈들 무슨 문제랴.

"적당한 말을 구해 볼게. 성질이 거친 놈은 싸거든. 그래도 네 말은 얌전히 듣겠지?"

"내 말은 들어도 당신 말은 안 들을지 모르지."

"너도 마부석에 앉으면 되는 이야기잖아. 짐칸에서 뒹굴뒹굴 잠만 자지 말고."

그 말에 호로는 고개를 홱 돌리고는 빵을 물어뜯는다. 한나의 말에 따르면 호로는 내가 오기 전에는 훨씬 더 나태해서, 늦잠과 낮잠을 입에 달고 살았다고 한다.

동족인 내가 온 뒤로 그런 게 덜해져서 도움이 된다는 말은 로렌스에게도 들었다.

하지만 그건 뒤집어 말해, 호로가 가게로 돌아오고 싶지 않은 이유 중 하나가 될 수도 있다.

"그보다, 맥주는 없어? 말하느라 지쳐서, 시원하게 잘 넘어가는 마실 게 있으면 좋겠는데."

"아, 죄송합니다."

두 사람이 있을 때는 달달한 벌꿀주를 좋아했기에 그걸 가져왔는데 잘못한 모양이다. 세림이 황급히 취사장으로 가려 하는 것을 로렌스가 말렸다.

"세림 씨, 됐어요. 네가 가서 직접 가져와. 그런 식이면 여행살이 못 한다?"

"우~…."

호로는 끙 소리를 내면서도 마지못해 취사장 쪽으로 걸어간다. 로렌스가 호로에게 마냥 물렁한 것만도 아니고, 호로 역시

어리광만 부리는 건 아닌 듯하여 세림은 조금 놀랐다.

"미안해요. 호로가 세림 씨한테 시키기만 하죠?"

"예?"

느닷없는 말에 세림은 당황하고 말았다.

"아, 아니요. 그러지 않으세요…."

세림의 상투적인 답변에 로렌스는 맥없이 웃었다.

"저 녀석은 저래 봬도 낯을 많이 가리거든요. 그래서인지 한번 마음을 열면 있는 대로 어리광을 부려요."

로렌스의 말이 맞다고 생각하지만, 그래도 세림은 호로가 이런저런 일을 시키는 게 싫지는 않다.

"저, 저는, 저기 그…."

"아니요. 괜찮아요. 이번 일만 해도 호로에게 말을 듣고 많이 놀랐죠?"

"그건…."

그랬다. 그리고 놀라움이라는 감정이 그대로 가슴과 어깨 언저리에 눌러앉아 지금은 둔한 통증으로 변해 있다.

"호로는… 호로가 이번 여행을 떠나자고 한 건 저를 위해서였는데, 설마 세림 씨와 여러분께 뒤를 부탁할 줄 생각하지도 못했습니다."

그건 그렇겠지. 이 가게에 온 지 고작 반년밖에 안 된, 인간 세상을 제대로 헤쳐 오지도 못한 늑대 계집애니까.

세림은 이때다 싶었다. 지금 여기에서라면 말할 수 있다. 말씀하신 대로 무모한 일이니 제발 다시 생각해 주십시오, 라고.

하지만 로렌스가 한발 빨랐다.

"그런데 이렇게 맡아 줘서 살았어요. 고마워요."

"……."

그러면서 사람 착한, 티 없는 웃음을 지으니, 세림은 아무 말도 할 수가 없다.

"그리고 세림 씨라면 안심하고 맡길 수 있어요. 그만큼의 급료도 물론 충분히 드리겠습니다."

로렌스의 어조는 세림이 당분간 온천장을 맡는 것은 확정된 사실이라고 말하고 있고, 실제로 다른 여관에도 그렇게 소개했다. 이제 와서 여행을 접었으면 좋겠다거나, 자신도 여행에 따라가겠다고 하는 선택지는 있을 수 없다.

그렇다면 하다못해, 하고 세림은 생각했다.

빵을 먹으며 앞으로의 여행길을 상상하고 있는지, 즐거운 기색으로 개조 중인 짐마차를 보고 있는 로렌스의 옆모습을 빤히 쳐다보다가 세림은 주먹을 꽉 쥐고는, 목구멍 속에서 심장이 튀어나올 지경인 긴장을 삼킨 뒤, 이렇게 말했다.

"저, 저기."

"예?"

하며 돌아본 로렌스를 세림은 역시나 대놓고 마주 보지 못했다.

"저, 저기… 그게…."

"왜요?"

이러다가는 의심만 살 텐데. 세림은 점점 더 초조해졌다.

한참 시선 둘 곳을 몰라 하다가 결국 꺼낸 건 이런 말이었다.

"저, 저 유황은… 전부, 가지고 가, 십니까?"

물품 보관용으로 쓰이던 짐마차는 쪼개진 널판 등은 교체하고, 녹슨 쇠붙이는 잘 닦아 도로 달았고, 수레바퀴도 새로 갈았다. 이제는 대량의 짐을 쌓고 어디로든 갈 수 있을 듯 훌륭한 짐마차로 변신했다.

세림의 그런 질문에 로렌스는 조금 의아한 표정이다가 이내 웃음을 지었다.

"하하하, 걱정해 줘서 고마워요. 하지만 괜찮아요. 맡은 건 다 가져가겠지만, 뭐, 전부 팔 수 있을 거라고는 생각지 않으니까."

"…예?"

"그리고… 우리끼리 하는 말입니다만."

로렌스는 시선을 힐끗 가게 쪽으로 돌렸다. 호로는 취사장에서 군것질이라도 하고 있는지 좀처럼 돌아오지 않고 있었다.

그것을 확인한 후 로렌스는 쓴웃음을 섞어 가며 말했다.

"유황도 그렇고, 환전 일거리도 전부 받은 데엔 이유가 있어요."

"…이유요?"

마을에서의 위상을 고려해서가 아니었나? 그러니 그토록 애써 쌓아 온 평판을 자신이 무너뜨릴까 봐 불안한 건데.

하지만 세림의 걱정과 달리 로렌스는 매우 온화한 웃음을 짓고 있었다.

"예, 그건 이런 거죠. 호로 녀석이 세림 씨 동료들에게 이상한 부탁을 했죠?"

순간 말을 못 알아들었다가, 권속에 관한 이야기라는 것을 곧 깨달았다.

"아람 씨가 오늘 아침에 일부러 가져다주러 왔더군요. 나한테 들키면 호로가 싫어할 것 같아 한나 씨가 받게 했습니다만."

설명을 들으면서도 세림은 대체 그게 유황과 무슨 상관인지 도무지 이해가 가지 않았다.

게다가 호로가 오빠인 아람에게 부탁하러 간 것은 로렌스가 유황 일을 받고 난 뒤였다.

뒷말이 이어지기를 기다리자, 로렌스가 웃으면서 나직이 한숨 같은 것을 지었다.

"호로는 좀처럼 속내를 드러내지 않지만, 사실은 옛날 동료를 찾으러 가고 싶어 하거든요."

"아, 그건."

"물론 그런 말을 꺼냈다가는 내가 난감해할 걸 아니까 아닌 척하는 듯한데…. 그러니까 이번 일은 저 녀석 나름대로 일석이 조다 싶었을 거예요. 아니, 손님들에게 얻어들은 맛있는 음식들을 먹으러 다닐 꿍꿍이도 있으니 일석삼조인가?"

로렌스는 짐마차를 보면서 남은 빵을 베어 물고, 씹고, 삼킨다.

"게다가 저 녀석은 고집쟁이에다 오기도 이만저만이 아니거든요. 예를 들어 여행지에서 옛날 동료와 관련한 단서 같은 게 나왔다 쳐요. 그게 좀 멀리 있을 것 같으면? 가지 말자고 할 게 뻔해요. 귀찮다느니 어쩌니 하고 우기면서. 평소엔 제멋대로에 먹을 걸 졸라 대며 시끄럽다가도 그럴 때는 꼭 내가 매일 걱정하는 노잣돈을 먼저 생각한다니까요."

왠지 모르겠으나 호로의 그런 모습이 쉽게 떠올랐다. 세림이 생각하기에도 호로는 기본적으로는 참 다정한 성격이고, 소심하다 싶은 면도 있다.

하지만 그런 모든 것을 둘도 없이 사랑하는 로렌스에게 쏟고 있다고 생각하니, 아직 사랑이란 걸 해 본 적 없는 세림은 부럽기도 하고 애달프기도 한, 묘한 기분이 들었다.

"그래서 유황을 잔뜩 실어 가는 거예요. 직인을 불러서 짐마차도 이렇게 튼튼하게 만들기까지 하고."

이야기가 별안간 제자리로 돌아오자 세림은 꿈에서 깨어난 것만 같았다.

"다른 여관에서 맡은 유황이 이렇게 많이 남지 않았느냐. 이걸 다 팔지 않고는 돌아갈 수 없다고 우기기 위해."

아아, 하고 세림은 생각했다.

이 짐마차에는 호로를 배려하는 로렌스의 마음이 듬뿍 실려 있는 것이다.

참으로 근사한 일이라고 생각하지만, 그와 동시에 세림은 할 말을 잃었다.

로렌스의 말에 따르면 이 여행은 얼마든지 연장될 것 같은 분위기다.

호로를 위해서라면 로렌스는 얼마든지 여행에 동행할 테니.

"그러니 어쩌면 그런 이유로 여행에서 돌아오는 게 조금 늦어질 수도 있는데…. 저를 봐서 호로의 행동을 용서해 주세요."

로렌스가 비로소 그런 말을 하자, 세림은 다소 체념한 기색으로 담담히 웃었다.

그 후, 영 오지 않는 호로를 불러 와 달라는 로렌스의 부탁을 받고 세림은 가게 안으로 돌아갔다. 걸음이 황망한 것은 불길한 예감이 맞았기 때문이다.

두 사람은 장기간 여행에서 돌아오지 않을 것이고, 계산대에서 불안에 떨며 앉아 있을 자신의 모습이 눈에 선했다.

세림이 휘청휘청 거실을 지나 복도를 나아가 취사장으로 들어선 순간이었다.

눈이 휘둥그레진 것은, 거기에서 호로가 외투를 손에 들고 부지런히 무언가 작업을 하고 있었기 때문이다.

"아, 너였냐."

호로는 세림이 온 것을 알고 힐끗 시선을 던졌다가는 이내 하던 일을 계속한다. 로렌스의 말대로 군것질 같은 걸 하고 있을 줄 알았는데 그게 아니었나 보다.

무슨 일인가 하여 안쪽에 있는 한나를 쳐다보자, 어이없는 투로 어깨를 으쓱인다.

"저어, 로렌스 님께서 오시라는데요…."

"음."

호로는 짤막하게 대답하고는 외투를 펄럭 털어서 조리대 위에 다시 얹는다.

외투 안쪽에 무언가를 꿰매 붙이고 있었던 모양이다.

"얼른 끝낼 테니까 잠깐만 기다려."

옆 선반에는 허리띠처럼 보이는 것도 놓여 있었다. 뭘 하는 건가 싶어 지켜보자, 호로는 익숙한 손놀림으로 외투와 같은 색의 천 조각을 꿰매 붙이더니 틈새에 종이 접은 것을 잘 집어 넣었다.

"아."

세림이 저도 모르게 중얼거리자 호로가 힐끗 시선을 든다.

"음. 네 오라비가 보내온 거야."

오빠에게 부탁해서 받은, 권속에 관한 정보가 담긴 종이를 옷에 감추고 있었나 보다.

"그 녀석이 얼마나 예의 바른지 깜박 잊고 있었네. 한나가 받아 주었으니 망정이지. 저 멍청이한테 들켰으면 일이 또 꼬일 뻔했잖아."

"엇."

방금 로렌스에게 들은 말이 있었기에 얼결에 소리가 튀어 나갔다.

하지만 로렌스는 호로가 하는 일에 관해서는 모르는 척을 할 작정인 듯했다. 그렇지 않고는 일부러 한나가 받게 두지 않았을 테니.

새삼 얼버무릴 수 있을까 하여 세림은 당황했는데, 시선을 도로 내리고는 호로가 이런다.

"일이 귀찮아지거든. 진짜 멍청이라서."

세림이 아무런 대답도 하지 못하고 있는 것을 호로는 그냥 놀라서인 줄 아나 보다.

"그러니까 들키기 전에 얼른 옷 속에 감추는 거야."

별로 크지도 않고, 호로의 손이 빠르기도 하여 작업은 금세 끝이 날 듯했다.

그래도 세림은 호로가 왜 이러고 있는지 여전히 모르겠다.

"그, 그런데요, 호로 님."

"음?"

세림은 얼결에 말문을 열었다가 호로의 시선에 주춤댔다.

말을 할까 말까 망설이다 잠자코 있는 게 더 이상할 것 같아 말했다.

"저기, 그게… 로렌스 님은 권속을 찾는 일을 기꺼이 도와주실 것 같은데요…."

방금 로렌스에게 들은 말이 없었더라도 그럴 것 같다.

호로는 세림의 눈을 가만히 마주 보다가 갑자기 양 눈썹을 비대칭으로 찡그리더니 비꼬는 듯한 미소를 지었다.

"그래서 이러는 거야. 저 멍청이는 내가 어이가 없어 할 만큼 그쪽으로 확 쏠릴 테니까."

호로는 그렇게 말하고는 트림을 하듯 혀를 내밀었다.

"나는 딱히, 이젠 그렇게 옛날 일에 연연하지도 않아. 작은 단서라도 발견하면 좋겠다는 정도지."

뜻밖의 말에 세림이 얼이 빠져 있자, 호로는 난감한 듯이 웃었다.

"너희도 신경을 많이 써 주었고, 네 오라비가 참 성실하게 이런저런 정보를 써서 갖다주었지만, 사실은 진지하게 찾으러 다

닐 생각은 없어. 뭣보다, 잠깐 여행에 나선다고 해결을 볼 일도
아니고."

그 부분이 곧 세림의 염려이기도 했다. 호로는 현랑이라 칭송
받을 만한 지성의 소유자이고, 사안을 잘 꿰뚫어 보는 눈을 가졌
다. 세상이 얼마나 넓은지 알고도 남을 것이다.

"그, 그럼….."

"그럼 왜 이러냐고?"

호로의 앞선 물음에 세림은 머리를 조아리며 끄덕였다.

연신 손을 놀리며 호로는 느긋이 이렇게 말했다.

"그거야 뭐, 저 멍청이 때문이지."

뭔가를 깨물 듯이 이를 내보이는 건 멋쩍은 듯한 웃음이다.

"마을 놈들한테 받은 일거리를 다 처리해야 마을로 돌아올 거
아냐?"

조잘조잘 떠들면서도 천 조각을 깔끔하게 꿰매 붙이고, 가는
눈으로 어디 들뜬 곳은 없는지 확인한다. 그냥 입고 있으면 티
가 나지는 않을 것 같다.

"하지만 저 멍청이는 옛날에 나랑 한 약속을 아주 중요하게
여기고 있거든. 아니, 당시의 저 멍청이는 돈벌이 건수만 생겼
다 하면 위험한 곳으로 휘적휘적 들어가는 대왕 멍청이였지. 이
젠 그런 짓 하지 말라고 말해 두긴 했지만. 그래도, 음."

호로는 의자에서 일어나 두 팔을 천장을 향해 뻗었다. 귀와 꼬

리털이 부르르 떨린다.

"나는 저 멍청이의 짐이 되긴 싫어. 내 낯빛을 살피며 마을로 돌아오자고 한 결과, 마을 놈들한테 이런저런 말을 듣는 건 더 못 참아. 그러니까 그럴 때 바로 이게 나서는 거지."

"아, 예⋯."

세림은 건성으로 대답하고, 호로는 외투며 허리띠를 접어 품에 안았다.

"여기에서 더 내려간 곳에 내 동료가 있을지도 모른다고 하면, 저 멍청이는 날 위해서라는 핑계를 대면서 여행을 계속할 수 있을 거거든."

세림이 얼이 빠진 것은 호로가 말한 내용 때문이 아니었다.

비슷한 소리를 좀 전에도 들어서다.

"그래서 말인데, 저 멍청이 때문에 돌아오는 게 좀 늦어질 수도 있는데⋯ 그건 좀 봐줄래? 현랑의 이름을 걸고 언젠가는 꼭 갚을 테니까."

저런 부탁의 말까지 똑같다니. 무슨 신기한 그림을 보고 있는 느낌이었다.

떠돌이 곡예사가 '신기하고도 놀라운 요지경!'이라고 외치면서 네거리에서 사람들에게 보여 주던, 한도 끝도 없이 위로 올라가는 계단 그림 같다.

로렌스는 호로가 옛 동료를 찾고 싶어 하니 마을 사람들에게서 군이 많은 일거리를 맡았다고 했다. 한편 호로는 로렌스가 마을 사람들의 일거리를 맡는 것을 보고 여행을 계속해서 그 일을 완수할 수 있게끔 일부러 핑계를 만들었다.

그뿐 아니라, 여행이 길어질지도 모른다면서 세림에게 나란히 사과했다.

그런데 둘 다 여행이 길어질 수 있는 진짜 이유는 상대에게 있고, 상대를 배려하기 위해 그러는 수밖에 없다고 한다.

"으, 멍청이가 왔네."

하며 호로는 귀를 쫑긋하고는 외투와 허리띠를 세림에게 떠안겼다.

"갖고 있어."

"어, 엇."

호로는 말을 채 마치기도 전에 짐승 귀를 손으로 쓸고, 꼬리를 파닥인 후 손가락빗으로 정리했다. 그런 뒤 "음." 하며 고개를 끄덕이고는 취사장을 나섰다.

"아, 거기 있었냐? 군것질을 언제까지 하는 거야?"

"멍청이. 그런 거 안 했어."

"한나 씨한테 확인해 본다?"

"그러시든지. 당신 추측이 틀린 거면 각오해."

그런 소리를 주거니 받거니 하는 게 벽 너머로 들려온다.

세림은 호로가 맡긴 옷가지를 품에 안으며 왠지 눈물이 날 것만 같았다.

"하여간. 이런 멍청이랑 여행을 해야 한다니. 마음이 무겁네."

"너, 그거 내가 할 말이거든?"

서로 당장에라도 웃음을 터뜨릴 듯한 말투로 핀잔을 준다.

저 둘은 저 둘의 이야기 속에서 살고 있다.

한나를 쳐다보자, 세림의 시선을 알아채고는 입꼬리로 모호하게 웃으며 너른 어깨를 으쓱였다.

세림은 과연 가게 관리를 제대로 할 수 있을지 악몽을 꿀 만큼 노심초사했던 자신이 우스꽝스러웠다.

왜냐하면.

"저기요!"

세림이 취사장에서 복도로 나가 말을 걸자, 딱 달라붙어 가고 있던 두 사람이 나란히 돌아본다.

"저어…."

세림은 숨을 삼킨 뒤, 말했다.

"빨리 다녀오세요."

자신의 입장에서는 절대 못 할 줄 알았던 말이 술술 잘도 나왔다.

그리고 그 말을 들은 호로와 로렌스는 마치 서로 약속이라도 한 듯 바로 상대방을 손가락으로 가리켰다.

""그건.""

하고 음성이 겹치자, 울컥한 표정으로 서로를 쳐다본다.

"뭐야, 그 손가락은?"

"그러는 넌? 그 손가락의 의미를 묻고 싶다만?"

두 사람은 두 사람의 이야기 속에서 살고 있다.

세림은 지금이라면 두 사람이 돌아올 때까지 가게를 맡아 운영할 수 있을 것 같다.

어째서 이 온천장이 잘되는지 그 비밀을 이해했으니까.

"후후."

세림이 웃자 호로와 로렌스가 어리둥절한 표정을 지었다가, 서로 너 때문에 웃음을 사지 않았느냐며 옥신각신한다.

세림은 웃었다. 몇 년간 잊고 있었던 몫만큼 웃었다.

두 사람은 돌아올 테고, 이 가게에 있는 모든 이가 두 사람을 기다릴 것이다.

이 여관은 두 사람이 행복해지기 위해 세워진 곳이고, 사람들은 그 모습을 바라보기 위해 이곳에 오는 거니까.

뇨히라의 온천장, 늑대와 향신료.

웃음과 행복이 솟아난다고 소문 자자한 온천장이다.

늑대와 가을빛 웃음

어쩌다 자리를 함께하게 된 나그네들과 이야기꽃을 피울 때 등장하는 화제는 뻔하다.

인근의 치안 상황은 어떻고, 화폐 환율은 어떠하며, 어느 시의 그것이 맛있다는 등등.

개중에서도 길 떠난 지 오래된 이들이 유독 열중하는 주제가 있다.

어느 계절이 여행하기에 가장 적합한가 하는 논쟁.

"난 더운 것도 싫고, 추운 것도 싫어."

"그럼 봄이나 가을?"

"봄은 나쁘지 않지만 어수선해서 별로야. 겨울에 내린 눈 때문에 진창이 되기도 하고."

그러면서 무릎 위에 얹은 모피를 빗질하고 있는 것은, 후드를 푹 뒤집어쓰고 짐마차 마부석에 앉은 아담한 소녀. 전체적으로 소박한 차림에 장신구라고는 목에 건 주머니뿐이지만, 찬찬히 살펴보면 옷소매도, 허리싸개의 자락도 전혀 낡은 데가 없다.

수수하지만 매우 질 좋은 옷을 입었고, 후드 아래로 길고 아름다운 아마색 머리카락이 엿보이니, 여행 중인 수도녀이거나 어쩌면 먼 영지로 선을 보러 가는 중인 양갓집 규수인가 할 수도 있겠다.

하지만 이 소녀는 수도녀도, 귀족의 딸도 아니다. 그러기는커녕 사람조차 아니다.

소녀의 이름은 호로. 일찍이 요이츠라 불리던 땅을 다스렸고, 아득한 남쪽 지역에서는 풍작의 신이라 불렸던, 보리에 깃든 거대한 늑대의 다른 모습이다. 손에 들린 모피도 그냥 무릎 덮개 같은 게 아니라 호로의 허리에 달린 꼬리다.

"여행을 떠나려면 지금 같은 가을이 좋지. 바람이 서늘해도 해가 나면 따뜻해지고, 밤에는 밤대로 따뜻한 술을 홀짝이는 재미가 있거든. 게다가 지금부터 겨울로 향해 가는, 이렇게 약간 쓸쓸하면서도 차분한 분위기. 나처럼 지적인 현랑에게는 딱 어울리잖아?"

마부석 위에서 꼬리를 빗질하는 호로는 기분이 좋은지 수다스럽다. 그래서 그런지 꼬리털도 평소보다 더 복슬복슬하다.

그런 호로의 곁에 앉은 것은 전직 행상인인 로렌스. 십 년도 더 전에 우연히 호로와 만났고, 적잖은 모험 끝에 하나가 되었다. 지금은 온천마을 뇨히라에서 온천장 '늑대와 향신료'의 주인장으로 산 지 십 년이 좀 넘었다.

"하기는. 네 털 색깔이면 가을 숲에 잘 어울리겠다."

호로는 꼬리가 최고의 자랑거리라, 늑대일 때의 털도 칭찬하면 솔직하게 기뻐한다.

"하지만 가을이 좋은 건 먹을 것이 맛있는 계절이라서지?"

로렌스가 쓴웃음을 섞어 가며 말한 것은 호로가 바지런히 꼬리털 손질을 하면서도 군밤을 먹고 있기 때문이었다.

"맛난 것을 먹을 때보다 더한 즐거움은 없는 법이야."

놀려도 굴하지 않고 호로는 희희낙락 군밤을 아작거리며 꼬리털 손질을 계속했다.

기가 막혀 나직이 코웃음을 친 후, 로렌스는 짐마차의 고삐를 고쳐 쥐었다.

"뭐, 이번엔 돈에 안달복달하는 장사 여행이 아니니까, 도중에 맛난 것도 먹고 즐기자."

그러자 호로는 새끼 늑대처럼 커다란 눈망울로 로렌스를 보며 기쁜 듯이 웃었다.

로렌스와 호로가 짐마차에 앉아 흔들리며 여행을 하는 것은 자질구레한 용건으로 마을을 나섰던 것 외엔 얼추 십여 년 만이다.

온천마을 뇨히라에 자리를 잡기 전에는 한 마을에 눌러앉아 쭉 사는 생활이 잘 상상되지 않았다. 행상인으로서 드넓은 지역을 오가는 게 당연했고, 금세 또 길을 떠나게 되는 건 아닌가… 하는 불안감이 없지 않았다.

하지만 온천장 경영은 바빴고, 그 이상으로 즐거웠다. 딸이 태어나기도 하여 여행에 향수를 느낄 새조차 없었다는 것이 맞을 수도 있겠다. 순식간에 십 년 넘는 세월이 흘렀다.

이번 일도 로렌스가 생각해 낸 것은 아니었다. 뇨히라 마을 밖으로 잠시 여행을 떠나자는 말을 꺼낸 것은 호로였다.

그렇긴 하나, 호로는 굳이 따지자면 외출을 싫어하는 쪽이다. 온종일 뒹굴면서 술과 온천욕을 즐길 수 있으면 아무런 불만이 없는 성격이니, 여행을 제안한 데에는 물론 이유가 있었다.

"어디 보자…. 일단은 어느 도시로 가야 하려나. 얘네 둘이 지금 어디 있느냐에 달렸는데…. 마지막 편지는 윈필 왕국 남쪽 도시에서 보낸 거였지."

로렌스가 무릎 위에 펼친 지도 위에는 편지 한 통이 있다. 거기에는 두 사람의 서명이 쓰여 있다. 하나는 로렌스와 호로 사이에 태어난 외동딸 뮤리의 것. 올해로 열두 살 먹었으니 세간에서는 결혼 이야기가 나와도 될 나이다.

다른 하나는 글씨체만 봐도 성실함이 엿보이는, 성직자를 지향해 길을 나선 청년 콜의 것이다.

로렌스가 호로와 행상 여행을 하던 시절에 인연을 맺게 된 사이로, 온천장 운영도 내내 도와주었다. 뮤리가 태어난 후로는 그 뒤치다꺼리까지 거의 도맡아 했다고 해도 과언이 아니다.

뮤리는 가게 내에서 콜을 오라버니라 부르며 잘 따랐다.

피는 이어지지 않았어도 아름다운 남매의 우애.

한가로이 그런 줄만 안 것은 자신뿐이었다는 걸 로렌스는 지난겨울에야 알았다. 콜이 꿈꾸던 성직자가 되기 위해 마을을 떠나자 뮤리도 그 뒤를 따라서 나가 버렸던 것이다.

로렌스에게는 마른하늘에 날벼락 같은 일이었으나, 아내이자 뮤리의 모친인 호로는 전부 알고 있었던 모양이다.

호로가 뮤리를 보낸 거라면 로렌스는 어쩔 도리가 없다.

게다가 딸은 언젠가는 결혼해 떠나보내야 한다.

상대가 콜이라면 그것만으로도 다행이라 여겨야겠지.

그렇게 자신을 다독이고 있으나 역시 속은 편치 않다.

"초봄에 뇨히라보다도 춥다는 바다에서 편지를 보내왔었지."

로렌스의 속을 아는지 모르는지 꼬리털을 열심히 비틀어 다듬으며 문득 생각났다는 듯이 호로가 그렇게 한마디 했다.

"그래. 나도 가 본 기억이 없는 북방의 섬 지역이었지. 그 후로 남하해서 윈필 왕국으로 건너가 봄을 보내고, 여름도 지나, 지금은 왕국 남쪽에 있는가 본데…. 편지가 점점 뜸해지는 듯한 게…. 편지에는 그렇게 쓰여 있지 않아도 역시 고생하고 있는 것이 아닌지…."

로렌스는 여행이 얼마나 위험하고 가혹한지 잘 안다. 무소식이 희소식이라는 태평한 소리는 못 한다.

길에는 도적이 있고 시벽 안에는 거지가 득시글하다. 그게 아니더라도 병에 걸리거나 다칠 수도 있다. 운 나쁘게 여행 도중에 폭우, 폭설에 붙잡히면 굶어 죽거나 얼어 죽을 수도 있다.

금지옥엽 외동딸을 생각하면 아비인 로렌스는 가슴이 찢어질

지경이건만, 호로는 기가 막히게도 또 이런 소리를 한다.

"뭘~ 우리한테 편지 쓰는 것보다 더 재미있는 일이 있는 거겠지."

로렌스가 호로를 쳐다보자 꼬리 손질은 끝났는지 밤 껍질을 딱 쪼개 알맹이를 우물우물 씹고 있었다.

"보내오는 편지에서 늘 재미난 냄새가 나."

"…재미… 그렇, 겠지. 여행은 즐거운 거지. 맛있는 밥, 아름다운 경치에 마음이 빼앗기기도 하겠지."

자신을 다독이듯 말하는 로렌스를 호로가 곁눈으로 본다.

"당신이 그렇게 믿고 싶다면 나는 아무 말도 안 할게."

"……."

놀림을 당한 개처럼 로렌스가 호로를 쳐다보았다.

호로에게는 그게 놀림 축에도 들지 않는지, 미련이 뚝뚝 떨어지는 로렌스의 모습에 되려 어이없다는 표정이다.

로렌스도 물론 잘 알고 있다.

딸이 태어났을 때부터 각오는 했었다. 언젠가는 반드시, 누군가의 곁으로 가 버릴 거란 걸.

"…둘이 행복하다면… 물론, 그거면, 되지…."

쥐어짜듯 말하자 호로는 쿡쿡 웃은 뒤 로렌스에게 몸을 붙였다.

"멍청한 당신이 멍청한 일에 시달리는 건 어이가 없지만."

호로의 자랑스러운 꼬리가 살랑 흔들렸다.

"나만큼은 꼭 당신 곁에 있을 거야. 무슨 일이 있어도."

다정하게 웃으며 호로가 로렌스를 똑바로 바라본다.

평소에 호로는 일어났다가도 도로 자고, 아침부터 술도 잘 마시고, 일하기 싫다면서 잠자리 밖으로 나오지 않는 것이 일상의 다반사다. 손님에게 먼 지방의 명물 요리 이야기를 들으면 그게 먹고 싶다며 떼를 쓰기도 한다.

그래서 로렌스는 호로가 연세 수백 살 잡수신 현랑 님이시라는 것을 까맣게 잊곤 한다.

하지만 호로는 역시 호로답게, 보리가 여무는 대지처럼 로렌스를 받쳐 준다.

이 여행만 해도 호로가 로렌스를 생각해서 먼저 말을 꺼냈다.

뮤리를 항상 걱정하는 로렌스를 안심시키기 위해, 또는 이참에 체념을 시킬 생각으로 한 번은 뮤리를 만나러 가 보지 않겠느냐며.

호로가 그렇게 마음을 써 주는 게 로렌스는 말할 수 없이 기뻤다. 뮤리와 콜을 만나러 갈 수 있다는 것보다 그게 더 기뻤다.

호로가 곁에 있어 준다면 달리 아무것도 바랄 게 없다.

예전의 자신도 진심으로 그렇게 믿었기에, 인간의 몸이면서도 늑대인 호로의 손을 잡았다.

이쪽을 보며 미소 짓는 호로의 진지한 눈빛에 로렌스는 스르륵 얼굴이 풀어졌다.

"그래, 그렇지. 네가 있지."

그 말에 호로가 생긋 웃는다. 긴 세월을 살아온, 대범한 현랑의 웃음.

로렌스는 호로의 어깨에 가만히 팔을 둘러 끌어안았다. 팔에 꼭 힘을 주자 호로의 꼬리가 기쁜 듯이 파닥였다.

이렇게 호로와 단둘이 있을 수 있는 시간이 늘어난 것만으로도 길을 나선 보람이 있는 것 같다.

"그런데, 당신."

"응?"

로렌스의 품 안에서 몸을 살짝 틀어 호로가 올려다본다.

"있잖아, 내 생각엔 우선 스베르넬부터 들르는 게 좋을 것 같은데."

"스베르넬?"

뇨히라에 가장 가까이 있는 큰 도시다.

"음. 스베르넬에는 여름 사이에 훌쩍 자란 양, 돼지, 그리고 닭이 있을 거 아냐? 게다가 밀리케 멍청이도 있잖아. 거기엔 갈 때마다 달달한 간식거리가 있어서 좋더라."

밀리케는 호로와 마찬가지로 오랜 시간을 사는 짐승의 화신이자 스베르넬의 유력자다.

언뜻 보기엔 호로와 맞지 않은 것 같으면서 뜻밖에 잘 지내는 듯하다.

지난번에 밀리케를 만났을 때는 보라색 꽃을 설탕에 절인 과자를 대접받았다.

"…스베르넬에 가면, 바다에서 멀어지게 되지?"

로렌스는 지도로 눈길을 내리며 대답하다가 불현듯 뺨에 시선이 닿는 것을 느꼈다.

"우리가 바쁠 건 없잖아?"

"그거야 그렇지만….."

로렌스는 그러면서 들뜬 기색인 호로를 냉정하게 보았다.

"너, 설마 스베르넬에 들르게 할 속셈에 이렇게 기특하게 군 건….."

"엇, 뭐?!"

하며 늑대 꼬리가 팔딱 서더니 눈을 휘둥그렇게 뜬다.

"나… 나는, 당신을 생각해서….."

귀가 축 처지고, 어깨는 늘어지고, 꼬리는 푹 꺼지는 게, 몸 전체로 풀 죽은 분위기를 보인다.

안 그래도 가녀린데, 측은함이 절로 솟게 하는 모습이다. 하지만 로렌스도 호로와 함께한 십여 년의 세월을 공으로 보내지만은 않았다.

"복숭아 꿀절임."

"읏."

늦대 귀가 본인의 의지와 무관하게 쫑긋 선다.

로렌스가 샛눈으로 보자 호로는 자세를 바로 하고 노려본다.

"나에 대한 당신의 마음이 고작 그 정도야?!"

호로의 마음씀씀이를 의심하는 바는 아니나, 꿍꿍이는 꿍꿍이니까.

"여행은 이제 막 시작됐어. 바로 사치를 부렸다가는 후환이 두려워져."

"멍청이! 당신은 뒤에 실린 짐도 팔아야 할 거 아냐? 사람 많은 도시가 더 나을 텐데."

호로가 가리키는 것은 짐칸에 쌓인 대량의 자루다. 뇨히라의 온천에서 채취한 유황 가루가 들어 있는데, 로렌스와 호로가 여행을 떠난다는 소식을 듣고는 다른 온천장 주인들이 대신 좀 팔아 달라고 해서 맡아 온 것이다.

로렌스가 마을에 가게를 차린 지도 얼추 십 년이 넘기는 하나, 여전히 제일 신참인 까닭에 입지가 넓지 않다. 선배가 부탁하면 마다할 수가 없다.

도중에 팔면서 다녀야 하는데, 쉽게 해치울 수 있는 양이 아니었다.

"스베르넬은 뇨히라의 온천장 전체가 물품을 구매하는 곳이야. 탕에서 채취한 유황 가루 따위야 넘치도록 많을 텐데, 새삼스럽게 누가 사겠어?"

"으, 우….."

"이대로 쭉 서쪽으로 가서 강을 따라 내려가면 아티프라는 항구도시가 나와. 이 시기엔 항구로 들어오는 생선들도 다양하고 기름져서 맛있어."

"물고기로는 부족하단 말이야…. 우으… 속을 꽉 채운 통닭… 돼지 통구이… 소 어깨 살…."

마치 밥도 배불리 얻어먹지 못한 하녀처럼 쉰 음성으로 앓는다.

조금 전까지 군밤을 그토록 먹었으면서. 로렌스는 어이가 없을 뿐이다.

아니지, 단밤을 먹고 나니 짭짤한 고기가 당기는 거겠지.

"말은 그래 놓고 아티프에서 생선요리를 추가로 시켜 댈 네 모습이 눈에 선하다."

산중마을 뇨히라에서는 강에서 잡은 물고기를 빼고는 식탁에 줄을 서는 모든 것이 염장이다. 대부분 청어, 이따금 대구, 가자미 같은 게 뒤를 잇지만, 대체로 매일 먹고 싶어지는 먹거리는 아니다.

그러나 항구도시에서만 먹을 수 있는 생선은 쪄도 맛있고, 구워도 맛있다.

"더구나 무역의 요충지니까 신선한 포도주도 있을 거고."

호로의 귀가 쫑긋.

"건포도나, 운이 좋으면 생포도도 있을지 모르지."

포도는 비교적 따스한 지역에서만 나는 과일이라 이 근방에서는 일단 생포도는 맛볼 길이 없다.

호로는 로렌스의 말 따윈 들을 생각도 없다는 투로 고개를 외면하면서도 군침을 꿀꺽 삼켰다.

"어쩔래?"

그 물음에 호로는 묵묵부답.

따그닥따그닥 말발굽 소리와 짐마차 덜컹거리는 소리만 울린다.

숲 사이로 난 길 위를 작은 새 몇 마리가 지저귀며 날아간다.

계절 참 좋네, 하며 로렌스는 하늘을 우러른 채 눈을 가늘게 뜨고 있다가 어깨에 박치기를 먹었다.

"…멍청이!"

뿌루퉁한 호로가 짧게 그 말만 한다. 포기했나 보다.

나잇값도 못 하는 호로의 태도에 로렌스는 쓴웃음 지었다. 단, 자신도 포함해서.

가게에서도 물론 호로의 먹성 탓에 씨름을 하곤 했다. 하지만 대개는 취사장을 맡은 한나의 역할이었기에, 이렇게 대놓고 씨름을 하기는 오랜만이라 향수가 드는 한편 즐거웠다.

행상하던 시절에는 늘 이랬었지.

입가가 풀어지는 것은 이런 대화가 못 견디게 사랑스러워서

다.

"여행 떠나온 기분이 나네."

이때까지와 다른 말투에 즉시 호로의 귀뿐 아니라 꼬리까지 쪽 섰다.

그리고 호로는 영 마뜩잖다는 투로 로렌스를 올려다보았다.

"그럼…."

"기분에 이끌려 돈주머니 끈을 풀진 않겠지만."

그러자 호로는 망연한 표정으로 응수다.

"흥. 초장부터 싹 벗겨 먹긴 가엾으니까."

"말은 잘 한다."

"뭐가 어째?!"

"내가 뭘?"

그런 대화를 하면서 짐마차는 느긋이 길을 나아간다.

그러다 끝에는 서로 얼굴을 마주하며 한바탕 웃음을 터뜨렸다.

산중의 온천마을 뇨히라에는 강이 흘러서, 시급할 때나 눈이 많이 내리는 계절에는 그쪽을 통해 배로 오가는 일이 잦다.

하지만 짐말과 짐마차를 고스란히 태우려면 나름대로 큰 배를 빌려야 하고, 인원도 뱃사공 혼자로는 안 된다.

예산을 고려한 끝에 로렌스와 호로는 짐마차에 흔들리며 길을 나선 것인데, 하늘이 물들기 시작한 무렵에도 두 사람은 여전히 길 위에 있었다. 나무와 나무 사이에 천막을 치고 돌을 둘러 만든 작은 화덕 앞에서 호로는 무릎을 끌어안고 앉은 채 뿌루퉁 부어 있다.

"…바로 노숙이라니…."

열심히 서두르면 강변 세관에 있는 여인숙에까지는 갈 수 있을 줄 알았는데, 짐마차를 끌고 넘는 산길이 하도 오랜만이라 속도가 나지 않았다.

"부드러운 침대… 두툼한 이불… 따뜻한 온천탕… 듬뿍 쌓인 고기와 포도주…."

눈을 감고 기도하면 그게 뿅 튀어나올 것이라고 믿기라도 하는 듯 중얼거리는 소리를 무시하고, 로렌스는 밀과 호밀이 반반 섞인 거무스름한 빵을 호로에게 내밀었다.

"자, 이건 일부러 호밀을 섞어서 굽게 한 거야. 옛날 생각 나지?"

예전 행상길에서는 흰 밀빵은 구경하기도 힘들었다. 딱딱하게 굳은 새카만 호밀빵을, 김빠진 맥주에 적셔 불려 먹었다.

온천장의 나태한 생활에 익숙할 대로 익숙해진 호로는 들떠 있는 로렌스를 보고 믿기지 않는다는 표정이다.

"그냥 밀빵으로 해도 됐잖아…."

"밀로만 만들면 금방 상한다고. 한겨울이라면 모를까, 아직 날이 따뜻하잖아. 산을 내려가면 더해."

로렌스는 그러면서 작은 쇠 냄비를 화덕 위에 건 뒤 염장육을 얇게 잘라 얹었다.

고기를 보자 호로는 그제야 한숨을 섞어 가며 빵을 씹기 시작했다.

"고기는 좀 더 두툼하게 잘라 줘."

"절약, 절약."

재빨리 염장육 덩이를 치워 버리는 로렌스를 호로는 울 것 같은 표정으로 노려본다.

"노잣돈이 남으면 돌아오는 길엔 호화롭게 먹자."

하며 상인의 웃음을 지어 보이자, 자칭 수백 살은 잡수신 현랑님께서는 어린 여자아이처럼 입술을 삐죽이며 눈꼬리를 내렸다.

"멍청이…. 그럼 고기 얼른 구워 줘. 이딴 검은 빵, 쓰고 시어서 고기 없이는 못 먹어."

"그래, 잠시만 기다려…. 엇, 어… 응?"

로렌스는 몸을 웅크리고 부싯돌을 쳤지만, 식물 이삭으로 만든 화구는 꿈쩍도 하지 않았다.

"잘 말라 있는데…. 잇… 에잇…!"

딱, 딱, 돌을 마주쳤지만 좀체 불꽃이 튀지 않는다. 온천장에서는 직접 불을 피울 일이 없었기에 완전히 감을 잃었나 보다.

한동안 고군분투하다 손과 웅크린 등이 쑤셔서 몸을 쭉 폈다가 호로의 싸늘한 시선을 느꼈다.

"…거, 거의 다 됐어."

"그러길 바라."

한숨과 함께 호로가 한 말에 로렌스는 에잇 이까짓 것, 하며 부싯돌을 다시 쳤다.

그로부터 호로가 여봐란 듯이 내는 하품 소리가 세 번이나 나도록 여전히 불을 붙이지 못했다.

"출발 전에 연습하고 올걸…."

"앞날이 훤하네."

하고 중얼거리는 호로를 못마땅하게 쳐다보자 눈을 홱 돌린다.

"으으…."

웅크리고 부싯돌을 치고 있으니 이내 몸 여기저기가 쑤신다. 아니, 몸의 관절이 확실히 예전보다 **뻣뻣해졌다.**

나이를 먹는다는 게 이런 건가… 하여 경악하고 있다가 "하여간에." 하는 호로의 한숨 섞인 음성에 화들짝 정신이 들었다.

"분노로 쉽게 불이 붙을 것 같으면 당신을 놀리기라도 할 텐데."

바야흐로 책망할 기운도 없는 모양인 호로의 말에 로렌스는 뚱하게 대꾸했다.

"아니. 그런 거라면 내가 지나가는 양치기 아가씨라도 식사에 초대하는 게 빠르겠지."

"호오~ 무슨 뜻이야?"

"현랑 님이시면 금세 아실 텐데?"

로렌스와 호로는 서로 노려보다가 동시에 한숨을 쉬었다.

"한겨울이 아니라 그나마 다행이지만…. 딱딱하고 검은 빵과 굽지도 않은 염장육으로만 저녁밥을 먹어야 하다니, 생각만 해도 오싹해. 차라리 오늘은 내가 가게로 한달음에 달려가서 불씨를 얻어 올까?"

호로의 참모습은 우러러봐야 할 만큼 거대한 늑대다. 하룻밤에 산을 세 개쯤은 거뜬히 넘을 수 있다.

"아니…. 그건 최후의 수단으로 삼자…. 제안은 고맙다만."

"흐응? 그래 뭐, 사내자식으로서 당신의 오기라는 것도 있을 테니."

호로에게 놀림을 당했지만, 설마 불도 제대로 피우지 못하게 되었을 리 없다.

"이래서야 오히려 뮤리가 마을 밖에서는 더 잘 살아갈지도 모르겠네…."

로렌스가 한심함에 본심을 흘리자, 기본적으로는 다정한 호로가 어정쩡하게 웃는다.

"그 녀석은 사람의 모습으로도 태연히 깊은 산속으로 사냥을 하러 들어가잖아. 나도 그렇게는 못 해."

호로는 사람의 모습으로 있으면서 이곳저곳에서 늑대의 능력을 발휘하지만, 기본적으로는 겉모습 그대로의 소녀다.

한편 뮤리는 호로와 체격이 비슷한데도 날쌘 짐승처럼 산을 내달릴 수 있다. 무엇보다 놀라운 건 기술력과 지식. 덫을 놓아 사냥감을 잡을 줄도 알고, 잡힌 먹잇감은 바로 해체, 가죽은 무두질, 고기는 말려 놓는다. 팔이 그렇게 가늘건만 지칠 줄 모르는 체력으로 나뭇가지를 비벼 불을 일으켜서는 고기가 익기를 기다리는 사이에 짐승 힘줄로 활까지 만들어 낸다.

혼자 산에 던져져도 한동안은 씩씩하게 살아내리라.

"음. 아, 맞다. 그리고 보니 그 멍청이가 예전에 시험해 본 적 있잖아?"

"응?"

호로는 무슨 생각이 났는지 자리에서 일어나 천막 밖으로 나가더니 짐마차로 걸어간다.

왜 저러나 했더니 짐칸에 쌓인 수많은 자루 중 하나를 빼내어 들고 왔다.

"뭐라더라? 이 노란 가루가 불 피우는 데 쓰인다는 말을 듣고는 벽난로로 시험했다가 야단법석이 난 적이 있었잖아?"

"아아."

로렌스는 이내 그 일을 떠올리고 쓴웃음을 지었다.

그때를 생각하면 아직도 입 안에 쓴 물이 올라온다.

"루워드 단장에게 들은 이야기였지? 전장에서 재빨리 불을 붙이는 방법이라고."

"시험 삼아 한번 해 보지? 여기에서라면 좀 냄새가 나더라도… 나야 뭐, 멀리 떨어져 있겠지만."

호로는 그렇게 말하며 로렌스 앞에 자루를 둔다. 탕에서 채취한 유황 가루가 담긴 자루다.

"불을 붙이려면 순수한 유황 가루가 더 낫다는 것 같지만… 어디 한번 시험해 볼까?"

애당초 부싯돌을 제대로 쓰지 못하는 게 원인인 듯싶기도 하지만, 이대로 화톳불 없이 하는 노숙은 로렌스도 싫다. 해 볼 수 있는 일은 다 해 보자는 생각에 화구의 이삭에 유황 가루를 훌훌 뿌리고, 마른 풀, 마른 나뭇가지, 장작에도 묻혀 두었다.

그리고 다시 몸을 웅크려 부싯돌을 치자… 마침내 솜털 같은 이삭에 붉은 불이 붙었다.

"오오!"

옛날 같으면 아무것도 아닌 일이지만, 로렌스는 얼결에 기뻐서 소리를 질렀다. 아마 유황 덕분이 아니라 자신이 잠시 쉬어서 힘을 되찾은 거겠지.

어쨌든 이 작은 불씨를 꺼뜨려서는 안 된다는 생각에, 손으로 감싸고 숨을 불어넣어 연기가 오르기 시작한 순간 마른 풀에 옮겨붙였다. 불이 점점 더 커진다.

뭐야, 역시 일도 아니네.

로렌스는 개운한 얼굴로 몸을 일으키고 호로에게 그렇게 말하려 했는데, 이미 모습이 사라지고 없다. 주위를 둘러보자 멀찍한 나무 그늘에서 얼굴만 내민 채 이쪽을 엿보고 있었다.

"하여튼 과장은…."

하고 로렌스가 웃은 순간.

치직치직, 무언가가 타는 듯한 소리가 들려 돌아보자 화톳불에서 진한 연기가 피어오르고 있다.

직후, 코를 찌르는 냄새에 로렌스는 얼굴을 가렸다.

쇠를 달군 듯한 쇠붙이 냄새와 유황 냄새. 자극은 코에서 그치지 않아 입은 쓰고 눈에는 눈물이 어린다.

"웃…!"

기억에서도 강렬했는데, 실제로 직면하자 기억의 몇 배는 강렬하다.

뮤리가 아무 생각 없이 벽난로에 이 가루를 던져 넣었을 때, 로렌스의 코로도 온 가게 안에서 일주일은 탄내를 맡을 수 있었고, 호로는 한 달 가까이 코를 킁킁댔다.

뭉게뭉게 피어오르는 연기에 로렌스도 더는 못 견디고 호로의 곁으로 도망쳤다.

"멍청이! 여기로 오면 어떡해?!"

죽을 때까지 함께 있겠노라 사랑을 맹세했던 나날은 간곳없이 호로가 진심으로 거부한다. 로렌스는 약간 상처를 받다가 우뚝 걸음을 멈췄다. 호로가 손에 빵을 들고 있었기에.

저런 지옥의 화톳불 옆에서 밥을 먹고 싶지 않은 것은 로렌스도 마찬가지다.

숨을 참고 화톳불로 돌아가 빵과 맥주가 든 작은 통을 회수한 뒤 호로의 곁으로 달려갔다.

호로는 콧등을 찌푸리며 질색했으나, 로렌스가 맥주 통을 내밀자 마지못해 곁에 있는 것을 허락해 주었다.

그러고도 싫은 듯이 로렌스의 몸을 쿵쿵대고는 얼굴을 찡그렸다.

"오늘 밤엔 당신 혼자 자."

저 가루를 써 보라고 한 게 누군데? 하며 로렌스는 호로를 노려보았으나, 호로는 자랑스러운 꼬리를 지키려는 듯 끌어안고만 있다. 장미 향유로 정성스럽게 손질해 놓은 복슬복슬한 꼬리에 끔찍한 냄새가 배면 절대 안 된다는 뜻일 터.

본격적인 겨울은 아직 멀다 해도 산중의 밤은 차다. 호로의 폭신폭신한 꼬리와 어린애처럼 높은 체온이 곁에 있고 없고는 천지 차이다.

그렇다고 억지를 쓰다가는 정말로 화를 살 수도 있다.

한숨을 지은 로렌스는 뭉글뭉글 연기를 피우는 화톳불을 보며 재차 한숨을 지었다.

여행 첫날부터 이런 식이면 앞날이 훤했다.

이튿날. 재채기를 터뜨리며 눈을 뜨자, 호로는 이미 일어나 마부석에 앉아 있다.

열심히 글을 쓰고 있는 것을 보니, 어젯밤엔 화톳불에 다가갈 수가 없어 미처 쓰지 못한 일기를 쓰는 모양이다.

어떤 험담과 불평불만이 쓰이고 있을지 좀 무섭다.

어젯밤 잠자리에 들 무렵에는 유황 가루도 다 탔는지, 그게 아니면 그냥 코가 익숙해진 건지 별로 냄새가 나지 않기에 화톳불 옆에서 잤다. 지금은 하얀 재 속에서 숯이 벌겋다.

"냄새 좀 가셨어?"

로렌스가 묻자 한숨을 푹 쉰다. 그다지 춥지는 않으나 공기가 축축해서 하얀 숨이 아침 햇살 속에 피어났다.

"대충은. 하여간, 저게 늑대 퇴치용으로 팔리면 꽤 효과적이겠어."

"…고려해 볼게."

호로는 농담으로 한 말이었나 본데 로렌스가 진지하게 답변하자 멈칫했다.

"일단 아침부터 먹을까…. 어젯밤엔 따뜻한 음식을 못 먹었으니까."

"당신은 냄비에 끓인 고기 먹었잖아?"

재 속에 새 장작을 넣으며 로렌스는 어깨를 으쓱였다.

"생각보다 냄새 안 난다고 했는데도 믿지 않은 건 너였잖아?"

호로는 우으으으 앓는 소리를 내고는 마부석에서 내려왔다.

"짐칸의 유황은 그나마 낫지만, 그래도 저것도 어서 치웠으면 좋겠어."

어젯밤에는 짐칸에서 유황 자루 사이에 끼이듯 잤다.

"너는 예전에 여행할 때도 짐칸에 뭐가 쌓이면 화만 냈지. 물고기가 쌓이거나, 쇠붙이가 쌓이거나 하면."

불이 붙기 시작한 화톳불에 쇠 냄비를 걸고 염장육과 뇨히라에서 가져온 달걀을 떨어뜨린다. 달걀은 깨지지만 않으면 오래가고, 식사의 폭이 넓어지기에 귀중한 식재료다. 보리 같은 가루를 운반할 때는 곧잘 가루 속에 묻어 둔다. 물론 이번에는 유황 가루 사이에 보관했다. 너무 오래 묻어 두지만 않는다면 유황 냄새가 속까지 배지는 않는다.

"더 맛있어 보이는 걸 쌓아 놓으면 나도 화 안 내지. 말린 과일이라든가 설탕절임 같은 거가 좋겠어."

꼬리를 파닥대며 멍하니 그런 소리를 한다.

"멍청이. 단 음식이 얼마나 비싼데."

호로의 쏘는 말투를 흉내 내 말하면서 빵을 가른 뒤, 알맞게 구워진 달걀과 염장육을 주걱으로 뜨고 치즈를 덤으로 얹어 함께 끼운다.

"자."

"흠."

빵을 받았으니 바로 입으로 가져갈 줄 알았는데 물끄러미 들여다보고만 있다.

"왜?"

"흠."

호로는 빵을 들여다보는 자세인 채로 시선만 로렌스를 향했다.

"나는 어젯밤에 고기를 못 먹었잖아. 그만큼은 더 먹어야 한다고 생각하는데?"

아침부터 저런 식탐이라니. 감탄스러울 지경이나 받아 줘서는 안 된다. 로렌스는 마음을 다잡는다.

"안 돼. 여행에는 예정이란 게 있어. 그걸 안 지켰다가는 큰일 나게 된다는 거, 너도 예전에 행상하러 다녀 봐서 잘 알잖아?"

제멋대로인 듯해도 호로는 고집을 부려도 될 때와 안 될 때를 구분해 알아서 물러설 줄 안다. 평소에 로렌스가 호로의 주장에 밀리고 마는 것은 응석을 받아 주고 싶은 마음을 그만 들킨 탓이다.

그러니, 로렌스가 단호하게 말하자 호로는 불복하는 기색이면서도 마지못해 수긍했다.

"당신은 옛날부터 융통성이란 게 없어."

"신중하다고 말해 줘."

호로는 로렌스를 힐끗 보고는 어깨를 으쓱인다.

옛날 생각을 하며 신중 어쩌고 소리를 잘도 한다 싶은 거겠지. 그 시절엔 호로 앞에서 툭하면 허세를 부리며 위험한 도박에 손을 대곤 했었다.

어젯밤만 해도 화톳불 하나로 애를 먹었으니, 설득력이 있을 리가 있나.

"…어젯밤은 오랜만의 여행 첫날이라 그런 거니까, 앞으로는 순조로울 거야."

변명하듯 그런 말을 그만 소리 내어 말하고 만다.

호로는 입가에 달걀 노른자를 붙인 채 '아, 그러시냐'는 투로 귀를 살래살래 흔들었다.

그 후 강변 세관에 도착했다. 강을 따라 무수히 많이 서 있는 세금 징수소 중에서도 1, 2위를 다툴 크기다. 남쪽 내륙에서부터 뻗어 올라온 길의 종착점이기도 하여 나름대로 번화했다.

내륙에서는 곡물과 가축의 가공육, 쇠붙이 등의 물품이 운반되어 오고, 강 상류에서는 털가죽과 목재가, 하류에서는 해산물과 먼 나라에서 온 수입품 등이 실려 온다.

세관 여인숙에서 하룻밤 묵을까 했는데, 점심 전에 도착했기에 밥을 먹고 잠시 쉰 후에 다시 출발했다.

그러면서 강을 따라 바다 쪽으로 간다고 했더니 여인숙 주인이 배를 이용하라고 권했다.

꽤 열심히 권했는데, 강변 여인숙은 강을 오가는 뱃사공들과 배를 공동으로 소유하기도 하니 손님이 배를 타면 그만큼 이득이기 때문이다.

여행에 익숙지 않은 수도사라면 홀랑 넘어가겠지만, 로렌스는 전직 행상인이다.

손익 계산 끝에 결국 육로를 택했다.

노숙을 싫어라 하는 호로는 배를 타고 싶은 눈치였으나, 뱃삯만큼 식사의 질이 떨어질 거라고 했더니 마지못해 육로를 받아들였다.

그리고 뇨히라를 떠난 지 나흘째가 된 날.

"…응? 왜 그러는데?"

호로는 마부석에 등을 웅크린 채 턱을 괴고 있다.

한편 로렌스는 지도를 한 손에 든 채 주위를 왔다 갔다 하며 넋 나간 표정이다.

"…이런."

그 말을 자기 자신에게 내리는 사형 선고처럼 쥐어짜고는 쭈

뻣쭈뻣 호로를 쳐다본다.

마부석 위의 호로는 다정히 웃지는 않았으나, 화를 내지도 않았다.

"뭐, 왠지 그럴 것 같긴 했어."

"배를 타고 가라고 권한 건 정말로 친절한 마음에서였나 봐…"

무엇이 잘못된 것인지 알았다.

강을 따라 바다까지 길이 이어져 있으니 별문제 없을 줄 알았는데, 도중에 심한 산사태로 지도상의 길이 끊겨 있었다.

그래서 이 지역 토박이들이 새로 개척한 듯한 길을 따라왔는데, 이게 벌목꾼이나 사냥꾼이 다니는 길과 교차하는지 어느 결엔가 그쪽으로 빠져 버렸다.

땅도 탄탄하고 짐마차도 너끈히 지날 수 있는 완만한 길이었고, 숯구이 오두막도 있었기에 상업용 길인 줄로만 알았는데. 돌이켜 생각해 보면 새로운 길에 낡은 숯구이 오두막이 있을 리 만무하건만. 뒤늦게 정신을 차리자 지도에는 없는 낭떠러지를 횡단하고 고개를 넘어 깊은 숲속으로 들어와 있었다.

"이 근방은 더는 내 구역이 아니야. 다행히 문제가 될 만한 건 없어 보이지만."

호로가 하늘을 올려다보며 코를 킁킁댔다.

하늘로 말하자면 이 근방은 뇨히라와는 식생이 전혀 달라, 위로 쭉쭉 뻗고 둘레도 굵직한 나무들이 곳곳에 서서 시야를 거의 뒤덮다시피 했다.

빛이 지면에까지는 제대로 닿지 않기에 관목이 많지 않다. 그래서 짐마차로 나아가기에는 오히려 수월한 길이 나 있었다.

울창한데도 숲 안쪽까지 묘하게 시야가 트여 있고, 이따금 묘한 시선을 느껴져서 오싹했다.

대개는 여우나 사슴이고, 숲의 제왕이라 할 호로가 있으니 겁먹을 건 거의 없다.

그렇다 해도 로렌스는 인간이다. 숲의 심연에는 본능적인 공포가 인다.

"원래 인간들은 거의 안 들어오는 곳인 듯해. 이 길도, 길이라기보다는 큰비가 내렸을 때 물이 지나가서 닦인 거겠지. 낙엽이 많아서 분간이 안 가게 돼 있어."

그렇다. 사람을 현혹하는 이런 함정 같은 것도 산에는 있다.

다행히 짐칸에 쌓인 물건은 냄새가 독한 유황 자루들이고, 호로는 늑대의 코를 가졌다.

말 머리를 돌리기만 하면 될 것이다.

"…되돌아가자. 이렇게까지 숲이 깊으면 해의 위치로 방향을 잡을 수도 없어."

로렌스는 말의 입을 잡아 짐마차를 회전시키려다가 문득 알아챘다.

호로의 얼굴이 몹시 무표정하다.

로렌스는 자신의 멍청함이 한심하여 말했다.

"화내도 돼."

오히려 그러는 게 마음 편하다.

그러자 호로는 놀란 눈을 하고 로렌스를 보았다.

"어…? 화를 내다니?"

로렌스가 체념하듯 목을 움츠리자, 호로는 주위를 가볍게 돌아본 뒤 흥 코웃음 쳤다.

"자기한테 맡기라며 호언장담하는 건 당신 입버릇이잖아?"

가시가 돋치거나 악의 있는 말투가 아닌데도, 도리어 상처를 받는다. 무엇보다 변명할 길이 없으니 로렌스는 화낼 권리도 없다.

"그리고 여기에 온 것도 나쁘진 않아."

"……?"

호로의 어조는 비 내린 숲처럼 온화했다.

"좋은 숲이야."

뱃삯을 아끼다가 길을 잃었건만, 호로는 담담한 미소마저 짓고 있었다.

욕을 먹는 것보다 더 으스스하다. 로렌스는 별안간 가슴이 수런거렸다. 호로가 이대로 숲속으로 사라져 버릴 것만 같은 기분이 들어서인지.

황급히 머리를 내젓고 다시 숲을 둘러보았다.

"좋…아? 평범한 숲처럼 보이는데….."

오히려 관목과 잡초가 거의 없어 숲으로서는 가치가 떨어져 보인다. 저 정도로 꼭대기까지 나뭇잎으로 뒤덮여 있으면 바람도 잘 들지 않고, 버섯도 별로 나지 않을 테니. 유일한 가치를 가진 거목을 베어 내면 순식간에 민둥산이 되고 말 숲이다.

"당신 눈에는 그렇게 비칠 수도 있겠지만… 향이."

호로는 눈을 감고 숨을 크게 들이마신다. 로렌스도 따라서 숨을 쉬어 보았으나 부엽토의 향이 확실히 기분 좋긴 해도 흔한 냄새다.

"인간의 코로는 못 맡겠지만, 꿀 냄새야. 숲 전체에서 달달한 향내가 나. 필시… 큰 나무가 꿀을 가득 품고 있겠지."

"꽃이 있는 것 같진 않은데… 수액인가? 수액이 채취되면 푼돈벌이는 할 수 있을지도 모르는데."

아교에 섞거나, 틈새 바람을 막거나, 증류주의 향을 내는 데도 쓸 수 있다.

하지만 호로는 상인다운 로렌스의 발언에 쓴웃음을 지었다.

"당신은 항상 그런 식이지."

"중요한 일이야. 우리 집엔 먹보가 있거든."

"게다가 **주인님**은 방향치이시고."

이 상황에서 호로를 말로 이겨 낼 턱이 없다.

로렌스는 반격을 포기하고 말을 이끌기 시작했다.

"길 안내 좀 부탁해. 그게 아니면, 되돌아갈 게 아니라 그냥 바다로 가는 길을 찾아볼까?"

그러자, 어딘지 모르게 아쉬운 듯 숲속 깊은 곳을 바라보던 호로가 나직이 한숨을 쉬었다.

"내가 늑대로 돌아가면 방향이야 금세 알아내겠지만, 이 짐마차가 있는 한은 설령 방향을 안다 해도 곧장 갈 수는 없어. 일단은 인간이 만든 길로 돌아가는 게 결국엔 빠를 거야."

숲속에는 낭떠러지도 있거니와 늪도 있다. 호로가 곁에 있어도 길을 잃는 것은, 길이란 게 곧장 뚫려 있지는 않기 때문이다. 로렌스가 자신의 멍청함을 호로에게 새삼 사과하려던 그때였다.

"어?"

호로가 몸을 딱 세우더니 엉뚱한 쪽을 쳐다보았다.

"왜 그래?"

호로의 귀가 좌로 우로 움직인다. 호로의 귀는 벼룩의 재채기 소리도 들을 만큼 밝다.

어느 놈이 제아무리 발소리를 죽여 다가온다 해도 바로 포착해 낼 거다.

"뭐야? 곰이야? 들개야? 아니면… 산적?"

로렌스는 즉시 마부석으로 뛰어올라 좌석 밑에 넣어 둔 단검을 잡았다.

여행을 하다 보면 싸움은 피할 수 없다.

올 테면 와라, 하며 자세를 취하자 호로가 말했다.

"벌이야. 이런 계절엔 드물게."

"벌?"

잠시 후, 로렌스에게도 붕붕 소리가 희미하게 들려왔다.

하지만 모습이 보이지 않아 두리번대고 있자, 별안간 호로가 로렌스의 팔을 꽉 잡았다.

그것도 손톱을 세워서, 아플 만큼.

"어, 야?! 아프잖아, 왜 이러…."

로렌스의 말이 거기에서 끊긴 것은, 호로가 눈이 휘둥그레져서는 귀와 꼬리털을 솔처럼 곤두세우고 있기 때문이었다.

"으, 아, 웃…."

하며 호로가 목구멍까지 그렁대면서 소리 아닌 소리를 내기에 혹시 벌떼라도 나타났나 했는데, 큰 나무 그늘에서 훌쩍 모습을 드러낸 것은 지극히 평범한 벌 한 마리였다.

그런데 상태가 어째 좀 이상해 보인다…고 생각한 찰나, 호로가 비명을 질렀다.

"으악~!"

처음 듣는 비명에 로렌스가 놀랄 새도 없었다. 호로가 굴속으로 도망치려는 토끼처럼 로렌스의 품에 매달린다. 귀는 뚜껑처럼 덮이고, 꼬리는 천둥 번개에 직면했을 때처럼 빵빵하게 부풀었다.

대체 무슨 일인가 하여 당황하고 있는데, 벌 한 마리가 휘적휘적 이쪽으로 다가온다.

딱히 성이 나 보이진 않고, 왜 이런 곳에 인간들이? 하며 곤혹스러워하고 있는 것 같기도 했다.

그러나 붕붕 소리가 가까워질수록 호로의 전율도 점점 심해졌다. 벌을 이렇게 무서워했었나 하여 염려가 되었다. 벌꿀은 아주 좋아라 하고, 말벌 유충을 기름에 볶은 것도 백합 구근처럼 따끈따끈해서 맛있다며 잘도 먹는데. 그게 아니면, 혹시 저건 특별한 벌인가? 아닌 게 아니라, 저 벌은 좀 기묘하긴 하다. 노랗고 검은 줄무늬는 흔히 보는 것인데, 왠지 몸에 흰 끈 같은 것을 달고 있다.

로렌스는 머리 위를 휘적휘적 통과하는 벌을 빤히 쳐다보았다.

품 안에서는 용의 습격에 겁먹은 다람쥐처럼 호로가 떨고 있다.

그리고 눈앞을 천천히 지나가는 벌을 보자 비로소 로렌스는 깨달았다.

"아, 이건."

하며 로렌스는 얼결에 손을 뻗었다.

벌은 쉽게 잡혔다.

정확하게는 벌이 늘어뜨리고 있는 실을 잡았다.

로렌스는 이내 허리춤에서 수건을 뽑아, 갑작스러운 사태에 버둥대는 벌을 감쌌다.

분노의 붕붕 소리가 들리는 가운데 불현듯 돌아보니, 호로가 하얗게 질린 얼굴로 이쪽을 바라보고 있었다.

"뭐, 뭘 하는 거야?"

느닷없이 돈주머니 속 내용물을 길가에 뿌린들 호로의 얼굴이 저렇게까지 될까. 로렌스의 손에 들려 있는 주머니 모양의 수건을 아주 끔찍한 것이라도 보는 듯 곁눈으로 힐끔하고는 이내 고개를 푹 숙인다.

"빨리 갖다 버려!"

로렌스는 어깨를 으쓱이고 말했다.

"너야말로 왜 그래? 그냥 벌인데?"

그러자 호로의 몸이 움찔했다.

소녀다운 면이 많은 호로이기는 해도, 벌을 무서워하는 약한 면은 없었던 것 같은데.

"그게 아니면 혹시 이거, 너희 같은 벌이기라도 한 거야?"

수백 년을 살고, 인간의 말을 이해하는 숲의 정령 같은.

그런 거라면 미안한 짓을 했다 싶은데, 호로는 로렌스의 품을 더욱 파고들다시피 하며 고개를 절레절레 저었다. 꼬리는 여전히 벌벌 떨고 있다.

아리송한 표정의 로렌스가 미친 듯이 붕붕대는 수건 속 벌을 본 순간.

"아, 안 돼, 안 된, 다고…."

"응?"

"도저히, 안 된, 다고…."

호로가 가냘프게 우는 소리로 말했다.

"그, 그거, 벌레에 먹힌 벌레… 맞지? 안 돼, 도저히 안 돼…."

"아… 아아."

그 말을 듣고서야 이해가 됐다.

누구에게나 약점은 있다. 씩씩한 병사가 조금 높은 곳에만 올라가도 꼼짝을 못 한다거나, 만물을 사랑하는 경건한 수도사가 거미한테만은 맥을 못 춘다거나.

호로가 벌 같은 곤충에 약하다는 말은 들어 본 적이 없었지만, 생리적으로 도저히 극복 못 할 일이 있을 순 있지. 그게 호로의 경우엔 기생충에 당한 벌레. 숲이나 산을 걷다 보면 이렇게 세상의 어두운 면과 닮은 으스스한 광경을 목격하기도 한다.

"음… 하지만, 이건."

하며 로렌스가 수건을 호로에게 가까이 대자, 마부석에서 거의 떨어질 정도로 몸을 뒤로 뺐다.

"히익!"

"야, 위험하게."

"시, 싫어! 싫다고!"

필사적인 호로의 모습을 약간 귀엽게 느끼며 로렌스는 말했다.

"벌에 매달려 있는 건 기생충이 아니야. 그냥 실이야."

호로는 그런 거짓말에 속지 않는다는 투로 고개를 절레절레 저었다.

그러다가 로렌스가 쓴웃음 섞인 한숨을 짓자 그제야 고개를 살짝 든다.

"지, 진짜지?"

어린애 같은 호로의 모습에 로렌스는 지금껏 없던 가슴속 한 부분을 자극받으며 대답했다.

"그래. 진짜야."

그 말이 거짓이 아니라는 걸 호로는 판별할 수 있겠지만, 그런데도 의심이 드는 마음 또한 이해는 간다.

"하, 하지만… 왜, 이런, 숲속에….”

"실을 매단 벌이 날아다니느냐고? 곰은 실을 감은 막대기를 다루지 못하는데?"

하지만 로렌스는 짚이는 바가 있다.

"여기, 사람이 별로 드나들지 않는 숲이랬지?"

"……? 으, 으응."

호로는 고개를 들며 대답하다가 수건 속 벌이 붕붕 소리를 내자 화들짝 몸을 움츠렸다.

"아마 누가 벌 밀렵을 한 걸 거야."

"……."

호로는 눈이 휘둥그레져서 로렌스를 보았다가 이어서 수건을 보았다.

"표, 표식이라는 거야?"

과연 현랑 님이시다.

"하지만, 뇨히라에서는 본 적이 없는데….."

"뇨히라는 산이 험해서 도저히 쫓아갈 수가 없겠지. 하지만 이만큼 탁 트인 숲이면 벌에 표식으로 실을 묶어 두었다가 집으로 돌아가는 걸 쫓아갈 수 있잖아. 단… 이런 곳에서 이러고 있다는 건, 남들 눈에 띄고 싶지 않은 밀렵꾼이겠지. 일반적인 숲이라면 그 벌꿀도 귀족의 소유물이라 벌집을 따려면 돈을 내야 하거든."

"으, 우… 그, 그럼."

호로는 로렌스를 살피듯 보았다.

"벌집이… 있는 거야?"

"계절이 이래서 꿀이 듬뿍 담겼을지는 모르겠지만."

벌꿀 채취는 봄부터 초여름이 한창이다.

하지만 꿀이 듬뿍 든 벌집이라면 초겨울에라도 딸 가치가 있다.

호로는 젖은 눈을 쓱쓱 비비고는 콧물을 들이마셨다.

"벌집…."

"기운 차렸네?"

하고 놀리듯 로렌스가 한마디 하자 입술을 삐죽이며 노려본다.

"따라가 볼까?"

호로에게는 세모꼴 커다란 짐승 귀와 북슬북슬한 꼬리가 달렸다. 양털 넣은 가죽 공이라도 던지면 쏜살같이 쫓아갈 법한 모양새다.

강아지 취급을 했다가는 불같이 화를 내겠지만, 호로의 꼬리는 이미 파닥파닥 한껏 들떠 있었다.

"하지만 벌의 영역은 넓어. 시간… 괜찮겠어?"

늘 떼를 쓰는 호로이지만, 본질은 이쪽이다. 정말로 갖고 싶은 물건이 눈앞에 나타나면 주저한다. 나 때도 저랬다. 더 좋아지기 전에 여행을 끝내자, 그런 소리를 했었다.

반면에 로렌스는 상인이다. 원하는 물건에는 탐욕스럽게 손을 뻗는다.

예컨대 호로의 웃는 얼굴은 그중에서도 최상급.

"여행의 묘미는 예정대로 되지 않는다는 데 있으니까."

그리고 덧붙인다.

"불 피우는 데도 애를 먹고, 냅다 길을 잃기도 하고."

호로가 목을 움츠리며 간지러운 듯이 웃는다.

로렌스는 너스레를 떨 듯하며 호로의 뺨을 손가락 등으로 쓰다듬었다.

"그리고 여행은 길동무의 새로운 면도 알게 해 주지."

호로에 관해서라면 꼬리 뿌리의 털이 어느 방향으로 돌고 있는지까지 속속들이 안다고 생각했는데, 설마하니 벌레에게 당한 벌레를 눈물을 흘릴 만큼 질색할 줄이야.

약점을 들킨 것을 안 호로가 로렌스를 짜증스레 윗눈질로 본다.

"…멍청이."

로렌스는 앞으로 백 년은 거뜬히 호로를 사랑할 수 있다고 확신했다.

"그럼, 벌을 따라가 볼까? 짐마차는 여기에 둬도 괜찮겠지?"

"인간이 들어올 만한 곳이 아니야. 도둑은 없겠지. 위치도… 냄새로 아마 문제없을 거야."

"아아, 유황? 그럼 자루 하나를 꺼내서 길에 뿌리며 갈까?"

"흠. 그럼… 그럴까? 쿠후."

그러고는 키득키득 웃더니 즐거워한다.

"옛날이야기에 그런 거 있었지? 숲속에서 길을 잃은 동자가 길을 잃지 않으려고 빵을 찢어서…."

"그런 이야기가 있기는 한데, 사실은 네가 옛날이야기나 다름

없지."

호로는 눈을 껌벅이다가 또 웃었다.

로렌스는 호로에게 수건을 건넨 뒤 재빨리 벌집 채취에 쓸 도구를 챙겼다. 빈 자루. 천막도 치고, 진창의 깊이도 재고, 들개를 쫓아 버릴 때도 쓰는 나무 봉. 그리고 화톳불용 장작과 부싯돌. 얼굴과 몸을 감싸기 위한 천은 있는 대로 잔뜩.

끝으로, 길을 표시할 용도로 유황 가루도.

"됐다, 가자."

호로는 힘차게 고개를 끄덕인 뒤 수건을 열었다.

날뛰는 벌에 쏘이는 게 아닌가 했는데, 벌은 한동안 망설이듯 비트적대다가 숲속 깊은 곳으로 날아갔다.

그다지 빠르지는 않으나, 표식만 쳐다보며 가다가 발이 채여 몇 번이나 넘어질 뻔했다.

호로는 체력은 겉모습 그대로의 소녀이지만 산길을 걷는 교묘함에서는 늑대다움이 엿보인다. 비틀대는 로렌스를 돌아보고는 여유롭게 뒷걸음으로 걸어가며 싱글거린다.

"옳지옳지, 열심히 쫓아와."

그러다 몸을 돌려 날듯이 걸어가 버린다.

복슬복슬한 꼬리가 저만치 앞에서 흔들린다. 도중부터는 그

꼬리만 보고 걸었다.

낙엽을 밟고 거목 뿌리를 넘어 건너며, 발걸음 가벼운 호로를 필사적으로 쫓아간다.

이따금 이쪽을 돌아보는 호로는 기쁜 듯, 즐거운 듯, 놀리는 듯한 미소를 입가에 머금고 있었다.

몸이 무뎌졌다고 가게 내에서도 놀림받던 로렌스는 이까짓 것 하며 기를 썼으나, 그러는 모습 자체가 호로에게는 즐거움인 모양이다.

잠시 거리가 벌어진 새에 벌이 어디엔가 앉았는지, 호로가 걸음을 멈추고 서 있어서 마침내 따라잡았다.

"후우, 하아…. 이래서야, 벌을 쫓는 건지, 널 쫓는 건지 모르겠다."

헐떡이듯 숨을 들이마시고 옷을 펄럭인다. 공기가 정체된 숲속이라 몸을 움직이니 찌는 듯 무덥다.

"당신은 늘 내 꼬리에 열중하잖아? 재미있었지?"

치하 한마디 없는 호로이지만, 짓궂은 저 웃음을 로렌스는 그저 쫓게 된다.

"암요, 재밌습죠."

짜증스레 대답하자 호로는 쿡쿡 웃고는 "음." 하며 고개를 들었다.

"다시 간다."

"예, 그럽죠."

벌은 나무에서 벗어나 휘적휘적 날아간다. 로렌스는 길을 잃을세라 종종 유황 가루를 뿌리면서 간다.

이미 로렌스의 감각으로는 짐마차는 어디쯤 있는지 깜깜하다. 민가도 아득히 멀리 있을 테니 호로에게 버려졌다가는 객사 확정. 아니, 호로에게 버려지면 어쨌든 살지 못할 거란 생각에 혼자 씁쓰레 웃었다.

"당신."

하며 우뚝 걸음을 멈춘 호로가 부르는 바람에 기겁했다.

"어, 왜 그래?"

의아한 표정으로 묻는 것을 땀이 눈에 들어간 척하며 넘겼다.

"아니… 너야말로, 왜?"

"흠. 벌집이 가까워. 붕붕 소리가 엄청 많이 들려. 대물이야."

싱긋 송곳니를 내보이며 웃는 모습이, 좀 전까지 품 안에서 덜덜 떨고 있었다고는 생각도 못 할 만큼 어여쁘다.

온천장에서 온화하게, 반복된 일상을 사는 것도 훌륭하긴 하다.

하지만, 여행은 늘 놀라움의 연속으로 생각도 못 한 면모를 발견하게 된다.

호로처럼 감정이 풍부한 상대라면 그런 재미도 한층 더해진다.

"이제 어쩔 거야?"

표정을 확확 바꾸는 호로가 대뜸 진지한 얼굴로 물었다.

그리고 저런 표정이 보기보다 진지하지 않다는 것도 잘 안다.

"어쩌기는? 네가 늑대 모습으로 갔다 오는 게 제일 낫지. 두꺼운 털가죽 있잖아? 찔려도 별것 아니지."

'그럴 생각은 전혀 없겠지만.' 하며 원망하듯 쳐다보자, 호로는 저 예쁜 줄 아는 아가씨 특유의 교태 어린 웃음을 지었다.

"당신은 내 늑대 힘에 의존하는 거 싫어하잖아?"

"……."

그건 그렇지만, 그거야 좀 더 긍지와 관련한 이야기고, 숲속에서 벌집을 따는 것은… 하며 응수하고 싶지만, 말싸움을 해봐야 소용없다.

첫날부터 여정이 늦어진 바람에 노숙을 한 데다, 불도 제대로 못 피웠지, 설상가상 길까지 잃었으니.

여기에서 만회하지 못하면 나중에 그 어떤 생떼를 쓰며 졸라댈지 알 수 없다.

"공주님을 위해 사지(死地)로 향하는 게 기사의 역할이니까."

로렌스는 등에 진 짐을 내리고 쭈그리고 앉아 준비에 들어간다. 그러자 호로가 깔깔 웃고는, "어디 통 믿음이 가는 기사님이라야 말이지." 하며 등에 업혀 로렌스의 목에 팔을 감는다.

호로가 기분 좋으니 됐다.

로렌스는 얼굴, 머리, 팔목, 발목에 천을 감고 눈만 내놓은 상태로 불을 지핀다.

이번에는 금세 불이 붙었다.

"연기로 벌을 쫓는 거였어?"

나무 봉 끝에 새집처럼 만든 가지를 매달고, 발끝으로 뒤적여 약간 축축한 낙엽을 불씨와 함께 얹는다.

이내 흰 연기가 뭉글뭉글 피어오른다.

"이래 봐야 한때뿐이야."

"그래?"

"숨도 쉬지 못할 만큼 활활 태워야 효과도 있는데…. 그래도 뭐, 벌집 밑도 낙엽 천지이니까 불이 옮겨붙겠지… 왜?"

로렌스의 설명에 호로가 엉뚱한 쪽을 바라보았다. 혹시 이제부터 벌에 쏘이고 올 남편이 딱해서 그러나 했는데, 호로가 손가락으로 딱 가리킨다.

"저걸 써 보면?"

"저거?"

호로가 가리킨 곳에 있는 것. 그것은 한 주먹 쥐어 불에 던져 넣으면 지옥이 무엇인지를 보여 주는 악마의 가루였다.

"아니, 그건…."

로렌스는 말을 얼버무리다가, 혹시나 했다.

"시험해 볼까? 듣고 보니 뇨히라 마을 안에서 벌레는 별로 못

봤어."

온 마을에 가득한 유황 냄새. 선 채로 말라 죽는 나무도 꽤 되고, 지옥과 관련된 설화에 불타는 유황의 묘사가 많은 것도 수긍이 된다.

"그리고 또."

"음?"

어리둥절한 호로에게 로렌스는 의기양양하게 말했다.

"이게 통하면, 이 유황의 새로운 판로도 열리겠지?"

늑대 퇴치용으로 쓰면 효과가 있을 거라던 호로가 찡그리듯 웃는다.

"당신은 교회에서 얘기하는 지옥이란 곳에 떨어져도 돈은 벌 거야."

상인에게는 더없는 찬사였다.

결과를 말하자면 벌집은 땄다. 꽤 큼직해서, 꿀이 제대로 모여 있었더라면 양이 상당했을 거다.

그 대가로 로렌스는 기침을 할 때마다 폐가 결리는 고통을 얻었다. 얼굴에 세 곳, 머리에 두 곳, 팔과 다리에 각각 다섯 군데를 쏘였다. 또한, 스스로도 느낄 만큼 몸에서 풀풀 나는 유황 탄 냄새.

그럼 보수는?

말 그대로 눈을 반짝이던 호로의 웃는 얼굴.

"아우~! 달아라!"

잘 짜인 벌집이라 연기를 쐰 정도로는 안에 든 벌까지 다 죽이지 못한다. 한동안 자루 속에 두어 후처리를 해야 했으나, 호로는 맛만 볼 거라며 벌집 일부를 부숴 국자를 쑥 집어넣었다.

이내 뚝뚝 떨어지는 꿀이 들러붙는다. 흔히 보는 꿀보다 색이 짙은 것이, 무슨 설탕 공예라도 보는 것 같다.

호로는 꼬리를 파닥거리며 국자를 입으로 가져가더니, 환희의 비명을 올렸다.

"나도 좀 한입 핥게 해 줘라."

그러자 마부석에 앉은 호로는 로렌스를 돈 받으러 온 빚쟁이 보듯 한다.

하지만 몸 바쳐 벌집을 따러 갔다 온 것은 로렌스이니까… 하는 투로 언짢게 눈을 감더니 국자를 내밀었다.

로렌스는 쓴웃음을 지으며 새끼손가락으로 살짝 찍어 핥는다. 겉보기대로 진한 단맛이었다.

게다가 단맛뿐 아니라 은은한 향기 같기도 하고, 스러져 가는 나무의 냄새 같기도 한, 아무튼 깊은 숲에서 나는 그런 냄새가 난다. 물론 그 모두가 좋은 쪽으로 작용해 맛에 깊이를 더하고 있었다.

"이거 대단하네. 무슨 꿀이지?"

"당신도 봤잖아."

그러면서 호로는 애지중지 국자에 묻은 꿀을 할짝할짝 핥는다.

"이 숲에 있는 큰 나무. 요컨대 나무의 꿀인 거지."

"나무의 꿀… 수액인가? 호오."

그러고 보니 벌을 쫓아가는 도중에 때때로 나무에 앉는 것을 보았다.

벌이 꽃에서만 꿀을 모으는 게 아니라는 걸 로렌스도 처음 알았다.

"밀렵꾼은 이 꿀의 비밀을 알았을까?"

맨 처음 벌에게 실을 묶은 그 누군가.

"글쎄? 벌은 엄청난 거리를 날아다니곤 하니까. 멀리 있는 산에 들어갔다가 묶였을지도 모르지."

어쨌거나 그 실을 묶은 누군가는 저 벌집을 발견하지 못했으니 그럴 가능성이 크겠다.

"아무튼 아주 대단한 걸 주웠네."

벌집을 딸 때 쓴 도구를 정리한 뒤, 로렌스는 짐칸 위의 커다란 자루를 바라보았다.

"한때는 이제 어떡하나 했는데."

이로써 실수도 만회되었을 테고, 되레 거스름돈을 받아도 되지 않을까?

나무 국자를 여태 끈질기게 핥고 있던 호로가 로렌스의 시선을 알아채고는 흥 코웃음을 쳤다.

"달달한 것으로 내 기분을 맞추시겠다고?"

붉은 기가 도는 호로의 호박색 눈이 빤히 보고 있으나 로렌스는 아랑곳없이 마부석에 올라 호로의 곁에 앉았다. 호로는 대놓고 코를 쥐면서 몸을 조금 뗀다.

"물론이지. 저걸 도시로 가져가면 꿀이 물통으로 한가득 나올 테니까."

"호오오오."

기대에 차서 눈을 반짝이는 호로의 반응에 로렌스는 쓴웃음만 나온다.

고삐로 휘둘러 말을 출발시켰다.

"아무튼, 인생사 어찌 될지 알 수 없다더니."

행과 불행은 꼬인 새끼줄과 같아서 재앙이 있으면 복이 있고 복이 있으면 재앙이 있는 법이라고 옛날 어느 위인이 말했다. 맞는 말이다.

"가능하면 복으로만 짜인 고삐를 쥐었으면 좋겠네."

호로의 딴죽에 로렌스는 이렇게 응수한다.

"단 음식을 먹은 후에는 짠 음식이 먹고 싶어지잖아? 그런 거야."

"하긴. 그럴 수도 있겠네."

그러더니 호로는 고삐 쥔 로렌스의 손에 자신의 손을 가만히 포개고 몸을 기대어 왔다.

"길을 잃은 건 짠지 같은 아무개 씨가 뱃삯을 아끼다 그런 거니까, 다음 도시에서는 아주 달달~하게 행동하시겠지."

"뭐어? 아니, 그건….'

"그건?"

호로의 생긋한 웃음에 로렌스는 입을 다문다.

고개를 갸웃하는 호로를 보며 로렌스는 막혔던 숨을 토했다.

"벌꿀 대금만큼만. 그게 상한선이야."

로렌스가 힐끗 보니 호로는 만족스럽게 웃고 있었다.

"쿠후. 즐거운 여행이지?"

호로가 로렌스의 팔에 꽉 매달린다.

이럴 때만 냄새가 나느니 어쩌니 소리를 하지 않는 것이 역시 대단하다 해야 할까.

그래도 호로가 여봐란 듯이 하는 행동이 전부 의도된 것은 아니다.

사랑하는 아내의 웃음 정도는 진위를 구분할 수 있다.

"그래, 즐거워. 즐겁지."

로렌스는 말했다.

"너랑 같이 있는걸. 당연히 즐겁지."

호로의 눈이 휘둥그레지고 귀와 꼬리가 파닥인다.

이곳은 민가에서 멀리 떨어진 깊은 숲속.

한층 달달한 향이 감돌고 있다면 그건 짐칸에 있는 벌집 때문일 거라고, 로렌스는 누구에게랄 것도 없이 변명했다.

늑대와 향신료

늑대와 숲의 빛깔

강을 따라 난 길을 짐마차로 느긋이 나아간다.

숲이 차츰 성글어지고 길바닥도 점점 평탄해진다. 땅끝마을 소리를 듣는 온천의 고장 뇨히라를 떠난 지 며칠 되니 비로소 아래 세상이 보이기 시작하는 것 같다. 그래도 아직은 강 있는 데까지 뻗친 산자락에 휘말려 깊은 숲으로 들어가곤 한다.

계절은 가을. 발목 복사뼈 언저리까지 푹푹 빠지는 낙엽의 강. 사박사박 낙엽 밟는 소리가 기분 좋고, 부엽토 향기도 산뜻하다. 문제가 있다면, 낙엽이 원래 길을 뒤덮어 엉뚱한 흐름을 만들어 놓는다는 것.

익숙한 숲이라면 몰라도 낯선 숲이니 몇 번이나 그런 가짜 길로 말려들 뻔했다. 실제로 한 번은 길을 잃어 숲속 깊숙이 들어가 버렸다. 문득 정신이 들고 보니 지도 위 어디에도 그려져 있지 않은 곳에 가 있었던 것이다. 이제 와 냉정히 돌이켜 봐도 소름이 돋는다.

마부석에 고삐를 쥐고 앉은 로렌스는 행상인 출신이기는 해도 산을 자유로이 오가는 벌목꾼 같진 않다.

혼자 길을 잃었으면 이내 비명횡사해 숲속 짐승의 먹이가 되거나 버섯 모판이 되었을 거다.

"멍청이. 그쪽 아니야."

그러나 로렌스의 곁에는 든든한 단짝이 앉아 있기에 그때도 올바른 길을 가르쳐 주었다.

가을 숲에 잘 어울리는 아마색 머리, 그리고 같은 색의 털가죽을 무릎 위에 놓고 빗질 중인 이 소녀는, 실은 겉으로 보이는 그대로의 여자아이가 아니다. 머리에는 짐승 귀가 달렸고, 손에 든 털가죽도 본인의 꼬리.

로렌스 옆에 앉은 호로는 나이 수백 살 먹은, 보리에 깃든 늑대의 화신이자 로렌스가 더없이 사랑하는 인생의 반려다.

"옛날에는 대체 어떻게 나 혼자 여행을 했었는지. 오싹하네."

고삐를 당겨 말 머리를 돌리고 올바른 길로 나아가게 하면서 로렌스가 한 말에 곁에서 호로가 어처구니없다는 듯 한숨을 쉰다.

"당신은 운 하나는 좋으니까."

공들여 손질해 복슬복슬한 호로의 꼬리가 가을 햇살 아래에서 그 윤곽이 금빛으로 반짝이고 있었다. 윤을 내려고 장미 향유까지 썼으니 귀족의 저택에 장식해도 손색이 없겠다.

"그야 그렇지. 길바닥에서 너를 만났을 정도니까."

로렌스가 허를 찌르며 거들먹대는 소리를 하자, 단박에 호로가 눈을 동그랗게 뜨더니 코웃음을 치고는 도로 털 손질을 한다. 그래도 속으론 꽤 흡족한지 귀가 쫑긋쫑긋한다.

꾀 많고 속을 감추는 데도 뛰어나며 세상 섭리를 다 아는 것처럼 굴다가도 이렇게 뻔한 말에도 기뻐하니.

늘 함께하며 질리지 않는 건 바로 이래서일 거라고 로렌스는 생각한다.

"아무래도 배로 내려갈 걸 그랬나 보다."

굽이굽이 길을 가다 보면 이따금 강줄기가 보인다. 온천마을 뇨히라에서 쭉 이어진 강인데, 배도 빈번히 오간다. 돈만 있으면 짐마차도 싣고 유유히 하늘을 바라보며 선잠을 자는 사이에 이틀 정도면 바다로 나갈 수 있었을 텐데.

그렇게 하지 않은 이유 중 하나는 단순히 돈을 절약하느라고.

또 한 가지 이유는, 서둘러 가는 게 아까운 기분이 들어서.

호로와 오랜만에 단둘이 하는 여행. 천천히 느긋이 즐겨야겠다는 생각이었건만.

"그런데… 허리가 아프다…."

로렌스는 고삐를 쥔 채 자리에서 일어나 허리를 폈다.

이렇게 길게 짐마차에 앉아 있는 게 오랜만이라 그렇겠지만, 나이도 한몫하는 것일 테지.

"말을 모는 데 너무 힘이 들어가서 그렇잖아. 말을 좀 더 믿어 봐."

허리를 펴고 목을 돌린 뒤 마부석에 도로 앉은 로렌스에게 호로가 그런다.

"그렇게 힘이 들어갔나?"

"음. 꼭 나를 처음 곁에 앉혔을 때처럼."

호로가 짓궂은 웃음을 지으며 눈을 흘긴다.

십여 년 전, 호로와 여행을 시작하기 전에는 여자와는 영 인연이 없었기에 호로가 놀리는 말 하나하나에 동요했지만.

"그건 지금도 그래. 허투루 돈을 쓰지 못하게 있는 힘껏 돈주머니 끈을 죄고 있거든."

웃으면서 응수했다가 호로에게 발을 밟혔다.

"멍청이."

로렌스는 이어서 호로에게 어깨를 들이받히고도 웃고 만다.

"하여간 당신이란 작자는….."

호로는 투덜대며 꼬리 손질을 다시 하려는 듯하더니, 문득 귀를 쫑긋 세웠다.

"왜 그래?"

하고 로렌스가 쳐다본 순간엔 이미 마부석에서 훌쩍 뛰어내린 뒤였다.

사박사박 낙엽 밟는 소리를 눈으로 좇자, 바닥에서 솟구친 거목의 뿌리 뒤편으로 간다. 아가씨가 꽃을 따러 들어가셨나 할 참인데, 호로는 금세 돌아왔다.

양팔 가득, 얼굴도 가려질 만큼 거대한 우산을 펼친 버섯을 안고.

"이 숲은 바람이 잘 통해. 버섯이 지천이네."

오는 내내 이런 식이어서 짐마차 짐칸이 먹거리로 넘쳐 난다. 짐칸으로 몸을 쭉 빼고 꼬리를 살랑이며 버섯을 자루에 넣는 호로의 모습에 웃지 않을 수가 없다.

날씨도 쾌청하고, 기온도 지내기에 딱 좋다.

이런 멋진 여행을 우리 말고 또 누가 하겠나, 하는 감상이 진심으로 든다.

"즐겁네."

무심코 소리 내어 말해 버렸다.

겨울잠 잘 날을 앞에 둔 다람쥐처럼 먹을 것을 챙기고 있던 호로의 귀와 꼬리가 순간 확 부풀어 오른다. 그러고는 천천히 돌아본다. 털에서 힘이 빠져 부드러워졌다.

"음."

호로가 마부석에 다시 앉아 즐겁게 웃는다.

뇨히라를 떠난 직후에는 불도 제대로 못 피우고 길도 잃어 앞날이 염려스러웠으나, 다시 즐거운 여행이 이어질 것 같다.

로렌스가 온화한 시간을 가슴 한가득 들이마시고 있자, 호로가 꼬리를 무릎덮개 밑으로 넣어 준다. 곱게 손질한 털가죽만큼 따스한 게 있으랴.

이런 시간이 영원히 이어지기를. 헌데 상인답게 저렴한 소원 빌기를 해서 그런가.

호로가 느릿느릿 이렇게 말했다.

"그런데 있잖아, 당신."

"응?"

"이 즐거움을 잊어버리지 않게, 나는 글로 좀 남겨 두었으면 싶은데?"

호로가 웃으면서 로렌스의 어깨에 기대어 온다.

"다 쓴 잉크 말인데… 언제 새로 사 줄 거야?"

호로가 천진한 웃음을 지을 때는 대개 꿍꿍이가 있다.

게다가 지금은 뇌물이 따로 없는 꼬리털까지 무릎 위에 얹어 받았다.

마냥 즐겁기만 한 여행이 없듯, 돈을 쓰지 않는 여행 또한 없는 법이다.

호로가 그렇게 조르는 건, 여행을 떠나온 후로 내내 들떠 있던 호로가 따분해지자 펜을 계속 잡은 탓이다.

호로는 몇 백 년을 살 수 있고, 로렌스는 그러지 못한다. 살아가는 시간의 길이가 다른 호로를 위해 로렌스는 매일 생긴 일을 글로 남기면 되지 않겠느냐고 제안했다. 처음부터 끝까지 읽다 보면 맨 처음 읽은 부분이 생각나지 않을 만큼 많이 쓰면, 이렇게 즐거운 나날을 영원토록 즐길 수 있을 거라고.

그게 정말 잘 한 일인지 어떤지는 모르겠으나, 어쨌든 호로는 제안을 반겼다. 되레 너무 몰두해서 탈이라 할 만큼. 호로가 좋아한다면 절대 값이 싸지 않은 종이, 펜, 귀중한 잉크 등등에 지

출이 좀 크더라도 아깝지 않다. 어차피 저세상에 금화를 짊어지고 갈 수는 없으니.

그렇게 머리로는 이해하면서도 역시나 로렌스의 근본은 상인이었다.

내키는 대로 이런저런 글을 적던 호로가 길 떠난 지 며칠도 안 돼 잉크를 다 써 버리자 쓴웃음을 짓지 않을 수 없었다.

"나무껍질이라도 벗겨서 못으로라도 쓰는 건 어때?"

호로의 참모습은 거대한 늑대이니 발톱 한 방이면 나무껍질이 수북이 생길 테니.

"멍청이. 나무껍질은 오래 못 가잖아?"

"그건 그렇지만… 바다 있는 데로 가서 항구도시 아티프까지는 가야 필기구를 구할 수 있다고."

"이 근처에 양이나 소 같은 것도 어슬렁대는데?"

거대한 발톱으로 잡은 양과 소의 가죽을 벗겨 양피지, 우피지를 만들자는 건가.

"그 참에 고기도 얻을 수 있으니 일거양득이잖아. 잉크가 없는 건… 여전하지만."

"양피지를 어떻게 만들어야 하는지 나는 모르는데?"

"하여간 도움이 안 된다니까."

잉크를 마구 낭비한 건 대체 누구냐는 소리는 꾹 삼킨다. 호로가 꼬리를 부풀리며 글을 쓸 때는 그만큼 즐거운 일이 있었기 때문이니까.

짐마차 짐칸에는 거대한 자루에 담긴 짐이 여럿이다. 호로가 바지런히 모아 온 가을 숲의 수확물 외에도, 귀를 갖다 대면 엄청나게 붕붕 소리가 나는 자루가 있다. 틈새로 도망쳐 나온 놈이 주변을 날아다니는 걸 불현듯 발견할 때도 있다.

자루 안에 든 것은 로렌스가 수도 없이 쏘여 가며 얻어 낸 큼지막한 벌집.

"참 나… 그럼 조금 돌아가게 되지만 샛길로 빠져 봐?"

"흐음?"

지도를 펼치며 던진 로렌스의 제안에 호로가 흥미를 보인다.

"마침 갈림길이거든. 이 근처에 분명히 여인숙이… 아, 역시 여기 있네. 뇨히라로 가는 손님들이 도중에 들르는 곳이니까 종이나 잉크가 있을지도 몰라."

온천마을 뇨히라의 단골손님은 귀족, 왕족 외에 대성당의 대주교, 광대한 영지를 소유한 대수도원의 원장들이다. 다들 글 쓰는 일이 직업이니 그런 그들을 위해 필기도구를 갖춰 놓았을 만도 하다.

"그럼 그쪽으로 가야겠네. 내친김에 따뜻한 전골이라도 먹을 수 있다면 만만세고."

도중에 열심히 먹거리를 모은 것은 종이와 잉크를 다 쓴 것에 대해 호로 나름대로 신경 쓴 것일 수도 있겠다 했는데, 전골에 무엇을 넣어 먹을까로 벌써 입맛을 다시는 것을 보니 그냥 식욕이 당기는 대로 움직였을 뿐인 것도 같다.

어쨌든 호로가 즐거워하니 된 거지.

"그럼 가 볼까?"

"음!"

만족스럽게 고개를 끄덕이는 호로를 곁눈질하며 한숨을 쉰 뒤, 로렌스는 서쪽으로 향해 있던 말 머리를 북쪽으로 돌렸다.

여인숙은 그리 멀지 않은 곳에 있었다.

원래는 벌목꾼들이 모이는 곳이었는지 그 자취로 이끼 낀 채 썩어 가는 통나무 더미가 있고, 그 위에 도끼 모양을 딴 여인숙 간판이 세워져 있었다.

그리고 여인숙 자체도 그런 통나무 못지않게 온통 덩굴과 이끼 천지였다.

"흠. 좋은 여관이네."

코를 킁킁대더니 호로가 그런 소리를 한다. 주변이 깊은 숲인데다 오래된 건물이라 언뜻 보기에는 숲속 요정이 사는 오두막처럼도 보인다.

그러나 처마를 받치는 기둥과 대들보는 어제 베어 낸 듯한 목재로 되어 있다. 울타리 안 뜨락에는 채소가 자라고, 볕이 드는 곳에서는 산양, 돼지가 한가로이 풀을 뜯고 있었다.

정성스레 가꾸고 있는 곳이라는 걸 이내 알겠다.

하지만 호로가 칭찬한 것은 그런 취지에서가 아니라, 굴뚝에서 피어오르는 빵 굽는 냄새 때문이었으리라.

"오늘은 여기에서 묵는 거야?"

"혹시 빈 침대가 있다면."

로렌스가 그렇게 대답한 것은, 헛간에서 자면 숙박비를 아낄 수 있어서가 아니다.

마구간에는 훌륭한 말이 세 필쯤 매여 있고, 호위기사로 보이는 이들이 대낮부터 술을 마시고 있다.

신분 높은 이가 묵고 있다는 뜻이다.

"어떻게든 지붕 밑에서 잘 수 있도록 물어볼게."

"내가 병자 행세라도 하면?"

"벽난로 앞자리를 빌릴 수 있을지도 모르겠지만, 고기와 술은 넣어 두어야 할걸?"

"으음."

심각한 얼굴로 고민하는 호로의 모습에 피식 웃은 후, 로렌스는 짐마차를 적당한 곳에 세우고 일단 여인숙 문을 열었다.

"실례합니다."

저녁 식사 준비를 하는 중인지 즉시 그윽한 빵 냄새, 식욕을 당기는 마늘과 기름 냄새가 확 덮쳐든다.

따라오고 있던 호로가 뒤에서 꼬르륵 소리를 냈다.

"어이쿠, 어떻게 이런 곳까지. 행상인이십니까?"

주인으로 보이는 이가 담소 중이던 탁자에서 일어섰다. 희끗희끗한 수염 덕에 딱 보기에도 숲속에서 사는 사람 같다.

"아닙니다, 저는."

하며 자기소개를 하려는데, 주인과 한 탁자에서 이야기를 나누고 있던 이들 중 하나가 목청을 높였다.

"아니, 이거. 로렌스 씨!"

돌아보자 몇 번인가 숙박객으로 온 적 있는 수도원장이었다.

"여기서 뵙습니다, 원장님. 신께서 인도하셨나 봅니다."

"이런 우연이 있나. 어이쿠, 부인께서도."

호로를 알아본 수도원장의 말에 이런 상황의 연기는 빼어난 호로가 다소곳한 몸짓으로 눈인사를 건넨다.

"주인 양반, 이쪽은 뇨히라에서 온천장 '늑대와 향신료'를 운영하는 주인장 되신다오."

"아, 그러십니까? 혹시 이 근방에 온천장을 세우려고 오신 건 아닌지?"

여인숙 주인의 농담에 다들 웃었다. 로렌스와 악수한 후 자리를 권했다.

탁자에는 잘 차려입은 인물이 여전히 의자에 앉아 있었다.

"로렌스 씨, 이분은 이 일대 토지를 다스리시는 비벨리 님이십니다. 비벨리 님, 이쪽은 뇨히라에서도 유수한 온천장을 운영하고 계시는 로렌스 씨입니다."

"아아, 그 여관? 이야기는 많이 들었소. 웃음이 끊이지 않는 여관이라지?"

이곳의 영주일 텐데, 측근 하나 거느리지 않고 로렌스에게도 격 없이 손을 내민다. 로렌스는 다시 자기소개를 하고 악수한 뒤, 호로를 소개하고 권하는 대로 자리에 앉았다. 비벨리라는 인물은 신분 차이에 관대한 모양이다.

"그나저나 로렌스 씨. 이맘때는 겨울맞이로 한창 바쁘실 때 아닙니까? 혹시 뭐라도 사러 가시는 중입니까?"

당연히 나올 질문이었고 콜과 뮤리 이야기가 무슨 비밀도 아니니 휴식을 겸해 두 사람을 만나러 가는 중이라고 하자 수도원장이 고개를 크게 끄덕였다.

"그러시군요. 우리도 콜 선생의 활약은 들어서 알고 있습니다. 우리야 전쟁 영웅담이라도 듣는 기분이지만, 로렌스 씨는 걱정되시기도 하겠습니다."

콜은 부정으로 물든 교회를 바로잡겠다면서 마을을 떠났다. 외동딸인 뮤리도 덩달아 따라 나갔는데, 그 이후로 두 사람이 꽤 대단한 일을 한 듯했다.

"원장님께서는 뇨히라로 향하는 길이신지요?"

"맞습니다. 그야말로 콜 선생의 영향으로 지난봄에서 여름까지는 정신이 하나도 없었어요. 이제야 일단락되었으니 한시바삐 가서 좀 쉴 생각입니다."

지금 온 세상의 교회, 수도원 책임자들은 콜 일행의 영향으로 재산 다시 들여다보기를 하는 중이다. 그간 지나치게 쌓아 온 특권, 자산 등이 공격 대상이 되기 전에 어떻게든 처분하려고 바삐 움직이고 있다.

"이거 참… 저희 콜이 큰 폐를."

"아니, 아니요. 폐라니요, 무슨 말씀을. 마침 좋은 기회였습니다. 대청소는 어떤 계기가 없는 한 선뜻 시작하지 않게 마련이니."

바로 그 대청소 일을 온천장 손님인 성직자에게 부탁받았던 처지라 약간 어색한 영업용 미소를 짓고 만다.

그러고 있는데 호로가 문득 로렌스의 옷자락을 살짝 잡아당긴다.

언제 본론으로 들어가느냐는 거다.

"아, 맞다. 한 가지 여쭐 것이 있습니다만."

하며 로렌스는 운을 뗐다.

"필기도구 남는 것 좀 있으신지요?"

그러자 원장뿐 아니라 로렌스에게 음료를 들고 오던 여인숙 주인까지 놀란 눈이 된다.

"필기도구요?"

"예에. 견문을 넓히기 위해 여행 중의 모습을 기록하고 있는데, 종이와 잉크가 떨어져서요. 혹여 재고가 있으면 좀 나눠 주십사 하고."

로렌스의 말에 수도원장과 여인숙 주인이 얼굴을 마주하더니 나란히 난감한 웃음을 지었다.

"그게, 방금 바로 그 이야기를 하던 중이었습니다."

"예?"

수도원장이 목을 가다듬고는 말을 이었다.

"콜 선생의 활약 덕에 말 그대로 온 세상의 보물창고가 뒤집히는 중입니다. 더욱이 콜 선생은 누구나 성전을 읽을 수 있도록 성전을 세속어로 번역하고 계시기도 하지요. 그 영향도 커서 잉크며 펜이 날개 돋친 듯 팔려 나가고 있어요."

글을 읽고 쓸 수 있는 이들은 많지 않기에 원래는 잉크와 펜을 소비하는 이들의 수도 정해져 있다.

"저도 이곳으로 오면서 도시에 들르는 족족 문의를 하고 다녔는데 도무지 구할 수가 없었습니다. 간혹 남아 있는 것도 가격이 어찌나 터무니없던지. 그러다가 여기 계신."

하며 수도원장이 영주 비벨리를 가리켰다.

"비벨리 님께서 작년에 사 두신 것이 있다고 하여, 얼마간 나눠 주십사 여쭙고 있던 참입니다."

영주라고 하면 근엄한 수염과 표정이라는 선입견이 있는데,

비벨리는 수염은 어엿해도 눈매가 온화해서 그런지 어딘지 모르게 졸린 듯 보였다.

흔쾌히 손을 내밀어 악수했던 것으로 보아 실제로 인품이 온화한 사람 같다.

"작년에 우연히 마을에 체류한 음유시인에게 사들인 것이었지. 뇨히라에서 알게 된 무희와 혼인해 고향으로 돌아가는 길이라던가. 앞으로 필요한 것은 펜이 아니라 밭을 가는 가래라면서."

음유시인도 무희도 오래도록 이어 갈 수 있는 직업은 아니다. 뇨히라의 온천탕에서 여흥을 제공해 주던 이들이 그 후로 어찌 지내고 있으려나 했는데, 한 예가 여기에 있었다.

그건 그렇고, 그 음유시인에게서 산 필기구는 수도원장이 먼저 말을 넣었으니 단념하는 수밖에 없다. 과연 아티프까지 호로가 참아 줄지 모르겠다는 생각을 한 직후였다.

"비벨리 님, 로렌스 씨가 종이와 잉크를 찾아 이 여인숙으로 오시다니, 이거야말로 신께서 인도하신 일입니다."

"예?"

하고 로렌스가 묻자, 비벨리와 수도원장, 그리고 여인숙의 주인이 나란히 웃음을 지었다.

말문을 연 것은 여인숙 주인이었다.

"비벨리 님께서는 사람을 찾으러 오셨습니다. 이곳에라면 지혜와 교양을 갖춘 분들이 들를 가능성이 크니."

"유감스럽게도 저는 둘 다 갖추지 못했는데, 로렌스 씨라면 딱 적임자이지요."

수도원장의 말에 비벨리가 의자에서 자세를 바로 하더니 로렌스를 똑바로 응시했다. 지위 있는 자 특유의 분위기다.

"나 비벨리, 일찍이 이교도의 땅으로 여겨지던 이곳에서 신께 드리는 기도를 게을리한 적이 없소. 그것이 설마하니 저 데바우 상회를 음지에서 지원하는 출중한 행상인으로 널리 알려진 로렌스 씨와의 만남으로 이어지다니, 이 같은 행운이 어디 있으리오."

영문을 알 수 없어 난감하나, 호로가 곁에서 느긋이 음료수를 마시고 있으니 위험한 이야기는 아니라는 뜻이다.

로렌스는 헛기침을 한 뒤 등줄기를 곧게 펴고 이렇게 말했다.

"제가 영주님께 도움을 드릴 만한 일이 있는지요?"

비벨리는 조용히 대답했다.

"내 영지를 위기에서 구해 주실 수 없겠소? 로렌스 씨의 훌륭한 장사 지식으로."

덥수룩한 수염의, 어딘지 모르게 졸린 낯빛의 영주는 그렇게 말한 후 곁에 앉은 수도원장을 보았다.

"로렌스 씨께 인사 표시로 종이와 잉크를 드리고 싶은데, 괜찮으실지?"

"예, 물론입니다. 신께서도 그리 하길 바라실 겁니다."

비벨리는 고개를 끄덕인 뒤 다시 로렌스를 보았다.

"괜찮으신지?"

인근 영주의 간곡한 부탁. 게다가 종이와 잉크도 물량 부족으로 가격이 폭등한 모양이니 아티프에 가더라도 구할 수 있으리란 보장이 없다.

어떤 부탁을 하려는 것인지 상인의 경계심이 발동하지만, 곁에 앉은 호로에게서도 무언의 압력을 느낀다. 여기에서 거절했다가는 앞으로 한동안은 호로의 꼬리 없이 자야 할 각오를 해야 한다.

"알겠습니다. 최선을 다해, 도움을 드릴 수 있게끔 노력하겠습니다."

"오오, 고맙소!"

비벨리는 자리에서 일어나 양손으로 로렌스의 손을 덥석 잡았다.

그 광경에 수도원장은 기도를 올리고, 여인숙 주인은 건배용 술을 그릇에 따른다.

로렌스는 상인답게 빈틈없는 웃음을 짓기는 했으나, 여전히 마음에 걸렸다.

영주가 여인숙에까지 드나들며 사람을 찾았다니, 대체 무슨 일인지.

불안한 한편 호기심이 일기도 했다.

장사 지식을 원한다는데, 그거야 자신이 있지.

"그럼 당장 내 영지로 같이 갑시다. 오늘 밤에는 내 영지에서 진수성찬을….."

거기까지 말하다가 사람 좋아 보이는 비벨리는 여인숙 주인을 보았다.

"이러면 주인의 장사를 방해하게 되는 건가?"

비벨리는 진지한 기색이었으나 여인숙 주인도, 수도원장도 웃음을 터뜨리며 고개를 가로젓는다.

아마도 비벨리는 사람들에게 사랑받는 영주이겠다. 사람에 대한 평가가 박한 호로도 표정이 즐거웠다.

"그럼 날이 저물기 전에 갑시다. 내 영지는 여기에서 멀지 않으니."

비벨리의 말에 로렌스는 공손히 머리를 숙였다.

비벨리의 영지는 실제로 여인숙 인근이었다. 영지로 가면서 들은 이야기로는 여인숙 자체가 비벨리 가문이 소유한 벌목장이었다고 한다.

나무가 드문드문해져서 숲과 숲 사이에 슬며시 펼쳐진 들판이 나오려나 했는데, 한적한 마을이 나타났다.

기사 하나만 거느리고 나온 비벨리에게 지나가던 마을 사람이 스스럼없이 인사를 건넨다.

소나 말은 눈에 띄지 않고, 일을 부릴 수 있는 짐승은 노새 몇 마리가 있을 뿐인, 소박하지만 잘 관리되어 평화로운 마을이다.

"로렌스 씨에게 도움을 청하고 싶은 건, 지금 온 마을의 골칫거리가 된 문제에 관해서인데."

하지만 보리 수확이 끝난 밭 사잇길을 나아가면서 비벨리가 꺼낸 것은 뜻밖에도 그런 이야기였다.

"뭔가 장사와 관련한 지식이 필요한 일인지요?"

"그렇다오."

비벨리는 농사일을 하고 돌아가던 영주민과 스쳐 지나며 또 온화하게 인사를 받아 준 뒤 말을 이었다.

"나를 포함하여 당최 장사에 관해서는 도통⋯."

"그래도 마을은 아주 평화로워 보이는데요. 무슨 문제가 있어 보이지는 않습니다만."

악독 상인에게 걸려 빚더미에 오르거나, 가혹한 영주의 압제에 눌려 과중한 세금에 허덕이는 마을은 첫발만 들여놓아도 느낌이 딱 온다.

"다행히 마을 사람들의 생활이 곤란한 건 아니나⋯ 그래서 더 마음이 해이해진 것인지."

비벨리는 한숨을 쉬었다.

"이런 변경 마을에도 세상의 흐름이랄까, 물결이란 게 흘러들어서 거기에 휘둘리는 사람들이 생겼다오. 하기야 나도 자신의 생각에 확신이 서질 않으니."

"대체 무슨 일이기에?"

로렌스의 물음에 비벨리는 집안의 수치를 드러내기라도 하듯 서글픈 눈빛을 띠며 말했다.

"내 영지와 영지민이 삶을 의존하는 숲을 어찌할 것이냐 하는 문제라오."

"숲?"

지금까지는 여인숙에서 마신 포도주에 약간 취해 있던 호로의 눈이 반짝한다.

"음. 아까 수도원장님에게도 말씀드렸지만, 세상이 정신없게 변하고 있으니 그 영향을 받는 게지. 요컨대."

길 저편에 숲을 배경으로 선 영주관이 보이기 시작했다.

"우리 숲에서 어떻게 하면 최대한 이익을 얻을 수 있느냐로 다투고 있는 거요."

순박해 보이는 영주는 그러면서 어쩔 줄 모르는 표정을 지었다.

비벨리가 차린 만찬 자리에는 들토끼, 메추라기, 도요새, 기러기 고기가 줄줄이 늘어서 있었다.

소, 돼지처럼 큰 고깃덩이를 보존해 두는 육류가 아니라, 필요하면 그때그때 산에 가서 조달하는 것으로, 이런 것들을 시벽 안에서 먹으려면 돈이 적잖이 날아갈 거다.

호로야 당연히 크게 반겼지만, 로렌스 입장에선 가뜩이나 무거운 마음이 더 무거워졌다.

만찬 자리에서 비벨리에게 들은 바로는 간단히 해결될 문제가 아니었기에.

"후우… 오랜만에 맛난 고기를 먹었네…."

침대에 드러누워 배 위에 손을 얹은 호로가 만족스레 꼬리를 살랑인다.

"고기만 봐도 알잖아. 이 집 뒤편에 있는 숲은 질적으로 이만저만 훌륭한 게 아니야. 저런 숲에 손을 대서 나무를 베어 내려는 건 그야말로 어리석은 짓이지. 숲에서 나무를 베어 내서는 안 된다고 하니, 그런 점에서는 저 수염 영주도 꽤 괜찮아."

그러더니 끄윽 하고 나직이 트림 소리를 내는 호로를 로렌스는 힐끗하고는 침대 구석에 앉아 촛불을 바라보며 한숨지었다.

"그야 그렇지만…."

"뭐야, 당신은 멍청이들 편인 거야?"

숲의 운명이 걸린 문제여서 그런지 호로의 말에 다소 날이 서 있다.

설령 자신의 구역이 아니더라도 울창한 숲이 황폐해지는 건
못 참겠는가 보다.

"나무를 베어 내다 팔고 싶은 마을 사람들 심정도 이해 못 할
바는 아니야."

"…흥?"

눈을 감고 있던 호로가 한쪽 눈만 떠서 로렌스를 본다.

"이교도와의 전쟁이 끝나고 무역이 활발해져서 다양한 물품
값이 뛰고 있어. 뇨히라에서 잔돈이 동이 나 애를 먹은 것도 그
래서지."

로렌스와 호로가 여행을 떠난다는 소식을 들은 온천장 주인들
이 너도나도 찾아와, 잔돈으로 바꿔 와 달라며 부탁한 일이 기억
에 생생하다.

"개중에서도 목재는 배, 짐마차, 나무상자, 나무통에 두루 쓰
이니 값이 더 뛰고 있지. 이때를 놓치지 않고 숲에서 나무를 베
어 내어 돈을 벌려는 게 꼭 잘못된 선택인 것만은 아냐."

그러자 호로가 몸을 뒹굴 굴려 옆으로 누운 자세를 취하고 머
리를 괴더니 심기 불편한 듯 꼬리로 침대를 탁 친다.

"멍청이. 그랬다가는 저 좋은 숲이 황폐해지게 돼. 아까 먹은
고기가 얼마나 맛있는지 잊었어?"

"그 말도 이해는 해. 이 마을의 분위기가 유유자적한 것도 저

울창한 숲 덕분이겠지."

"흐흥. 알긴 하네?"

마치 자기가 칭찬을 받은 것처럼 의기양양한데, 약간 취해서 저러는 것일 수도 있다.

"비벨리도 말이 통하는 성품 좋은 영주인 듯하고, 마을 사람들한테 숲에서 나는 버섯, 꿀, 야생 귀리, 보리 같은 걸 따도 된다고 흔쾌히 허락했다고 들었거든. 그러면 혹시 흉년이 들어도 배곯을 염려는 없을 테니까."

"음. 그럼 된 거잖아…."

그렇게 말하는 호로의 귀는 이미 반쯤 덮여 있다. 부어라 마셔라 한 탓도 있겠고, 오랜만에 하는 길바닥 생활에 피곤이 쌓이기도 했겠지.

"하지만 그렇다고 돈 없이 살 순 없으니까. 마을에서 자급자족되지 않는 물품을 사려면 현금을 벌어야 해."

"음… 하지만 그렇다고 나무를 베어서 파는 건… 어리석은 방법…."

털썩, 괴어 있던 호로의 머리가 떨어진다.

그 자세 그대로 몸을 웅크리기에 로렌스는 한숨을 지으며 일어나 호로가 여전히 입고 있는 로브를 벗겨 주기 시작했다.

"으~ 그냥 자도 되는데…."

"되긴 뭐가 돼. 옷 상해."

"멍청이….."

그러면서 호로의 움직임이 점점 완만해진다. 이러면서 '현랑'임을 내세우고, 한때는 신으로 떠받들어졌으니 어이가 없다.

로렌스는 호로의 로브를 벗긴 뒤, 목에 건 보리 주머니도 벗겨 머리맡에 두었다.

호로는 이미 새근새근 숨소리를 내며 꿈속에 들어가 있다.

"하여간에."

로렌스는 한숨을 쉬고는 로브를 접어 놓은 뒤 나무창으로 다가갔다.

가을밤 공기는 다소 쌀쌀하고, 달빛이 있어도 숲의 어둠은 깊다.

"나무는 베어 내도 또 자란다…. 그러니 값이 비쌀 때 팔아야 한다…."

마을 사람들은 적잖은 수가 그렇게 생각한다.

그러나 대대로 영지를 관리해 온 비벨리는 그렇게 성급한 판단으로 움직였다가는 지금까지 받아 온 숲의 은혜를 잃을 수도 있다며 두려워하고 있다.

그런 생각이 숲을 향한 신앙 비슷한 것이라 해도, 결코 근거 없는 바는 아니다.

버섯도 욕심 사납게 모조리 따냈다가는 몇 년간 나지 않는다. 나무를 베어 내면 공기의 흐름이 달라지고 물의 흐름도 바뀐다.

식생이 바뀌면 새와 꿀벌도 다른 살 곳을 찾는다.

그리고 다시 나무가 원래대로 되려면 한 세대 이상 걸린다.

과연 성급한 판단으로 결정해도 될 일인지, 신중해질 만하다.

하지만 그런 고민을 하는 사이에 목재 값은 떨어지고, 흉작이나 화재처럼 돈 들어갈 재해가 일어난다면?

그러게 그때 진작 나무를 내다 팔았어야 했다며 싸움이 날 게 뻔하다.

영주인 비벨리는 마을 사람들의 불만을 다독이고, 영지를 위해 얼마간의 현금을 마련하는 한편, 미래를 위해 울창한 숲을 유지하고 싶어 한다.

그러려면 어떻게 해야 하겠느냐는 거다.

어둠에 싸인 숲을 가만히 바라보고 있던 로렌스는 한숨을 쉰 후 나무창을 닫는다.

잠시 생각한다고 금세 답이 나올 문제가 아니다. 마을 사람들의 이야기도 들어 보고, 때에 따라서는 촌장이나 마을 중진들을 직접 상대해 봐야 할 것이다.

이런 일은 사실 상인의 영역이라기보다는 사람들의 의향을 물어서 모두가 받아들일 수 있는 방도를 찾는 정치의 영역이다. 이럴 때 의지가 될 이는 그야말로 현랑이라 불린 호로일 테지.

로렌스는 그런 생각을 하고 "그런데." 하며 팔짱을 끼고 한숨 짓는다.

정작 호로는 몸을 웅크린 채 이불에 달라붙어 새근새근 자고 있으니.

"이러면서 현랑 님이란 소리가 나오냐."

이불 밑 호로의 얼빠진 표정에 피식 웃고 만다.

그 뺨에 입을 맞춘 후 촛불을 끄고 자신도 이불 속으로 들어간다.

일단 모든 것은 내일부터.

잠은 순식간에 찾아들었다.

어젯밤 대접받은 고기의 답례라는 기특한 이유에서는 아닐 것이다. 울창한 숲이 황폐해질지도 모른다는 사실에 욱하여 호로는 의욕이 넘치고 있었다.

"야, 호로… 같이 가!"

실제로 숲에 들어가 상황을 확인해야 하기에, 웬일로 아침 일찍 일어난 호로와 함께 왔는데, 호로의 빠른 걸음에 로렌스는 앓는 소리를 내고 만다.

"뭐야, 당신. 어젯밤에 과음했어?"

산을 걷는 건 체력보다는 걷는 법을 익혔느냐 못 익혔느냐에 달린 것 같다.

그런 점에서 호로의 걸음은 말 그대로 늑대 같아서 바람처럼 쓱쓱 나아간다. 그러니 온천장 주인으로 살아온 로렌스가 쫓아가기에는 벅찰 수밖에.

"너야말로… 쿨럭, 쿨럭… 뭘 그리 울컥해서."

한바탕 기침을 터뜨린 후 가죽 자루에 든 시원한 물을 마시고 있자, 호로가 빨갛게 빛나는 눈으로 돌아본다.

"울컥한 거 아냐. 이런 숲을 망치려 들다니, 뭐 저런 멍청이들이 다 있나 싶을 뿐이지!"

그게 바로 울컥한 거라고 지적해 봐야 소용없겠지.

로렌스는 한숨을 지은 뒤 옆구리에 끼고 있던 목판을 손에 들었다. 밀랍을 발라 놓아 뾰족한 나무 펜으로 글을 쓸 수 있게끔 한 널판이다.

거기에는 마을에서 수집한 숲에 관한 의견이 낱낱이 쓰여 있다.

"일단은 이 일대 숲 전체가 비벨리 가의 영지래. 이 주변은 음… 야생 곡물류를 수확하는 장소라고 되어 있군."

보리와 귀리는 숲에서도 난다. 농사지어 잘 키운 것보다는 질이 떨어져서 맥주를 만들 때 보태거나 가축 사료로 쓴다.

"음. 적당히 트여서 햇빛도 잘 들고, 약간 언덕이라 물 빠짐도 좋아. 나 같으면 사슴, 돼지를 쫓아내고 천 년은 풍작을 보장하겠네."

호로는 보리에 깃든 늑대의 화신이니 아마 진심이리라.

"이 부근은 나무를 베어 내도 별 영향이 없을 거란 의견도 있는데?"

오히려 땅이 넓어져서 보리 같은 곡물이 더 무성해지지 않을까 하는 생각을 로렌스도 하기는 했다.

"흥, 멍청하긴."

그러나 호로는 꼬리로 그런 의견을 튕겨 버리기라도 하듯 몸을 홱 뒤집더니 숲속 공터를 둘러보며 말했다.

"여기서 나무를 더 베어 내 봐. 날씨가 좋지 않은 날에 바로 바람이 불어닥쳐서 모처럼 잘 자란 보리 이삭도 모조리 쓰러지고 말지. 그러면 키 작고 쓸데없이 옆으로 굵은 것만 남아서 알곡이 제대로 맺히질 못해. 그러다 몇 년 후엔 가시나무처럼 삶아서도 구워서도 먹지 못할 풀만 남게 된다고."

호로는 몇 백 년간 어느 마을의 보리밭에 머물렀고, 그 전에는 요이츠라 불리는, 뇨히라보다도 훨씬 깊은 산중에 살았다. 로렌스는 상상조차 할 수 없을 만큼 오랜 세월 숲의 변화를 지켜봐 왔을 터.

수확이 끝나 다소 쓸쓸한 느낌이 드는 장소에 서서 눈을 가늘게 뜬 채 주위를 둘러보고 있는 호로의 옆모습에서는 다소 장엄한 분위기마저 감돌았다.

"그렇구나. 예전에 행상 일로 들른 마을에서도 갑자기 숲의 은혜가 사라졌다며 마을 사람들이 한탄하는 소리를 들은 적이 있는데, 그게 그래서였나."

"그래. 당연한 듯이 눈앞에 늘 있으니 뭘 어떻게 하든 그게 계속 이어질 줄 아는 건, 그래 뭐, 나도 이해 못 하는 바는 아니야. 하지만, 숲은 당신네가 다루는 저울보다도 섬세하다고."

호로는 몸을 웅크려 그 자리에 떨어진 지푸라기를 주워 들더니 어린애처럼 휘적휘적 휘둘렀다.

"다음은 어디야?"

"여기서 동쪽으로 좀 더 가서… 응?"

마을에서 수집한 정보를 읽던 로렌스가 목청을 높였다.

"왜 그래?"

"어이쿠."

로렌스는 호로에게 목판을 내보였다.

"벌을 조심하라네."

벌집을 따다가 쏘인 상처가 여태 벌겋다.

돼지기름을 이긴 연고를 바르고 있는데, 손이 닿지 않는 곳은 호로의 도움을 받고 있기에 호로도 로렌스의 노고를 잘 안다.

하지만 식탐이 앞서는 늑대.

"내친김에, 라는 말도 있잖아?"

"없어! 벌집은 안 찾아!"

딱 잘라 말해 두지 않았다가는 야금야금 벌집 찾기로 빠질 수도 있다.

호로는 깔깔대며 웃더니 손에 든 지푸라기를 가볍게 입에 물고 동쪽을 가리켰다.

"저쪽으로 가면 돼."

왠지 들떠 보이는 호로의 모습에 로렌스는 맥이 쭉 빠져서 터덜터덜 그 뒤를 따랐다.

야트막한 언덕에서 내리막길로 들어서자 호로도 신중하게 걸음을 옮겨 주었다. 보기엔 평탄해 보이나 낙엽이 쌓여 자칫 발이 빠지기 쉬운 곳을 알려 주기도 하고, 공기의 흐름을 감 잡아 더 걷기 쉬운 우회로를 찾아 주기도 했다.

숲이 점점 깊어지면서 공기도 습기를 더해 간다.

상록수가 많고, 햇빛이 들었다 끊겼다 한다.

무언가 후드득 튀는 듯한 소리, 나뭇가지가 부러진 듯한 소리는 이쪽에서는 보이지 않는 곳에 새가 있었거나 이따금 시야 한 구석을 얼쩡대는 다람쥐며 들쥐 때문이었으리라.

발밑에 도토리와 밤도 잔뜩 쌓여 있으니 돼지를 풀어놓으면 삽시간에 살이 오르겠다.

"걸으면 걸을수록 좋은 숲이로세."

호로가 감탄 섞인 한숨과 함께 한 말에도 고개가 끄덕여진다.

"마을 놈들이 밭농사에 열을 내지 않는 것도 여기를 보니 알겠어."

"음… 밭이 황폐해 보이진 않았는데, 그랬어?"

"자잘한 일엔 별 신경 쓰지 않는 눈치야. 숲에 들어오면 먹을 거리가 넘쳐 나니 그럴 만도 하지. 그러니까 더더욱 마을 놈들이 왜 숲을 놓고 다투고 있는 건지 도무지 모르겠다고. 이 숲을 잃으면 다들 곤란할 텐데."

나뭇가지 위를 쪼르르 달려가는 다람쥐를 눈으로 좇으면서 하는 호로의 말에 로렌스가 답한다.

"그야 숲의 은혜도 만인에게 평등한 건 아니니까."

"흠?"

심심한지 지푸라기를 버리고 나뭇가지를 든 호로가 나무 밑동을 탁탁 치며 로렌스를 돌아본다.

쪼그리고 앉아 들여다보니 해열제에 쓰는 약초가 나 있었다. 숲에서 필요한 게 있으면 뭐든 따도 된다는 말을 비벨리에게 이미 들었으니 사양하지 않고 일단 담아 두었다.

"이런 약초, 버섯, 나무 열매는 모든 이에게 도움이 되지. 하지만 인간사가 그리 단순하지만은 않으니까."

호로는 참견 안 할 테니 계속하라는 눈짓을 했다.

로렌스는 호로의 곁을 나란히 걸으며 말했다.

"숲은 풍요로워도 돈 될 만한 건 한정돼 있지."

"벌꿀 같은 거?"

"그래. 먹을거리로는 그게 대표적이고. 맥주, 과일주도 지방에 따라서는 상품이 되지만 이 근방은 물맛이 별로인지 관심을 보이지 않아. 게다가 대도시에서 이만큼 떨어져 있으면 상품 출하에도 애를 먹거든. 술은 무거워서 수송량이 가격을 결정하니까, 이런 데서 나는 술은 웬만큼 맛이 좋지 않고는 일단 시장에서 싸움이 되질 않지."

로렌스와 함께 행상하던 시절을 추억하기라도 하는지 호로는 생각에 잠긴 표정이다.

"그것 말고, 큰 도시에서 양이나 돼지를 맡아서 방목할 수도 있지만 역시 거리가 멀어서 문제네."

그런 이야기를 하고 있을 때였다.

호로가 문득 고개를 빼더니 숲 깊숙한 곳을 바라본다.

"왜 그래?"

"…숯 냄새가 나."

어디 불이 났나? 했는데 호로가 당황한 기색이 없었다. 그리고 이내 정체가 파악됐다.

"숯을 만든 자국이네."

흙이 소복이 쌓여 있었다.

가마를 젖은 낙엽과 함께 쌓아 불을 붙인 후, 공기가 통하게끔 한복판에 대롱을 꽂고 흙을 덮는다. 그 상태로 하룻밤이나 이틀 밤 놔두기만 하면 된다.

"이런 숯도 다들 필요한 것이긴 한데, 특히 필요한 사람들이 있지."

"…푸줏간?"

로렌스는 웃음을 터뜨렸다가 호로에게 째림을 당했다.

"미안, 미안. 맞아. 숯으로 오래 푹 구운 고기는 일품이지."

호로는 고개를 홱 돌리고는 손에 든 나뭇가지로 숯 구운 흔적을 헤집었다.

"숯을 가장 많이 소비하는 건, 대장장이야."

"아아… 숲속에서 종일 불을 때면서 쇳소리를 내는 놈들 말이지?"

"그건 상당히 규모가 큰 대장간이고. 어쨌든 그런 사람들."

"그럼, 그놈들이 나무를 베라고 하는 거야?"

호로의 눈이 로렌스의 손에 들린 목판으로 향한다.

"그렇기도 하고. 특히 연료 값이 폭등한 지금은 덩달아 금속류도 비싸진 모양이니, 이 정도로 비옥한 숲이 옆에 있으면 큰 돈을 벌 기회다 싶기도 하겠지."

"얼마나 번다고."

"기회는 잡는 놈이 임자라잖아."

호로는 코웃음을 치고는 한숨을 쉬었다.

"기본적으로는, 아까 말했듯이 마을 사람 모두에게 혜택이 돌아가는 숲의 은혜는 돈으로 바꾸기가 어렵지. 그럼, 돈으로 바꿀 수 있는 혜택은 마을 사람들 모두에게 고루 돌아가느냐 하면, 그렇지도 않아."

나무를 베는 벌목꾼, 그것을 운반하는 하역 일꾼이 주된 수혜자이고, 숯을 만드는 숯구이 직인, 대장장이가 뒤를 잇는다. 물론 그들이 벌어들인 돈을 몽땅 자신들의 주머니에만 넣는 건 아니다. 영주인 비벨리에게 세금도 내고 마을의 공동 자산이 되기도 하니.

그러나 돈을 번 것은 다른 누가 아닌 우리, 라는 자부심이 생겨 마을 내에 서열이 생긴다.

돈은 되지 않으나 마을 사람들의 식탁을 풍요롭게 하는 채집, 수렵 활동을 하는 사람들, 그리고 밭에서 땀을 흘리는 이들은 그것이 탐탁지 않다. 비벨리가 숲의 황폐화 이상으로 두려워하는 것은 바로 그런 마을 내의 불화다.

"뭔가 좀, 돈으로 바꾸기 쉬운 게 있으면 좋겠는데."

"흠."

호로는 눈을 감고는 주변에 귀를 기울이듯 한 뒤 말했다.

"그래. 모피는 어때?"

호로는 늑대의 화신이고, 시장에는 이따금 늑대 털가죽도 나와 있다. 신중해야 할 화제이지만 호로가 먼저 말을 꺼냈으니 대답하는 수밖에.

"모피는 몇 안 되는 환금 상품이기는 한데… 사냥꾼들은 대부분 벌목에 찬성이야."

호로가 눈살을 찌푸렸다.

"사냥감을 추격하기 편하게 나무를 베어 내면 좋겠다는 거군?"

"……."

호로는 어이없다는 듯이 어깨를 늘어뜨리더니 손에 들고 있던 나뭇가지로 나무 밑동을 쳤다.

"인간들은 죄다 멍청이 천지야."

"하지만 모피 직인들은 벌목에 반대니까, 더하기 빼기로 원점이긴 해."

"흐…음?"

호로가 의아해하는 표정을 지었다. 모피 직인은 왜 반대를 하는지 이해할 수 없다는 뜻이리라.

사냥꾼이 더 많은 사냥을 해 오면 모피 직인도 일이 늘어나는데.

로렌스는 세상사 돌아가는 방식을 설명했다.

"모피는 무두질을 해야 하잖아? 그러려면 깊은 숲이 있어야 해. 그러니까… 아아, 그렇구나. 벌에 주의하라는 이건 그런 뜻이었구나."

주위에 자란 나무들을 보고 깨달았다.

"안타깝네. 네가 바라던 종류의 벌이 아닌 모양이다."

"윽… 그럼 소한테 꾀는 그놈들이야?"

피를 빠는 모기를 말하는 거겠지. 숲의 제왕인 늑대도 모기만큼은 제압할 수가 없는지, 질색하는 표정을 짓고 있다.

"아니, 나무에 꾀는 벌."

"그건… 그거 아냐? 꿀을 모으는 벌? 그건 흔하잖아."

일전에 획득한 벌집도 수액을 흠뻑 머금은 나무에서 꿀을 모으는 종류였다.

하지만 벌도 다양한 방법으로 나무를 이용한다.

"나무 속에 집을 짓는 놈들 말이야. 간혹 보면 나무에 이상한 열매가 달린 거 있잖아?"

호로는 멍한 표정이다가 모호하게 고개를 끄덕였다.

"으, 가, 가끔 있어. 나뭇가지에 딱 붙어서 자라는 거 말이지? 하지만 그건 열매라기보다… 뭔가 이상한 나무의 혹 같은 거야. 먹을 게 못 돼."

혀를 내밀고 얼굴을 찡그리는 걸 보니 먹어 본 적이 있는가 보다.

"그건 벌이 알을 낳아서 생기는 거야. 말하자면 요람 같은 거지."

벌레에 기생한 벌레를 보고도 눈물을 찔끔할 만큼 질색팔색 하던 호로이니 그 일이 떠올랐는지 낯빛이 하얘진다. 하지만 꿀벌 애벌레는 맛있다 맛있다 하며 먹는 터라 호기심 쪽이 이겼나

보다.

"그런데? 그게 모피랑 무슨 상관이 있어?"

"아주 많지. 그 혹을 따서 물에 담갔다가 끓인 액으로 가죽을 무두질하는 거거든."

"호오. 요컨대… 오호라. 털가죽이 잔뜩 생겨도 무두질할 재료가 없으면 곤란해지는 거군."

"바로 그거지. 그리고 모피는 돈으로 바꿀 수 있는 몇 안 되는 상품이야. 마을 내에서 숲을 지키자고 하는 일등 세력인 거지."

호로는 고개를 끄덕이고는 이제야 광명이 보인다는 투로 웃다가, 불현듯 알아챈 모양이다.

"그럼, 모피와 목재 중에서 어느 쪽이 더 돈벌이가 되는데?"

과연 현랑 님. 아니, 전직 행상인의 아내.

"목재가 압도적이지."

호로는 부루퉁하게 흥 소리를 내고는 나뭇가지를 내던졌다.

그러고는 주위를 둘러보며 숲의 제왕답게 팔짱을 꼈다. 큰 돈벌이가 되는 쪽이 힘이 세다는 것은 호로도 안다.

"바로 그런 점에서, 아침에 말했다시피 네 지혜가 필요한 거야."

숲속에 와 보면 목재만큼은 아니어도 모피 직인과 함께 대항할 만한 환금 상품을 찾을 수 있지 않을까 하는 일말의 희망을 품었는데, 역시나 영 쉽지가 않다.

로렌스가 시장 사정을 잘 아는 상인이듯, 마을 사람들은 태어나면서부터 숲과 함께 쭉 살아왔다. 그들이 발견하지 못한 것을 나는 찾아낼 수 있으리라고 생각하는 게 건방진 거지.

"흐음…. 숲의 이점. 그리고 나무를 베어 낸 후의 폐해라면 나도 할 말이 많지만…."

"그럼, 너한테 **발 벗고** 나서 달라고 해야 하려나?"

로렌스의 말에 호로는 입술을 삐죽이며 귀와 꼬리를 마뜩잖은 듯이 살랑인다.

"여기서 뭘 더 벗으라는 거야?"

"그럼, 털가죽을 몸에 걸치고, 라고 하는 게 맞는 표현이겠네."

호로의 참모습은 우러러봐야 할 만큼 거대한 늑대다. 달밤에 웅장한 포효와 더불어 그 그림자도 언뜻 목격하게 하고 나면 마을 사람들은 검은 숲의 제왕을 두려워하게 될 터.

행여 노여움을 살까 두려워 숲에 손을 대지 않을 수도 있다.

"…하지만, 그러다가 연약한 계집애라도 숲에 두고 가게 되면 어떡해. 내가 이 숲에 자주 올 수 있는 것도 아닌데."

숲의 제왕뿐 아니라 산이며 샘이며 그런 곳에 깃든 정령의 노여움을 샀다 싶을 때, 교회의 가르침이 널리 퍼지기 이전의 관습을 기억하고 있는 이들이 하는 짓은 뻔하다. 인신공양으로 훌쩍훌쩍 우는 아가씨를 앞에 두고 늑대 모습의 호로가 어이없어하는 모습은 상상만 해도 재미있지만, 웃을 일이 아니다. 그러다가 사람들이 숲을 두려워하며 출입하지 않게 되면 되레 큰 문제다. 숲을 지킬 요량으로 숲의 혜택을 마다하게 되면 본말이 전도되는 거니까.

"오히려 말로 구워삶는 건 당신 특기 아냐?"

갖은 수를 써서 먹을거리를 졸라 대는 너만 하겠느냐는 말이 얼굴에 쓰여 있기라도 했나?

호로가 다가오더니 로렌스의 발을 일부러 밟고는 몇 걸음 또 떨어져 팔짱을 낀다.

"당신 특기잖아?"

"그렇습죠."

한숨이 섞인 대답을 하며 꿍 소리를 낸다.

"으음… 요컨대, 돈이 문제인 건데…. 이렇게 기름진 숲인데 돈으로 바꿀 수 있는 게 없다니."

비벨리의 영지 사람들도 소문은 들을 테고, 남쪽을 향해 강을 타고 내려가면 싫어도 목격하게 될 것이다. 온 세상에 무역이 번창해, 그에 필요한 목재가 강을 타고 무수히 운반되고 있는 것을. 그렇다면 우리도 그 혜택을 받아야 한다는 생각이 들 수밖에.

솔직히 로렌스는 다소 숲이 황폐해지더라도 현금을 얻기 위해 나무를 좀 베도 되지 않을까 싶다.

168

그런데도 그 말을 확실히 꺼내지 못하는 건, 호로 때문이다.

호로는 숲에 관한 일이라면 금세 다혈질이 된다. 또한, 비벨리에게 협조하겠다고 나선 것은 호로가 여행 이야기를 기록할 종이와 잉크를 나눠 받기 위해서였다.

그리고 똑똑한 호로는 당연히 그 점을 잊었을 리 없다.

바람결에 머리 위 높은 나뭇가지가 흔들리는 것을 우러러본 뒤 호로가 말문을 열었다.

"나도 큰 흐름에는 거역하지 못해. 인간 세상이 번쩍번쩍한 돈을 바란다면, 피할 도리가 없겠지."

"호로?"

"게다가 글을 쓰는 데도 은화든 금화든 돈이 들잖아? 그렇다면 마을 놈들이 돈을 벌고 싶어 하는 걸 방해하는 건 옳은 일이라고 생각하지 않아. 그놈들도 나처럼 갖고 싶은 게 있을 거 아냐?"

마을 사람들도 결코 사치를 부리기 위해 목재를 내다 팔자는 건 아니다. 귀중한 돈을 손에 넣을 좋은 기회를 놓치고 싶지 않은 것뿐이다.

만일 마을의 자산이 쌓여 있으면 흉작일 때 도시에 나가 작물을 사 올 수도 있고, 농사를 짓거나 숲에서 일할 때 쓸 농기구를 갖춰 놓을 수도 있다. 또는, 새 물레방아를 가까운 개울에 설치할 수도 있고. 돈은 마을 사람들의 삶을 직접 도와 풍요롭게 해 준다.

사람은 **빵만으로는** 살 수 없다고 성전에도 쓰여 있듯이, 마을 사람들도 대지의 은혜만으로 모든 것을 충족할 수 있는 건 아니다.

호로는 숯을 구운 흔적 옆에서 마치 자신이 타들어 간 듯 맥없이 서 있었다.

"숲을 지킨다 어쩐다 하는 건, 진작 옛날 옛적에 다 넘긴 일인 줄 알았는데."

호로는 쓴웃음을 지으며 말하고는 로렌스 곁으로 다가왔다.

발을 밟는 대신 손을 잡는다.

"당신이 간만의 여행이라 불 지피는 데 애를 먹고, 고삐 쥔 손에 너무 힘을 주듯이, 나도 탕 속에 너무 오래 들어가 있어서 세상사를 잊고 있었나 봐."

세상은 뜻대로 돌아가지 않고, 때로는 보고도 못 본 체해야 할 적도 있다.

상인의 길을 걸어온 로렌스는 말할 것도 없고, 시간의 흐름 앞에서 그저 방관할 수밖에 없었던 호로 역시 그 점은 뼈저리게 이해하고 있다.

로렌스는 호로의 작은 손을 맞잡은 뒤 몸을 기울여 짐승 귀의 뿌리에 입을 맞췄다.

"어쨌든 비벨리는 착한 영주야. 영지의 통치자로서 과도한 짓은 하지 않겠지."

"…응."

호로는 고개를 끄덕이고는 고양이가 아양을 떨 듯 로렌스의 가슴에 얼굴을 묻었다.

숲이 안녕하기를 바라는 호로와, 영주인 비벨리의 소망은 이루어질 수 없다.

그 점을 제대로 사과하고, 성의 표시로 저 거대한 벌집이라도 갖다 바치면 마음씨 좋은 영주인 비벨리이니 종이와 잉크를 나눠 줄지도 모른다.

거기까지 생각하다 불현듯 머릿속이 번쩍했다.

"아, 그래! 종이와 잉크를 맡아서 고가로 팔아 주면 약간은 보탬이 될지도 몰라."

어차피 이런 벽촌에는 글을 읽고 쓸 줄 아는 이가 거의 없을 테니.

쓰지도 않고 썩힐 바엔 돈으로 만들고 싶을 테지.

받은 의뢰에는 실패했지만 열심히 노력해서 은화로 바꿔 주면 기꺼워할지도 모른다.

그 점을 설명하자 호로는 쓴웃음을 지었다.

"당신은 넘어져도 그냥은 일어나지 않는구나."

"이 몸은 상인이옵니다요."

농을 치듯 말하자 호로는 피식 웃고는 한숨을 지었다.

"그럼 일단 사과하러 갈까? 오늘 밤은 맛난 고기를 기대할 수 없겠네."

"이 목판처럼 한동안은 나무껍질에 여행기를 적어 둬. 때를 봐서 종이와 잉크를 사 모을 테니까."

"흠. 저런 숯으로는 어떻게 안 돼?"

호로의 말에 숯구이 흔적을 보았다.

"숯만 가지고는 금세 번져서 안 돼. 아교를 섞은 잉크 대용품을 본 적이 있긴 한데, 아교를 만들려면 아주 오랜 시간, 뼈도 들어가고 짐승 힘줄 같은 것도 같이 넣어서 끓여야 해. 그러려면 숲의 나무들이 많이 있어야… 하지."

"쉬운 게 없네!"

들으란 듯이 버럭 하는 호로를 보며 웃고 만다.

"그럼 당신, 그건?"

하며 호로가 물었다.

"평소 내가 쓰는 잉크는 어떻게 만들어져?"

"응? 그건 말이지, 몰식자(沒食子)라고 불리는, 나무 열매처럼 생긴 혹을 쪄서 만드는 건데, 이 혹은 무두질할 때도 쓰이는… 어?"

"어?"

호로와 로렌스는 서로 얼굴을 마주했다.

"당신."

하는 호로의 말에 로렌스는 얼굴에 경련을 일으키듯 웃었다.

"…지식이 머리에 들었다고 언제든 꺼낼 수 있는 건 아니야."

"당신 돈주머니랑 똑같네."

그거랑 이거랑 같냐고 응수하고 싶지만, 기대에 찬 눈을 반짝이며 꼬리를 파닥거리는 호로를 보니 웃는 수밖에.

"마을 사람들도 그쪽 가능성은 생각하지 못했겠지."

글을 읽고 쓸 수 있는 건 영주인 비벨리뿐. 어쩌면 비벨리도 무리일 수 있다. 도시에서 멀리 떨어진 곳에선 흔한 일이니, 애당초 그들의 머릿속에 그런 발상 자체가 없다 해도 어쩔 수 없다.

"잉크는 우리 콜이랑 뮤리 덕분에 상당히 가격이 뛰었다며?"

"맞아. 그리고 나무에 달린 혹을 잔뜩 확보하려면 나무가 무성해야 하지."

"당신."

하며 호로가 빙그레 웃는다.

세상에는 가끔 이런 일도 있다.

"이 숲을 지켜 내고, 그 참에 마을 사람들에게도 도움이 돼. 값이 치솟고 있는 잉크를 양산할 수 있게 되면, 베어 내고 나면 끝인 목재보다 오래, 크게 돈을 벌 수 있지."

"그리고 내가 쓸 잉크도!"

호로와 나란히 숲을 뒤로한 로렌스는 비벨리에게 상황을 보고하고 잉크 제작 및 가격대 등등을 전했다. 술과 달리 잉크는 소량에 비싼 가격이 붙는 우수한 상품이니 먼 곳으로 운반해도 충분히 이윤을 기대할 수 있는 데다, 몰식자 채집과 가공은 어린아이들도 할 수 있다. 돈벌이에 공헌하는 이, 못 하는 이가 따로 없으니 마을 안에서 이상한 불화가 일어나는 사태도 피할 수 있다.

"과연 명성 자자하신 로렌스 씨!"

비벨리에게서는 과찬을 받았고, 그날 밤에도 식탁에는 진수 성찬이 차려졌다.

호로는 비벨리에게 받은 잉크로 당장에 그날 먹은 음식들을 기록했으나, 술기운이 돌아 꾸벅꾸벅 졸고 있는 틈에 힐끗 훔쳐보니, 로렌스의 이름과 '가끔은 멍청이도 도움이 된다'는 대목이 있었다.

"멍청이는 빼야지."

로렌스는 쓴웃음을 짓고 의자 위에서 잠든 호로를 안아 침대로 옮긴다.

영원한 공주님을 잘 눕혀 드린 후, 달빛에 비친 종이 다발에 눈길을 준다.

저기에는 앞으로도 수많은 글이 쓰이겠지.

즐거운 일도, 즐겁지 않은 일도 때로는 있을 것이다.

"그래도 전부 다 좋은 추억이지."

로렌스는 중얼거린 후 나무창에 손을 얹는다.

그러고는 책을 덮듯 창을 닫았다.

기나긴 여로의 한 장면이었다.

늑대와 향신료

늑대와 여행의 알

그날은 다소 바람이 쌀쌀했다.

온천마을 뇨히라에서 길을 떠나온 지 이 주쯤. 근 십 년 만의 여행길이라 처음엔 좀 어색했지만 행상인 출신인 로렌스는 비로소 여행 감각을 되찾았다.

오래도록 이어지던 산길이 마침내 끝나고 눈앞에는 탁 트인 평야의 사잇길이 펼쳐져 여행의 지루함을 만끽하고 있었다.

"후아~~······아함."

하지만 그렇게 늘어지는 하품이 로렌스의 것은 아니다. 로렌스의 뒤편, 짐마차 짐칸에 쌓인 모포 위에 드러누워 아침부터 지금까지 내내 우아한 볕 쬐기를 즐기고 있는, 반려 호로의 하품이었다.

"당신, 도시에 들어가려면 아직 멀었… 후아아~~······어…?"

바람은 선선한 게 가을 느낌이 났으나, 평야인 이 근방 햇살에는 아직 여름이 남아 있다.

햇볕을 잔뜩 쬐어 살짝 땀이 날 때쯤 서늘한 바람이 불어와 뺨을 어루만지면, 그 기분을 어디에 비하랴.

뇨히라에서도 틈만 나면 늦잠에 낮잠이던 호로는 아주 유유자적이었다.

특히 오늘은 있는 대로 늘어져, 잘 길든 개처럼 모포 위에서 뒹굴뒹굴하고 있다.

원흉은 손에 들린 저 나무통이다.

며칠 전 우연히 숲속에서 딴 벌집에서 벌꿀을 걷어 포도주에 섞어 두었다. 모포 밑에 나무통을 넣고 며칠 기다리면 즉석 벌꿀주가 될 것이라는 계산에서.

오늘 호로는 일찍 눈을 뜨더니 아침 댓바람부터 모포 속에 묻어 두었던 나무통 뚜껑을 서둘러 땄다. 벌꿀주를 할짝거리고 알딸딸하게 취해 꾸벅꾸벅 졸다가, 눈을 뜨면 또 술을 할짝거리는 걸 되풀이하는 중이다.

그야말로 최고의 사치.

"거의 다 왔어. 도로와 합류하면 사람들 왕래도 잦아질 테니 조심해."

"멍청이…. 난 그렇게 멍청하지… 않…."

말끝이 그대로 뭉그러진다. 어깨 너머로 돌아보니 벌렁 누운 호로가 입을 반쯤 벌린 채 자고 있다.

가만있으면 열너덧 살 먹은 소녀로 보이는 호로는 흐트러진 모습도 잘 어울린다. 햇살을 받아 아마색 머리털이 반짝반짝 빛나고, 바람이 불자 앞머리가 살랑살랑하는 게 시적이다.

다만, 그것뿐이라면 남의 눈을 신경 쓸 것도 없다. 여행을 만끽 중인 다소 왈가닥인 소녀로 끝날 테니까.

문제는 공교롭게도 호로가 평범한 소녀가 아니라는 데 있다.

햇살을 받아 반짝이며 바람결에 살랑살랑 흔들리는 건 비단 아름다운 아마색 머리만이 아니다. 머리에는 커다란 세모꼴 짐승 귀가, 허리에는 털이 북슬북슬한 꼬리가 달렸으니.

호로는 보리에 깃든, 그 참모습은 우러러봐야 할 만큼 거대하고 위엄이 넘치는 연세 수백 살 잡수신 늑대의 화신이다.

적어도… 본인은 그렇게 주장한다.

"하여간에…."

무방비하게 잠든 호로를 보자 로렌스는 한숨이 나오면서도 한쪽 뺨에는 속절없이 웃음을 띠고 만다.

자칭 현랑답게 확실히 지혜와 식견도 훌륭한데, 저렇게 얼빠진 모습도 보여 주는 면에 로렌스는 무작정 약하다.

"문제라니까."

쓴웃음을 지으며 하는 혼잣말은 대체 누구에게 하는 것인지.

로렌스는 어깨를 으쓱이고는 곁에 둔 자루에서 육포를 꺼내어 물다가 그 밑에 깔려 있던 종이 다발에 눈이 갔다. 글자가 빼곡히 적힌 저것은 짐칸에 잠들어 있는 호로가 매일 바지런히 쓰고 있는, 하루하루의 사건 기록장.

호로는 영원한 시간을 살기에, 아무리 애를 써도 언젠가 로렌스는 사랑하는 아내를 홀로 두고 이 세상을 떠나게 된다. 그러니 그때 호로가 외롭지 않도록, 맨 처음 읽은 부분을 까맣게 잊을 만큼 많고 많은 일을 글로 적어 두면 되지 않겠느냐고 로렌스가 제안했었다.

그 이후로 호로는 열심히 글을 썼다. 그것은 물론 로렌스가 반길 일이었으나 곤란한 점도 생겼다.

글을 쓴다는 것 자체에 재미가 났는지 호로가 이따금 있지도 않은 일을 써 놓고는 희희낙락하는 것이다. 마치 수도원에 사는 꿈 많은 귀족 딸 같은 취미인데, 계속 이러다가는 필기도구가 순식간에 동이 나고 만다.

요전번에도 종이와 잉크가 떨어져서 우연히 알게 된 영주에게 나눠 받았다. 앞으로 대체 얼마나 더 많이 사다 바치게 할지 로렌스는 짐작도 가지 않았다.

호로를 위해서라면 뭐든 다 해 주고 싶은 마음이 있는 한편, 근본은 상인인 로렌스는 쑥쑥 쌓여 가는 종이 다발을 보면 저게 은화로 따지면 몇 냥인데, 하고 그만 계산을 하게 된다.

호로가 열심히 글을 쓰는 기분은 이해한다. 하지만 기억이라는 것은 모호하여, 아무리 말로 표현해 글로 적는다 해도 지금이 순간 자는 낮잠이 얼마나 달달한지를 온전히 옮겨 내지는 못한다.

그러니 하다못해 그 조각을 긁어모으는 것 정도는 마음껏 하게 해 주고 싶다.

호로는 홀로 시간의 흐름 속에 남겨질 테니.

그 생각만 하면 로렌스는 저도 모르게 중얼거리고 만다.

"무슨 좋은 방법이 없을까."

좀 더 많은 기억을 담을 수 있는 면에서도, 좀 더 돈을 절약할 수 있는 면에서도.

그런 생각을 하는데 평탄한 길 끝에 팻말 하나가 눈에 들어왔다.

도로와 만나는 곳을 나타내는 이정표로, 목적지가 가깝다는 뜻이다.

호로의 귀와 꼬리를 남들이 봤다가는 바로 난리가 난다.

슬슬 잠자는 공주님을 깨워야겠다 싶어 짐칸을 돌아보았다.

"어이, 호⋯."

"다 왔어?!"

발딱 일어난 호로에게 놀라 몸을 뒤로 젖히는 바람에 고삐가 당겨진 말이 불만스럽게 투레질을 했다.

하지만 호로는 그런 것엔 눈곱만큼도 아랑곳없이, 로브의 후드를 머리에 쓴 뒤 이영차 마부석으로 옮겨 와 앉는다.

곁에 놔둔 자루를 로렌스가 치울 새도 없이 채어 간 호로의 입에는 이미 육포가 물려 있다.

"오랜만에 보는 큰 도시잖아. 맛있는 거 잔뜩 먹어야지!"

며칠 전에 들른 영주의 저택에서 산에서 난 온갖 진미를 긴 식탁 가득 대접받았고, 좀 전까지 갓 개봉한 벌꿀주를 마셔 댔으면서⋯ 라는 말은 해 봐야 소용없다.

게다가 이렇게 즐거워하는 얼굴을 보면 화낼 기력도 사라진다.

로렌스는 한숨 섞인 웃음을 짓고는 마부석에서 바로 앉아 고삐를 쥔다.

무정한 시간의 흐름은 로렌스가 어찌할 수 없다.

그렇다면 하다못해 사랑하는 이를 위해 짐마차 정도는 제대로 몰아야지, 라고 생각했다.

산중 온천마을 뇨히라를 떠나 계속 서쪽을 향해 강을 따라 내려왔다.

그 끝에 있는 것은 항구도시 아티프. 주교 교구에 대주교가 있을 만큼 이 근방에서는 으뜸가는 항구도시라 할 수 있다.

역사도 오래되어, 일찍이 이교도와 전쟁을 할 때는 최전선 기지였고, 북방 도서지역에서 쳐들어오는 해적이 내륙 깊숙이 공격해 들어오지 못하도록 막는 문지기 역할을 하기도 했다.

그 명성은 지금도 남아, 아티프의 한복판을 흐르는 강 양쪽으로 우러러봐야 할 만큼 높은 첨탑이 서 있다. 두 탑 사이에는 거대한 사슬이 달렸는데, 유사시에는 사슬을 바다에 떨어뜨려 강을 거스르려는 해적선을 저지한단다.

시벽의 검문을 통과하고 난 뒤 로렌스가 그런 설명을 하는데, 호로는 건성으로 대답하며 노점의 먹을거리에만 눈이 팔려 있었다.

"저 사슬을 목에 감으면 조금은 말을 들어 주려나."

호로의 참모습은 우러러봐야 할 만큼 거대한 늑대이니 사슬이 저만은 해야겠네. 로렌스는 그런 생각을 하며 중얼거렸다가, 그런 말은 절대 놓치지 않는 호로에게 발등을 밟혔다.

"그래서 이 도시의 명물은 뭔데?"

"참 나…."

발등을 문지르며 로렌스는 대답했다.

"그거야 물고기지. 신선한 생선이 줄을 섰는데, 특히 으슬으슬 추워지기 시작한 이 계절에는 어느 생선이나 기름기가 돌아 맛이 있을 거야. 소금구이, 생선찜, 전골로 끓인 것도 좋고."

"생서언?"

호로가 못마땅한 표정인 것은 늑대에게 생선 따위가 가당키나 하냐는 뜻이리라.

"그렇게 질색하지 마. 아, 맞다. 그러고 보니 이곳에서는 청어를 놓고 좀 재미있는 거래가 이루어진다는데 같이 가 볼래?"

"안 가. 소금에 절인 청어만큼은 다시는 꼴도 보기 싫어."

산중에서는 강에서 잡은 민물고기가 아닌 한 식탁에 오르는 물고기는 여지없이 소금에 절인 청어다. 바다에 검을 꽂기만 해도 청어가 줄줄이 딸려 올라온다고 할 만큼 수가 많고, 어느 산중에서든 싼값에 구할 수 있다.

세상 사람들의 생활을 떠받치는 중요한 생선이나, 그래서 더 다들 질려 한다.

"청어는 소금에 절인 게 아니면 나름대로 괜찮은 생선인데."

"…그런 식으로 싸구려 물고기로 내 배를 채울 속셈 아냐?"

그러면서 호로가 미심쩍은 눈초리를 한다.

먹을 것에 관한 한 욕심 사나운 호로에게 로렌스는 어깨를 으쓱일밖에.

어쨌든 그 어떤 고기보다 청어가 값이 싼 것은 맞다.

어험, 하고 로렌스는 헛기침을 했다.

"예를 들면, 냄비에 기름을 가득 담아."

"으…음?"

"처음엔 불을 약하게 하고, 창자를 제거한 생선을 머리째 넣어. 약하게 자글자글 소리가 나는 정도로."

뭔 얘기야? 하며 호로가 의아해하는데도 로렌스는 개의치 않고 이야기를 쑥쑥 진행한다.

"이윽고 기름 온도가 올라가는 때를 잘 가늠하고 있다가 냄비 밑에 장작을 더 넣어. 그럼 점점 더 달아오르는 기름에서 치릭치릭 기분 좋은 소리가 나기 시작하지."

호로는 로렌스의 이야기에 완전히 넘어가 꿀꺽 군침을 삼킨다.

"그 상태에서 바삭해질 때까지 튀겨 내면 뼈째 먹을 수 있거든. 기름에서 꺼내어 아직 지글지글 소리를 내는 생선에 암염을 훌훌 뿌려서…."

손으로 소금 뿌리는 몸짓까지 해 보이자 호로의 눈이 먹잇감을 본 고양이처럼 손을 따라 이리저리 움직인다.

"머리부터 와삭."

쑥, 옷자락이 들릴 만큼 호로의 꼬리가 튀어 올랐다.

"입술에 묻은 달달한 기름과 암염의 짭짤함을, 시원한 맥주를 곁들여 넘기는 그 맛은 진짜… 아얏, 아야야!"

"당신, 그럼 지금 당장 가자. 청어라고 했지? 이제 슬슬 맛이 들 때지?!"

호로에게 옷 위로 살까지 잡혔다가 간신히 빼낸다.

싼 청어로 배를 채운다는 작전은 잘 풀린 듯한데, 너무 나갔나 보다.

"그 전에 데바우 상회에 가서 행선지 확인과 선박 예약부터 하고. 계절이 바뀔 때라 상인들과 운반 물자로 선창이 북적일 거야. 서두르지 않으면 겨울까지 발이 묶일 수도 있어."

옛날 행상인 시절과 달리 지금의 로렌스와 호로에게는 돌아가야 할 거점이 있다. 뇨히라의 온천장을 남의 손에 맡겨 놓았으니 한없이 여행을 하고 다닐 순 없다.

그러니 결코 놀리려고 한 말이 아니건만, 로렌스의 입은 도중에 닫히고 말았다.

호로의 눈이 촉촉해지더니 아랫입술을 깨무는 바람에.

"…알았어, 알았다고. 내가 먼저 상회에 다녀올 테니까 넌 여기에서 먹고 싶은 만큼 사 먹고 와."

그러면서 건넨 것은 염낭에 손가락을 쑤셔 넣고 잠시 주저하다가 꺼낸, 그다지 질이 훌륭하지는 않은 은화였다. 만난 지 얼마 안 된 무렵, 순은에 가까운 트레니 은화 한 냥을 맡겼더니 호로는 그것으로 사과를 산더미처럼 사 왔었다.

절약이라는 단어가 맛있는 음식 앞에서는 훅 날아가는 모양이다.

호로가 눈을 빛내며 은화를 받아 들더니 로렌스를 보며 함박웃음을 지어 보인다. 저런 웃음이 호로의 무기라는 걸 뻔히 아는데, 그런데도 로렌스의 가슴엔 잘도 꽂힌다.

최소한의 분풀이 삼아 이런 말이라도 덧붙이는 수밖에.

"내 몫까지 포함이야."

"멍청이, 나도 알아."

그 대답을 하면서도 눈은 이미 노점을 찾고 있다. 지금 호로는 꼬리를 감출 목적도 겸해 두꺼운 스커트를 입었는데, 그마저도 들썩들썩할 만큼 꼬리가 파닥이고 있었다.

"하여간에…."

하며 당장에라도 먹잇감을 향해 튀어 나갈 기세인 호로에게 이따가 만날 약속 장소를 일러 두려던 그때였다.

"음?"

혀를 핥던 호로가 문득 목을 쭉 뺐다.

"왜?"

"으, 음."

하며 호로가 후드 밑으로 귀를 꼼지락대더니 얼굴은 돌리지 않은 채 손만 움직여 로렌스의 옷자락을 당겼다.

"당신, 뒤쪽. 길 반대편."

호로는 늑대의 화신이고, 늑대는 숲의 제왕이다. 아무리 시끄러운 길에서도, 설령 생선튀김에 마음을 빼앗기고 있었더라도 방심하는 일은 없다.

"…시비가 붙을 것 같아?"

짐칸에는 짐이 실려 있고 길은 혼잡하다.

소매치기나 노상강도를 만나면 다 잃지는 않아도 그냥 끝나지는 않는다.

여자 동행은 특히 표적이 되기 쉽다.

"무기는 들지 않았지만… 그보단 우리 여관에서 자주 볼 수 있는 놈들이야."

"성직자? 아, 너, 설마."

그 한마디에 호로가 매우 난처한 표정을 지었다.

"벌꿀주를 너무 많이 마셨나 봐…."

호로는 늑대의 화신이자 짐승 귀와 꼬리가 달린, 사람이 아닌 존재다. 그리고 교회는 호로와 같은 존재를 악마가 들렸다고 하며 이 세상에 있으면 안 될 것으로 여긴다.

아침부터 벌꿀주에 취해 뻗어 있었고, 오랜만의 여행이라 방심하여 어디선가 귀와 꼬리를 노출했을 수도 있다.

호로는 엄지손톱을 깨물더니 로렌스에게 받은 은화를 꼭 쥐고 이렇게 말했다.

"하는 수 없네. 표적은 나니까 달려서 도망치는 수밖에. 당신은 배를 구해서 예정대로 남쪽으로 내려가고 있어. 해안을 따라 달려 내려가다 보면 어느 도시에서든 꼭 다시 만나게 될 거야."

"그건 그렇지만…."

"그럼 뒤를 부탁해."

호로가 현랑이라 불리는 까닭은 이렇게 위기가 닥쳤을 때 올바른 선택을 척척 해내기 때문이다. 이런 영특함에 몇 번이나 구사일생했는지 모른다.

그런데도 로렌스는 선뜻 그러자고 하지 못했다. 호로의 판단이 완벽하게 옳다는 걸 알지만 헤어지는 게 섭섭해서.

그렇다고 이런 말을 했다가는 호로가 어이없어할 게 뻔하고. 헤어졌다가 다시 만나는 것도 나름대로 나쁘진 않을 테니.

"그 은화로 부어라 마셔라 하진 마."

"멍청이."

호로는 그렇게 말하고 웃더니 짐마차 마부석에서 훌쩍 뛰어내렸다. 그즈음에는 길 반대편에서 밀담을 나누던 몇 사람이 인

파를 헤치며 이쪽으로 오고 있었다. 사제복을 입은 자, 차림새
좋은 상인, 수도사로 보이는 자도 있다.

로렌스는 호로하고는 어쩌다 우연히 길에서 만난 사이로 둘러
대기로 머릿속을 가다듬고 숨을 깊이 들이마신다. 뻔뻔한 연기
는 전직 행상인의 특기다.

게다가 지금까지 장사를 해 온 덕에 나름대로 권력자와 연줄
도 닿아 있다. 여차하면 그쪽에 부탁할 수도 있으니 별로 불안
할 것도 없다.

그런 생각을 하면서 호로를 배웅하는데, 너무도 뜬금없는 단
어가 들렸다.

"잠시만요! 혹시 뮤리 님 아니십니까?!"

"어?"

로렌스뿐 아니라 인파에 섞이려던 호로도 놀랐는지 우뚝 멈춰
섰다.

왜냐하면, 그 이름은 로렌스와 호로의 단 하나뿐인 딸아이의
이름이었으니까.

"다, 당신?"

당황한 호로가 판단을 청하며 로렌스를 돌아본다.

로렌스는 그런 호로에게 일단 손바닥을 내보여 제지한 후 이
쪽으로 오고 있는 사람들을 보았다.

인파를 헤치려다가 성질 급한 직인, 악착스러운 상인에게 한

소리 듣고는 몸을 움츠리는 저 모습이 연기라면 대단한 거다.
언뜻 보기엔 나쁜 사람들 같아 보이진 않았다.

적어도 이교도의 신을 죽이려고 달려오는 것은 아닌 듯했다.

"말을 들어 보는 게 낫겠네."

로렌스는 한숨을 섞어 이렇게 덧붙였다.

"그 천방지축이 무슨 짓을 하고 다녔는지 들어 봐야겠어."

왜냐하면, 그 천방지축은 호로의 피를 잇고 있으니… 라는
생각은 생각으로만 넣어 두고.

로렌스와 호로에게 달려온 성직자 일행은 호로를 정면에서
보고는 이내 사람을 착각한 걸 알았나 보다.

"머, 머리색이…?"

호로는 가을 숲에 어울리는 아마색 머리이지만, 딸아이 뮤리
의 머리는 로렌스의 피가 짙게 나타난 예쁜 은색이다. 잘못 볼
리가 없다.

"응? 왜 그러는데요?"

여전히 상황 파악이 안 되고 있기에 일단은 뮤리가 딸인 점은
덮어 두기로 했다.

호로가 시치미를 뚝 떼며 묻자 상대방은 당황하여 자세를 바
로 했다.

"시, 실례했습니다. 혹시 뮤리 님이 아니신지…?"

지푸라기라도 잡으려는 것처럼 묻는 말에 호로는 웃으며 고개를 갸웃했다.

그러자 어깨를 축 늘어뜨리면서도 여전히 포기가 안 되는지 호로의 얼굴을 물끄러미 바라본다.

"아니, 정말 똑같이 생겼는데…."

"그러게나 말이오."

"혹시 뮤리 님의 자매이신 것은 아닌지?"

어머니이기는 해도 언니는 아니기에 호로는 천천히 고개를 가로젓는다.

한편으로는 그들의 말에 호로가 꼬리를 반갑게 파닥이고 있는 게 느껴졌다.

나이 수백 살이라도 사람의 모습으로는 나이를 먹는 기색이 전혀 없다. 그런데도 딸과 같은 나이로 보이는 게 기분 좋은 모양이니, 몇 백 살을 먹어도 속마음은 언제까지나 소녀.

"세상에 이토록 닮은 사람이 있다니…."

급기야 감탄의 한숨까지 쉬는 것을 보고 로렌스가 끼어들었다.

"그 뮤리 님이라는 분이 어찌 되셨기에?"

로렌스와 호로의 이번 여행 목적은 외동딸 뮤리를 만나러 가는 것이었다.

가게 일을 오래 봐 주었던 청년 콜이 신앙심에서 여행을 떠나자 뮤리도 몰래 따라가 버렸다.

두 사람은 세간에 큰 소동을 일으키며 여행 중인 듯했는데, 요사이 편지가 끊겼다. 호로는 걱정할 것 없다고 하지만, 로렌스는 도무지 마음이 놓이지 않아 정말로 둘이 무사한지 확인하러 가는 길이다.

"뮤리 님이요? 아… 죄송합니다. 두 분은 최근에 이곳에 오셨는지?"

"아, 예. 평소엔 산중 깊은 곳에서 작은 여관을 운영하고 있어서… 도시에는 오랜만에 나와 봅니다."

거짓말은 하지 않았고, 차림새를 봐도 확실하리라. 산중 생활이 길었기에 호로와 로렌스는 둘 다 지금 이곳의 분위기와는 살짝 겉돌 만큼 차림새가 두둑했다.

"그러시군요. 그럼 모르실 수도 있겠습니다."

성직자 차림새를 한 사람이 으흠 하며 헛기침을 했다.

"지금, 세상이 올바른 신앙을 추구하는 거대한 물결 속에 놓인 것은 아닙니까?"

"어, 그게… 예. 대충은…."

원래는 윈필 왕국이라는 나라와 교회의 총본산인 교황과의 일대 싸움이었다.

교회는 긴 세월 이교도를 토벌한다는 명목으로 세금을 거둬

왔는데, 이교도와의 전쟁이 끝난 지 몇 년이 지났어도 여전히 세금 징수를 계속해 왔다.

그 점의 부당성을 윈필 왕국이 지적한 것을 계기로 교회의 과도한 부의 축적, 타락상에 민중의 불만이 터져 나왔다.

곳곳에서 개혁의 불이 켜지고, 성직자들도 왈가왈부 난리판.

고위 성직자 손님이 많은 뇨히라에서도 분쟁이 있었을 정도다.

"이곳의 교회도 예전에는 신앙의 길을 잃은 상태였습니다. 하지만 그러던 저희에게 새로운 길을 제시해 주신 분들이 여명의 추기경이신 콜 님과 그분을 따르는 성녀 뮤리 님이셨지요."

성녀 뮤리.

로렌스는 얼결에 호로와 얼굴을 마주하고 말았다.

두 사람이 익히 아는 뮤리는 반 벌거숭이 차림으로 야산을 뛰어다니다가 개구리든 뱀이든 태연히 맨손으로 잡아서 끈을 달아 연못 속에 던져서는 거대한 메기를 잡아 올리는 천하에 둘도 없는 왈가닥이다.

이른바 성녀와는 한참 거리가 먼.

"그뿐 아니라 콜 님과 뮤리 님께서 신의 은총을 내리신 것이 이곳 아티프가 최초였다고 합니다. 모든 것은 여기에서 시작되었다고 하지요."

장년의 수도사가 자랑스레 미소를 지어 보인다.

콜과 뮤리가 보내온 편지에도 그런 이야기가 쓰여 있었던 것을 로렌스는 떠올렸다.

"그러던 차에 여명의 추기경 님과 뮤리 님께서는 남쪽으로 향하셨다고 들었습니다. 그러니 저희는 그 기적의 기억을 조금이라도 더 많이 이곳에 남길 수 있기를 바라던 참이었지요."

기억을 남긴다는 말에 호로가 약간 반응했다. 세상의 사건을 기록한 연대기는 원래 저들 성직자들이 하던 일이다.

"그런데 뮤리 님과 꼭 닮은 여성분이 시벽을 통과하셨다는 이야기를 듣고 허둥지둥 나와 봤습니다. 이것은 무언가 신의 뜻이 아닐까 하여."

"예에… 하아…."

로렌스와 호로가 얼굴을 마주하고 있자, 일행 중 한 사람이 매우 잘 차려입은 상인에게 눈짓을 주었다. 상인은 소중히 안고 있던 사각의 커다란 판 같은 것을 싼 천을 벗기기 시작했다.

"우리 교회에서 주문한 이것이 드디어 도착한 이날, 이런 여성분이 이곳을 찾아 주시다니, 그야말로 신의 인도하심이 아니겠습니까."

그리고 상인이 껴안고 있던 판을 싼 것이 벗겨지자 로렌스와 호로는 눈이 휘둥그레졌다.

"어떻습니까? 이게 있으면 다들 이곳에 내린 기적을 한눈에 이해할 수 있겠지요!"

그들이 보여 준 것은 한 장의 그림이었다.

흐린 하늘에 바위투성이 산이 무대인 탓에 전체적으로 매우 어둡게 칠해져 있다.

그러나 화면 깊숙한 곳에는 구름 사이로 서광이 비치고 청년 하나가 손을 뻗고 있다. 그 옆에는 겸허해 보이는 소녀가 서서 조용히 기도를 드리고, 그런 두 사람의 주위를 나팔을 손에 든 천사가 날아다니는… 흔한 구도였으나, 그림 속에 있는 것은 콜과 뮤리가 틀림없었다.

"어떻습니까? 모든 것이 시작된 장소로서 아티프 성당은 이 그림을 바탕으로 거대한 천장화를 그리는 이야기까지 하고 있는데요."

그림의 완성도는 눈이 번쩍 뜨일 정도라 로렌스는 그림의 성과 이상으로 가격이 염려되었다.

물감은 보석을 부숴서 쓰는 것이나 다름없는데.

믿기지가 않아 고개를 절레절레 젓자, 성직자 일행은 그걸 영적인 감격으로 받아들였는지 뿌듯한 표정을 지었다.

"열흘 후쯤입니다만, 이 그림을 공개하고 기도를 드리는 행사가 교회에서 열립니다. 두 분도 꼭 참석해 주시지 않겠습니까? 반드시 훌륭한 영혼의 양식을 얻을 수 있으실 겁니다. 여행길의 가호도 얻으실 테고요."

그러면서 사람 좋은 웃음을 지으니 거절하기도 어렵다.

로렌스가 하는 수 없이 건성이기는 하나 승낙의 뜻을 전하자 성직자 일행은 크게 기뻐하며 로렌스와 호로의 손을 쥐었다가 놓고 발걸음도 가벼이 자리를 떴다.

남겨진 꼴인 로렌스는 여전히 뭔가 석연치 않았는데, 문득 정신이 들고 보니 호로는 표정이 몹시 진지했다.

호로는 일찍이 요이츠의 현랑이라 불린, 숲과 정령 시대의 생존자다. 그 피를 이은 딸아이의 그림이 사람들이 숭배하는 교회의 벽에 걸린다는 것을 용납할 수 없는지도 모른다.

"당신."

호로가 상당히 낮은 음성으로 로렌스를 불렀다.

"호로, 그게 있잖아."

이 또한 세상의 추세다. 우연히 비슷하게 생긴 누군가가 그림으로 그려진 것으로 치라고 하려는데 말을 제지당했다.

"당신, 바로 저거야."

"뭐?"

"당신, 나도, 저런 게 갖고 싶어!"

성직자 일행이 걸어간 쪽을 바라보며 호로가 로렌스의 팔을 꽉 붙든다.

스커트 속, 후드 속에서 호로의 늑대 부분이 흥분하고 있다.

호로는 이쪽을 보고는 붉은 눈을 반짝이며 말했다.

"우리도 그림으로 그려 줘!"

현랑 호로는 나이를 먹지 않고, 그 모습은 영원토록 소녀의 모습 그대로. 인간 세상 시간의 흐름에 맞춰 살 수 없는 호로는 반드시 홀로 남게 된다. 그러니 영원한 생명을 갖지 못한 로렌스의 말을, 몸짓을, 추억을, 호로는 글로 남기는 수밖에 없다.

그리고 글은 많은 것을 빠뜨리고, 아무리 자세히 적은들 현실에는 못 미친다. 사과를 본 적 없는 사람에게 글로는 사과를 떠올리게 하기 어렵다.

하지만 그것이 그림이라면?

"당신, 난⋯."

로렌스를 보는 호로의 눈이 촉촉해지면서 입이 꾹 다물린다.

감격한 듯한 호로의 표정에 로렌스는 나잇값도 못 하고 당황했으나, 그렇다고 '그래, 알았어'라고 즉답을 하기에는 세상사에 너무도 닳고 닳았다.

세심하게 이런저런 생각을 하기도 전에 전직 행상인의 대답이 튀어 나갔다.

"아니, 말도 안 되는 소리 하지 마."

"왜?!"

호로가 물어뜯을 듯이 덤볐으나, 이것에만큼은 답이 정해져 있다.

"너⋯ 그림 가격이 얼마인 줄이나 알아?"

그림은 귀족의 상품이다. 그렇기에 그 상인의 차림새도 좋고

기품도 있었다.

일개 온천장 주인이 만질 수 있는 물건이 아니다.

"우우, 그치만, 저런…."

호로가 울 것 같은 얼굴로 성직자 일행이 걸어간 쪽을 바라본다. 밀집한 건물 너머 저 멀리 아티프 대성당의 종탑이 보인다.

교회 사람들이 교회의 자금력으로 주문했을 그림은 대단히 훌륭하게 완성된 그림이었다. 그야말로 눈앞의 광경을 고스란히 화폭에 담은 것처럼. 호로가 제아무리 깃펜을 잘 놀린들 저 그림에는 상대가 되지 않는다. 그림에는 그만한 위력이 있다.

그래서 귀족은 초상화를 남기고, 교회에는 성전의 내용을 담은 그림이 있는 것이다.

"안 돼. 안 돼. 이것만큼은 안 돼."

"……."

호로의 눈길이 여전히 교회와 로렌스 사이에서 왕복하더니, 이윽고 어깨가 툭 떨어졌다. 호로는 온갖 솜씨로 로렌스의 돈주머니를 열게 하지만, 그 또한 주머니 사정을 잘 파악하고서 하는 일이다. 정말로 무모한 고집은 부리지 않는다. 그러니 강경한 로렌스의 태도에서 그림 가격을 추측했겠지.

결국엔 후드와 스커트 속에서 부풀어 있던 귀와 꼬리도 축 늘어졌다.

단순히 그림을 본 것뿐이라면 이토록 간절히 바라지는 않았을 거다. 전에도 여행 중에 그림을 본 적 있지만 그걸 사 달라고 조르진 않았었다.

그러나 자신을 똑 닮은 딸아이, 어릴 적부터 알고 지낸 콜이 그림으로 그려진 게 사달이다. 그렇다면 나도, 하는 생각이 들 만도 하니.

"자, 그런 얼굴 하지 말고."

로렌스가 어깨에 손을 얹었는데도 호로는 무반응.

한숨을 쉬고는 염낭을 뒤져 은화 한 냥을 더 꺼내 쥐여 주었다.

"이거면 양피지 몇 장어치는 돼. 이곳의 산해진미를 사 먹고, 연회가 어땠는지 글로 남길 수 있겠지?"

평소 같으면 눈을 빛냈을 텐데도 호로는 여전히 묵묵부답.

그래도 은화는 꼭 쥐는 것을 보니 겉보기만큼 의기소침한 것은 아닌 듯하다.

잠시 생각하다가 이런 말을 보탰다.

"또는, 괜히 돈을 쓸 게 아니라 물감 살 돈을 저축하는 수도 있는데? 다행히 예전에 여행하다가 알게 된 화구상도 있으니까."

"…그런 돼지가 있었지."

"돼지가 아니라 양인 유그 씨."

로렌스도 예전보다는 벌이가 좋기에 호로가 기뻐하는 대로 염낭 끈이 풀려 나오는 금액도 나름 커졌다. 그런 돈만 바짝 모아도 꽤 큰 액수가 되리라.

그리고 저리 침울해하고 있어도 호로는 현랑 호로다. 축 늘어진 늑대 귀밑으로 그 언저리의 계산은 잘 하고 있을 터.

그러니 언제나 싸움 상대는 자기 안의 욕심.

"…이, 이거 맡아 놓고… 있어."

호로는 그러면서 손에 꼭 쥐고 있던 은화를 내밀었다.

로렌스가 놀란 것은 호로의 손이 부들부들 떨리고 있었기 때문이 아니다.

청어 튀김과 시원한 맥주를 포기하기 쉽지 않았을 텐데, 호로가 절약 쪽을 택하다니.

저, 호로가!

로렌스는 호로의 결심에 큰 충격을 받으면서도 냉정한 상인다운 판단 또한 잊지 않았다.

"그럼 일단 오늘은 한 냥만 쓰는 건?"

호로의 손에서 은화 두 냥을 받아서 한 냥을 호로에게 도로 돌려준다.

"천 리 길도 한 걸음부터. 매일 계속하는 것이 중요한 법이니까."

갓 튀긴 청어와 맥주가 되돌아온 것에 호로는 눈이 휘둥그레져서 로렌스를 바라본다.

그리고 다시는 놓치지 않겠다는 듯이 은화를 두 손에 꼭 쥐고 가슴에 댄다.

그런 호로의 모습에 로렌스는 피식 웃다가 째림을 당했다.

"일확천금만 노리다가 몇 번이나 험한 꼴을 본 당신 입에서 그런 소리가 나와?"

"…그 점은 반성하고 있어."

"흥!"

호로는 고개를 홱 돌렸지만, 표정은 그리 나빠 보이지 않았다. 그림을 그릴 수 있는 길도 열렸고, 맛있는 음식도 먹을 수 있다. 금욕은 아무것도 낳지 못한다고, 호로가 예전에 말한 적이 있다.

무언가를 위해서 무언가를 포기한다는 게 사실은 말이 안 되니까.

"그럼 어서 가서 사 와. 나는 데바우 상회에 가서 배편을 알아보고 있을 테니까. 만나는 장소는 데바우 상회로 하면 되지? 사람들한테 길 물어보면 알겠지?"

"난 현랑 호로야. 어린애가 아니라고."

"암만요."

로렌스는 대답한 뒤 덧붙였다.

"어린애가 아니면 내 몫까지 꼭 사 와."

그러자 호로는 그러기 싫은 듯이 로렌스에게 눈을 흘긴 뒤 받아쳤다.

"그 값은 당신이 내."

"…원래는 내 돈… 알았어. 알았다고."

이를 드러내며 으르렁대는 것을 보고는 이내 몸을 사렸다.

"맥주는 차가운 것으로 골라."

"안다고! 이 멍청이!"

그런 상투적인 말과 함께 호로는 짐칸에서 내려가자마자 인파 속으로 사라졌다.

"하여간에. 현랑이라는 이름이 울겠다."

호로는 몹시 약은 것 같으면서도 이따금 딸인 뮤리보다도 어린아이처럼 군다.

"뭐, 그러니 질리질 않는 거겠지만."

로렌스는 자조하듯 중얼거리고는 머리를 긁적였다.

"그나저나 그림이라니…."

호로가 울다시피 하며 원하는 것을 딱 잘라 안 된다고 한 것은 돈에 인색해서가 아니다. 그림에는 실제로 어마어마한 값이 붙는다. 머릿속에 든 장부를 뒤져 봐도 비용 계산이 서지 않을 정도다. 그림을 그릴 직인을 섭외하는 것은 둘째 치고, 그림물감 조달에도 막대한 비용이 든다.

그러니 아까 그 성직자들이 그림을 제작한 일에도 약간은 짚이는 바가 있었다. 그들이 신앙심에서 그림을 걸고자 했을 수도 있겠지만, 그런 그림을 흔쾌히 제작할 수 있을 만큼의 자금

력, 그리고 그 돈으로 할 수 있을 일을 달리 따지지 않는 점으로 보아, 개혁이니 바른 신앙이니 말은 그렇게 하면서도 특권 계층의 습성이 배어 있다는 생각을 로렌스 같은 사람은 하게 된다.

그렇다고 세상 물정 모른다며 그들을 새삼 비난할 것도 없다.

지금 로렌스가 고심해야 할 것은 자금 조달이다.

"없는 물건은 손에 넣는 수밖에."

되도록 빨리, 그에 걸맞은 금액을.

호로에게는 매도당했지만 로렌스에게도 상인으로서의 긍지는 여전히 있다.

이 도시에는 전부터 신경 쓰이던 상거래가 있다.

로렌스는 데바우 상회 쪽으로 천천히 짐마차를 몰았다.

데바우 상회는 대륙의 북부 일대에 세력을 뻗은 대상회다. 각지에 지점을 두었고, 물론 이곳 아티프에도 훌륭한 상관이 있다.

십여 년 전 데바우 상회가 휘말린 일대 소동에 약간 힘을 보탠 일로 로렌스와는 오래도록 친하게 지내 온 사이다. 그뿐 아니라, 콜과 뮤리가 보내온 편지에 아티프에서 데바우 상회의 신세를 졌다고 쓰여 있었기에 그 인사도 할 겸 상관을 방문했다.

상관을 관리하는 지배인은 물론 정중히 맞아 주었으나, 그 모습이 다소 과장되게 느껴졌다. 뭐랄까, 경직된 웃음 너머로 무언가 두려워하는 듯한 인상마저 받았다. 그것도 콜과 뮤리의 이름을 꺼내자마자.

두 사람의 편지에는, 우여곡절은 있었으나 전체적으로 순조로운 여행을 한 것처럼만 쓰여 있었다. 혹시 거기에는 쓰여 있지 않은 무슨 일이 있었던 건가… 싶으면서도, 로렌스의 일거수일투족을 빠짐없이 챙기며 최상급 경의를 표하려 애쓰는 지배인에게 캐묻기는 저어되었다.

그런 면도 고려해 사무적인 일만 확인한 뒤, 앞으로 출항할 때까지 상관에서 묵을 수 있게 해 달라고 청했다.

순식간에 상관 안에서도 가장 좋은 방을 배정받아 짐을 푼 후, 로렌스는 지배인에게 끝으로 한 가지 더 물어보았다.

그 결과로 향한 곳이 항구도시 아티프에서도 가장 활기가 넘치는 선창, 그 선창 안에서도 가장 평판이 뜨거운 곳이었다.

항구에는 다양한 가게와 상회, 그리고 직인 공방이 줄줄이 서 있는데, 그 한 모퉁이에 청어 문양의 철제 간판을 매단 건물이 있다. 언뜻 보면 생선요리 전문 주점인 듯하지만 그렇지 않다.

로렌스가 문을 열자마자 얼굴을 때리다시피 하는 음성과 열기가 왈칵 터져 나왔다.

"오오! 봐라! 거번 상회가 크게 나왔다!"

"자자, 다음! 다음! 더 붙을 놈 없나?!"

"어떻게 된 거야? 거번 상회가 뭐 좀 잡은 거 아냐?"

"아닐걸? 아직 수확제 전인데. 내년 봄 바다 상태를 어찌 아나. 하물며 변덕스럽기 짝이 없는 남쪽 바다의 어로를 어찌 알아?!"

"소식통! 소식통 필요하신 분! 북해에서 가져온 뜨끈뜨끈한 소식통!"

찜통 같은 열기는 이곳에 모인 사람들의 흥분과 손에 들린 독주, 산더미처럼 쌓인 생선튀김 탓이리라. 게다가 왜 그런지 천장에 훈제 청어까지 주렁주렁 매달려 있어 더 실내 공기를 탁하게 했다.

아무리 봐도 도박장 같은 분위기인데, 이곳에 있는 사람들의 차림새는 다들 좋다.

그러나 교회 그림을 취급하는 화구상 같은 기품은 전혀 없이, 틈만 나면 손에 쥔 은화 테두리나 갉을 듯한 돈 귀신들이다.

"어? 처음 보는 얼굴인데?"

문간에 우뚝 서 있자 누군가가 말을 걸었다. 양쪽 귀에 깃펜을 꽂고 손에는 두꺼운 장부를 들고 있다. 거기에는 숫자와 이름을 간략하게 쓴 듯한 글자가 빼곡히 들어차 있었다.

"주점인 줄 알고 들어온 거면 어서 돌아 나가쇼."

선창은 거친 자들이 모이는 곳으로 걸핏하면 싸움질이다.

로렌스는 다소 압도되면서도 이내 자세를 되찾았다.

"데바우 상회에서 참가권을 얻어서."

"흥?"

주독으로 벌건 얼굴이 기름기로 번질번질한 수염 사내는 로렌스가 내민 양피지를 채 갔다.

쓱 한번 훑더니 난폭하게 도로 내민다. 왠지 음험한 웃음과 함께.

"되었소! 오늘부터 당신도 우리 배의 승조원이오. 행선지가 천국일지 지옥일지까지는 보장 못 하지만은!"

크하하 웃으며 등짝을 아플 만큼 퍽 치더니 남자는 귀에 꽂고 있던 깃펜을 쥐었다.

"그나저나 아주 딱 좋을 때 왔소이다! 올해 거래가 며칠 전에야 열렸으니 어디로 갈지는 아직 모르지. 지금이 가장 재미있는 때라오! 자, 어느 쪽에 붙으시려오? 가격표는 저쪽!"

벽에는 바닥에서 천장까지 닿는 거대한 게시판이 붙어 있고, 무수한 숫자와 앙증맞은 물고기 그림이 그려져 있다. 게시판 옆에 세운 사다리에는 소년들이 매달려 게시판에 쓰인 숫자를 바삐 고쳐 쓰고 있었다. 시장의 경매소에서 종종 보는 광경인데, 사실 이곳도 그런 곳 중 하나다.

하지만, 왕년에는 행상인으로 세상을 돌아다니면서 웬만한 상품은 다 취급했었다고 자부하는 로렌스조차 이곳의 상품은 소문으로만 들었다.

"자자, 어느 쪽, 어느 쪽! 하하 웃는 봄이 될 것이냐, 엉엉 우는 봄이 될 것이냐! 모든 것은 어머니이신 바다의 뜻하심!"

그렇게 부추기는 소리에 실내 공기가 더욱 후끈해진다.

로렌스가 찾은 이곳은 청어 거래소가 아닌, 청어 알 거래소였다.

청어는 대량으로 잡힌다. 좌우지간 무지막지하게 잡힌다. 그렇지 않고서는 그 어느 산중에서도 싼값에 살 수 있을 턱이 없다.

그러니 다들 한 번쯤은 꼭 언급해 봤을 만한데, 실은 대부분이 그래 본 적이 없는 부위가 있다.

청어 알.

"작년엔 흉어, 재작년엔 풍어, 그 전년도에도 풍어. 그 전까지 따져 5년 연속 대풍어였지. 그렇다면 올해는 못 해도 풍어, 어쩌면 전에 없는 대풍어도 가능할 거야."

"멍청하긴. 청어에 풍어 흉어가 뭔 의미가 있어? 결국엔 청어 배에 얼마만큼 알이 그득 차 있느냐에 달리는 건데. 그런 점에서 올해 청어는 육질도 좋고 크기도 커. 겨울 끝자락엔 알이 꽉 차겠지!"

"얼씨구, 장사 한두 번 해 보나? 장사 이제 막 시작했어? 파는 놈 사는 놈이 있어야 장사지. 청어 얘기만 잔뜩 하면 뭐 해? 정작 사 줄 놈이 없으면 값이 어찌 될지 모르는데. 요는 정어리라고."

"그런 네놈은 남방의 정보가 있나 보지?"

"헤헤헤, 글쎄다~?"

"제기랄. 뭐 좀 알고 있는 거 아냐?!"

그런 대화가 연신, 곳곳의 탁자에서 되풀이되고 있다. 다들 구구히 떠드는 것은 청어에 관련한 정보, 남쪽 지방에 관한 소문, 특히 여름 날씨와 '정어리' 어획량 이야기였다.

청어 알은 사람이 먹는 게 아니라 정어리를 잡는 미끼로 쓰인다. 그리고 정어리는 풍어 흉어의 차가 극심하기에 덩달아 미끼인 청어 알 가격도 극단적으로 변동해 오르락내리락한다.

상인은 고양이와 같아서 가격이 크게 뛰는 상품엔 금세 혹하여 덤벼들게 돼 있다.

"아~ 내가 물고기라면 남쪽 바다로 숨어들어 정어리에게 직접 올해는 어떨지 물어보고 올 텐데!"

어느 상인의 절규에 그 자리의 전원이 껄껄대며 웃었다.

여기 있는 상인들은 다들 내년 봄에 잡힐 청어 알의 가격에 돈을 걸기 위해 각지에서 먼 거리를 마다하지 않고 이곳 아티프까지 왔다. 대부분이 부유한 상인들이라 로렌스는 현기증을 일으킬 것 같은 거금을 태연히 건다.

가격 변동이 심한 것은 밀도 마찬가지이나, 생필품인 밀은 어느 도시나 규칙으로 투기를 금하고 있다. 여차했다가는 사재기를 한 죄로 단두대로 보내질 가능성까지 있다.

그런 점에서 청어 알을 먹는 것은 정어리이니, 아무리 사재기를 한들 정어리는 화를 내지 않는다.

또한, 주사위나 카드놀이 같은 도박은 아니니 교회에서도 질책하지 않는다.

이 세상에 몇 안 되는, 신께서 상인들을 위해 마련해 주신 거래라는 평까지 듣고 있다.

그런 까닭에 이렇게 많은 상인이 모여드는데, 애당초 아티프가 주변 항구도시를 크게 앞질러 발전한 것도 다 이 청어 알 덕분이라고 한다. 부유한 상인이 모여들면 그만큼 도시 안에 돈이 돌고, 돈이 돌면 갖가지 거래가 활기를 띠어 더 많은 사람이 모여든다.

로렌스는 일종의 축제 비슷한 분위기인 이 거래소를 견학한 뒤에 돈을 걸려고 온 것이었다.

"그럼 저는 사는 쪽으로 부탁합니다. 적은 금액이라 부끄럽습니다만."

"헤헤, 무슨 말씀을. 탁자에 뤼미오네 금화를 쌓아 놓고 있는 저치들도 처음엔 다들 은화 한 냥으로 시작했다오. 개중에는 크게 잃고는 꼬리를 말고 빠졌다가 원한을 풀겠다며 청어 배에서 알을 꺼내는 일로 종잣돈을 마련해서 또다시 뛰어든 놈들도 있지. 부디 신의 가호가 있으시길!"

로렌스에게서 은화를 받아 장부에 숫자를 적는 남자는 연신 싱글벙글이다.

"그런데, 정말 사도 되겠소?"

남자가 그런 질문을 이미 매수 주문을 다 써 놓고 한다.

"올해는 남쪽 바다가 내내 맑기만 했다고 들었거든. 맑은 날이 많으면 대개 다음 계절엔 청어리가 흉어인데."

저러면서 불안을 부추기는 것은 주문을 취소하는 수수료를 뜯어낼 요량에서인지, 아니면 정보를 수집할 속셈에서인지.

어느 쪽이 됐든 로렌스도 그런 수작에 넘어갈 만큼 초짜는 아니다.

"신께서 알려 주신 바가 있는지라."

남자가 히죽 입을 비틀었다.

"뭐, 주문은 언제라도 받지. 봄철 감사제가 마지막 거래일이오. 그렇다고 그때까지 주문을 붙들고 있을 놈들은 일단 없지만서도."

데바우 상회에서 들은 바로는, 이곳에 있는 상인 모두가 청어 알 자체와는 관련이 없다고 한다. 가격 변동에 돈만 걸고, 대부분은 도중에 돈벌이를 접는다. 이 소동의 마지막 날에는 실제로 청어 알을 가공하거나 운반해 남방의 어부와 상회에 가져다 파는 사람들이 와서 남방에서 받은 주문대로 알을 가져간다.

참 묘한 구조이긴 한데, 이 거래소가 있는 덕분에 청어잡이를 하는 어부들은 아직 잡히지도 않은 청어 알을 여기에서 팔고 먼저 대금을 받을 수 있다. 그렇게 함으로써 혹시 나중에 남방의 정어리가 대흉어로 판명되어 미끼인 청어 알 가격이 폭락하더라도 어부들은 이미 대금을 받았으니 안심할 수 있다. 거꾸로 청어 알 가격이 치솟으면 좀 억울해지겠지만, 어부 대부분은 안전한 쪽을 택한다.

그리고 매사를 어부와는 반대로 생각하고, 무모한 돈벌이를 하기 좋아하는 상인들은 실제 청어 알의 수요를 알 수 있기 전인 가을철에서 봄철 사이, 청어 알 가격에 운명을 거는 것이다.

"새로운 우리 동료에게도 신의 가호가 함께하시길."

남자는 그렇게 말하며 로렌스의 어깨를 치고는 다른 상인의 호출에 응해 뒤뚱뒤뚱 걸어갔다.

그러는 사이에도 게시판의 가격은 시시각각 변한다. 아직 청어 배에는 알이 배지 않았고, 그 알을 먹으려고 모여든 정어리도 없으나, 이곳에서는 공상의 청어 알이 거래되고 있다.

뇨히라 산중에서 온천장을 운영하고 있다 보면 까맣게 잊고 마는 상인들의 신기한 세계.

로렌스는 이곳의 공기를 가슴 깊숙이 들이마시고는 즐거워서 피식 웃었다.

그렇다고 오늘 이곳에 단순히 옛날 생각이 나서, 무턱대고 돈을 벌 생각에 온 건 아니다. 로렌스에게는 확실한 승산이 있었다.

뇨히라 온천에는 남방 손님들이 많이 오기 때문에 북방 산중 외진 곳의 온천장 주인이라 해도 남쪽 바다의 정보에 어둡지는 않다. 여름철 강 상류에 비가 얼마나 내리느냐에 따라 정어리의 풍어, 흉어 결정된다는 말을 남쪽 손님에게 들은 적이 있다.

게다가 로렌스에게는 든든한 아군까지 있다. 날이면 날마다 받들어 모시고, 꼬리를 칭찬하고, 술과 산해진미를 공양한 대상은 다름 아닌 보리의 풍작 흉작을 관장하여 신으로까지 불리는 호로다. 낮잠을 자서 꾸벅꾸벅 졸고 있는 참에 정어리와 비의 관계를 물어본 적이 있다.

그러자 호로가 말하기를, 비가 내려서 산의 자양분이 강물에 녹으면 강에서 사는 고기들도 살이 오른다고 한다. 그것은 강물이 도달하는 바다도 사정이 같으니, 강 상류의 비는 돌고 돌아 바다의 풍어를 일으킨다고 봐도 무방할 것이라고 했다.

그리고 지난여름엔 강 상류에 비가 넉넉히 내렸다고 들었다. 그 탓에 여름 보리가 잘되지 않아 가격이 올랐고, 덩달아 다른 식료품도 값이 뛴 것을 알고 있다. 이대로 가다가 정어리잡이가 시작되면 정어리도 가격이 높게 매겨질 게 분명하고, 그 고기를 잡는 데 쓰이는 미끼도 값이 뛸 것이다.

어쨌든 그런 정보를 취합해 볼 때, 이득을 볼 게 뻔했다.

게다가 이 돈벌이는 이른바 도박과는 달리 예측이 아무리 어긋나도 최소한 청어 알은 손에 쥔다. 언젠가 했던 병구류 거래처럼 분수를 넘어선 손실은 없을 테고, 청어 알이 공짜가 되지 않는 한은 완전한 손해는 없다.

계산은 완벽했다.

"나도 아직은 상인으로 먹고살 수 있어. 그 녀석 그림에 보탬도 될 테니 일거양득이지."

자화자찬하며 로렌스는 투자금도 물론 신중하게 결정했다. 옛날처럼 전 재산을 거는 짓은 하지 않고, 조심스레 트레니 은화 몇 냥쯤으로.

여기에서 번 돈과 앞으로 여행을 하면서 돈벌이 건수를 발견해 돈을 모아 나가다 보면 작은 그림 정도는 주문할 수 있게 될지도 모른다.

호로도 기뻐하겠지.

"하지만, 그 녀석을 위해서 하는 일이기는 해도 이 거래는 비밀로 해 둬야겠지. 또 무슨 소리를 듣게 될지 모르니."

호로는 겉보기엔 호방하고 활달해도 뜻밖에 건실하다.

로렌스는 거래소 밖으로 나선 뒤 자신의 몸 냄새를 킁킁 맡아 보았다. 술과 튀김 냄새를 호로가 못 맡을 리 없으니 대체 어딜

갔다 왔냐며 따지고 들 터.

데바우 상회로 돌아가는 길에 양고기를 굽는 노점에 들러 연기를 잔뜩 쐰 후, 마늘 꼬치구이와 생선 잡탕을 사서 선물로 가져갔다.

숙박한 첫날은 데바우 상회의 환대도 있고 하여 상당히 늦게 잠이 들었다.

그러나 배는 열흘 앞까지 자리가 꽉 차 있으니 서두를 게 없다. 그간 노숙도 자주 했으니 지친 몸을 쉬기에 마침 적당한 때일 것이다.

이튿날 로렌스는 평소 습관대로 해돋이와 함께 눈을 떴으나, 물론 그대로 일어나지 않고 도로 잤다. 이렇게 꿀맛이니 늘 호로가 뭉그적대며 영 일어나지 않으려고 하지. 그런 생각을 하면서 기분 좋게 도로 잠이 들었다가 해가 다 뜬 후에야 눈을 떴다.

이젠 정말로 일어나야 하지 않을까 하면서도 항상 하던 습관대로 이불 속의 모피를 찾는다. 어제는 상회에서 더운물을 얻어 정성껏 씻었기에 호로의 꼬리털은 더할 나위 없이 복슬복슬해졌다.

게으른 늦잠에는 체온이 높은 호로를 꼬리째 끌어안는 게 자신의 일…이라며 손을 더듬더듬하다가 그제야 깨닫고 눈을 떴다.

"…호로?"

가만 놔두면 한없이 잠을 잘 호로의 모습이 거기에 없었다. 침대 옆 의자 등받이를 보자 로렌스의 외투만 걸려 있고 호로의 로브는 간곳없다.

어젯밤에 꽤 많이 마셨으니 늦도록 잘 줄 알았는데, 어딜 간 것인지.

"…금방 돌아오겠지…."

로렌스는 그렇게 중얼거리다가 하품을 했다. 호로가 없다면 일어나 봐야 할 일이 없으니 돌아누워 눈을 감는다.

그러나 호로가 없다는 걸 알고 나자 갑자기 이불 속이 차갑게 느껴지고 방도 더 고요한 것 같다. 설상가상 재채기까지 나오자 로렌스는 심사가 뒤틀린 듯 몸을 웅크렸다.

이래서야 꼭 독수공방에 잠 못 이루는 것 같지 않은가.

왠지 속이 상해서 오기로라도 다시 자려고 눈을 꼭 감았으나 잠은 좀처럼 오지 않고, 적막감만 귀에 더 들러붙어 마음이 안정되지 않았다.

"……."

고집부리지 말고 찾으러 나가 볼까.

그런 생각을 하며 일어나려던 그때, 방문이 열렸다.

"뭐야, 당신은 여태 자고 있어?"

마침 문 쪽으로 돌아누워 있었기에 눈이 마주치자마자 호로가 그런 소리를 했다.

로렌스가 늦잠을 자는 것은 여관이 한가해진 극히 짧은 기간뿐이고, 대개는 더 자겠다며 버티는 호로를 깨우는 역할이다. 이번 여행길에서도 노숙을 한 날에는 호로보다 먼저 일어나 아침밥을 준비하고 불을 피우느라 바빴다.

침대에 홀로 남겨진 일도 있고 하여 로렌스가 뿌루퉁 부어 있는데도 호로는 전혀 신경 쓰지 않는 눈치다. 창가에 놓인 나무통에 손을 뻗어 어젯밤 마시다 만 포도주를 컵에 따르더니 단숨에 꿀꺽 마셨다.

"끄윽."

아침부터 힘도 좋네, 하며 어이없어하고 있자 옷소매로 입가를 쓱 훔치고는 기세 좋게 이쪽을 돌아본다.

"당신, 언제까지 자고 있을 거야? 어서 나갈 채비를 해야지!"

로렌스는 이불 밑에서 의아한 듯 미간을 좁혔다.

"나가다니…? 어딜?"

"어디긴 어디야, 시내지! 자, 이렇게 기막힌 곳을 알아 왔다고!"

그제야 호로의 손에 너덜너덜한 종이가 들려 있는 게 눈에 들어왔다.

"당신도 어젯밤에 찬성했잖아."

"어젯밤에…? 뭘….”

느릿느릿 몸을 일으킨 로렌스는 멍한 얼굴로 기억을 떠올리려고 애썼다.

어젯밤에는 생선 요리로 배를 채운 후, 갓 씻은 호로의 꼬리를 무릎에 얹고 아직은 완전히 숙성되었다 할 수 없는 달달한 벌꿀주를 함께 나눠 마셨다. 노숙과는 달리 이러다가 그대로 잠이 들어도 된다는 마음 편안함에 술이 연신 들어갔다. 결국엔 벌꿀주가 바닥나자 증류주 뚜껑을 딴 것은 생각난다.

그 뒤로는 기억이 별로 없다.

다행히 숙취는 없는데, 침대 앞에 팔짱을 끼고 서서 로렌스를 내려다보는 호로의 눈은 딱, 술 취한 남편을 비난하는 눈이었다.

로렌스가 목을 움츠리자 호로는 한숨을 쉬고는 의자 등받이에서 외투를 잡아당겨 로렌스에게 던졌다.

머리 위로 풀썩 떨어진 외투를 주섬주섬 잡아 내리고 있자 호로가 이런 소리를 했다.

"배가 뜰 때까지 시간이 있잖아?"

"응? 그래, 화물로 가득 찼다면서…. 이 시기엔 남방에서 오는 여름 보리와 북방의 모피를 교환하느라 바쁘거든. 그리고… 어? 그런데 왜? 시내 구경은 하루면 끝날 테고 필기도구는 데바우 상회에 부탁해 놓았는데…."

그런데 호로가 손에 어떤 종이를 쥐고 있다. 저 게으른 호로가 아침 일찍 일어나 뭔가 정보를 수집해 온 모양인데.

로렌스는 하품을 죽이며, 이따금 뜬금없는 짓을 하는 반려의 얼굴을 올려다보았다.

"뭘 하러 갈 건데?"

훅, 코로 한숨을 쉰 호로가 손에 든 종이를 로렌스의 얼굴에 들이댔다.

"내가 몸 바쳐 일하는 얘기잖아!"

아무래도 어젯밤 술이 덜 깬 모양이라고 로렌스는 생각했다.

번화한 아티프 시내로 나서자, 늘어지게 하품을 하는 로렌스 곁에서 호로는 손에 든 종이를 열심히 들여다보았다. 호로의 비뚤배뚤한 필체로 이런저런 것들이 쓰여 있는데, 기본적으로는 시내에 있는 일거리 종류인 듯했다.

호로는 긍지 높은 늑대이기는 하나, 근면성 면에선 매우 불안한 감이 있다. 하물며 여행 도중에 시내 구경, 명물 먹거리 탐방도 마다하고 자청해서 일을 하겠다니.

그리고 이야기를 듣자 하니 역시 어제 일이 원인이었다.

"어린애처럼 그림을 갖고 싶다며 울어 봐야 당신 주머니 사정으로는 턱도 없지. 그리고 결국엔 내 술과 밥을 사기 위한 주머니니까."

"그 진리를 깨닫다니 나는 참으로 기쁘기 그지없다. 가능하면 행상인 시절부터 알아주지 그랬어."

"멍청이. 내가 가서 그림 가격도 물어봤는데 이건 뭐… 당신이 단박에 안 된다고 할 만도 했어."

이러니저러니 해도 호로는 눈치가 빠르고 머리가 좋아, 물품 시세는 웬만한 도시 아가씨보다 훨씬 더 잘 파악하고 있다.

"천에 숯 같은 것으로 그리는 정도라면 며칠간 검은 빵과 물로 버티면 해결될 수도 있는데."

"……."

호로는 그 말에 로렌스를 노려보았다.

"뮤리 그 멍청이는 그렇게 멋지게 그려졌는데, 왜 이 내가 숯으로 시커먼 얼굴을 해야 하는데?!"

연세 수백 살 잡수신 현랑 님.

하지만 로렌스는 호로를 잘 안다.

저 거대한 늑대 이빨 밑에는 딸인 뮤리보다 더 소녀 같은 모습이 숨어 있다는 것을.

"그건 그러네. 뮤리와 너의 귀여움은 막상막하지만, 위엄이 있는 만큼 그림으로 그리면 네가 훨씬 빛이 날 거야."

어른스럽지 못하단 소리는 눈곱만큼도 내비치지 않고 그렇게 말해 준다. 물론 말에 거짓이 있는 것은 아니기에 남의 거짓말을 구분할 수 있는 귀를 가진 호로도 대만족이다.

"당신도 마침내 알게 되었구나."

"송구하옵니다."

짐짓 들으란 식으로 말하자 호로가 웃음을 풋 터뜨리는 바람에 로렌스도 웃었다.

"그런데 너는 어디에서 돈을 벌 건데? 번화한 도시이니까 임시로 일할 거리야 많겠지만… 이 표시는 뭔데?"

"음. 나하고 어울리는 일인 것 같아서."

현랑 호로에게 어울리는 일.

로렌스는 그 말을 속으로 중얼거리며 호로의 종이쪽지를 보았으나, 의기양양한 호로와는 달리 다소 메마른 웃음을 짓고 만다.

"빵가게 판매원, 주점 판매원, 소시지를 파는 노점… 전부 먹을 것과 관계된 곳이네."

"좋지 않아?"

어떤 의미에서 좋은지는 묻지 않기로 한다.

아마도 몰래 집어먹을 수도 있을 거란 계산이겠지.

로렌스는 짚이는 바가 있으면서도 이렇게 말했다.

"네가 간판 아가씨로 나서겠다면 가게 주인은 기꺼이 고용하겠지."

"그렇지?"

말 잘 하지, 생글생글 잘 웃지, 삼각건과 앞치마를 두르고 가게 앞에 서면 대번에 손님이 줄을 설 터.

그 점은 의심할 바 없으나, 로렌스는 호로가 알지 못하는 사실을 딱 하나 안다. 아니, 과거의 행상 여행을 돌이켜 보면 호로가 잊어버렸다고 하는 쪽이 맞으리라.

그 이야기를 한들 호로는 인정하지 않을 테고.

겪어 봐야 알게 되는 일이 세상에는 많으니.

"그래, 열심히 해."

로렌스는 그렇게 말한 뒤 종이를 호로에게 돌려주었다.

"주정뱅이 몹쓸 남편은 방에서 빈둥대고 있을게."

호로는 호쾌한 얼굴로 웃었다.

호로는 즉시 빵가게 판매원으로 고용되었다. 여행객의 왕래가 활발한 시기인 만큼 배가 계속 들어오는데, 오래 보관해 마른 빵에 질릴 대로 질린 손님들이 갓 구운 빵을 찾아 빵가게로 밀려든다고 한다. 인사도 하는 둥 마는 둥 당장 가게 앞에 서게 되었다.

의기양양하게 앞치마를 두르는 호로에게 손을 흔들어 준 뒤 로렌스는 가게를 뒤로했다.

그 후엔 선창을 어슬렁대며 아티프로 모이는 상품의 가격이 며 질을 조사하기도 하고, 평소 물품을 구매하는 상회에 들러 인사도 했다. 그런 뒤 아티프에서 곡물을 취급하는 상회도 몇 군데 둘러보았다. 일전에 밀가루를 구매했다가 사기 비슷한 일을 당한 적도 있고, 그렇지 않아도 늘 구매하는 산지의 곡물보다 가격 좋은 곡물이 나와 있을지도 모르니까. 곡물의 산지에도 유행, 퇴락이 있다.

또한, 번화한 도시의 상점은 보고 있기만 해도 역시나 가슴이 뛴다.

온천장 경영이 재미없는 것은 결코 아니지만, 터무니없을 정도로 많은 물품을 사서 어디로 가져가면 비싼 값에 팔 수 있을지 궁리하는 것도 또 다른 재미가 있다.

점심은 노점에서 대충 때운 뒤, 로렌스는 신출내기 장사꾼으로 돌아간 기분으로 아티프의 상거래를 고루 돌아보았다. 내친 김에 청어 알 거래소도 살짝 점검했는데, 알 값이 올라 있어 흐뭇했다.

그러저러하다 보니 시간은 순식간에 흘러 교회 종이 낭랑히 울려 퍼지는 소리를 듣고서야 정신이 들었다. 하루의 끝을 고하는 신호로, 일부 가게를 빼고는 폐점을 알리는 종소리이기도 하다. 호로도 일을 끝냈겠지.

종일 서서 목을 썼을 거란 생각에 로렌스는 취업 축하 선물로 사과주를 사서 데바우 상회로 돌아갔다. 호로가 이미 돌아와 있다고 하녀가 알려 주었다.

방문을 연 로렌스는 어이가 없어서 웃었다.

"수고가 참 많았네."

호로는 두꺼운 옷은 벗어 던지고 추워 보이는 얇은 옷차림으로 침대에 엎어져 있었다.

꼼짝도 하지 않고, 자랑스러운 꼬리도 푸석푸석.

온 방에 갓 구운 빵 냄새가 가득한데, 호로에게서 나는 것이리라.

지금의 호로를 껴안으면 엄청 좋은 냄새가 나겠네.

"저녁밥은 어떡할래?"

그렇게 물어도 호로는 움직이지 않는다. 자는 것은 아닌 듯한데, 하고 생각하면서 사과주가 든 작은 통을 내려놓고 보니 탁자 위에 자루가 하나 있다. 끈을 풀어 들여다보니 빵이 들어 있다. 빵가게 주인이 선물로 준 것이리라. 하나같이 맛있어 보이는데 손을 댄 흔적이 없다. 식탐 많은 호로가 사랑하는 서방님이 돌아오시길 기다리며 기특한 짓을 했을 리가 없는데.

로렌스는 쓴웃음을 지으며 말을 건넸다.

"좋은 냄새가 나는 건 처음뿐이었지?"

이왕에 일을 할 거면 맛있는 음식과 냄새에 둘러싸여서… 라는 심산이었겠으나, 자고로 많으면 오히려 독이라 했다.

"당신은… 알고 있었지…?"

잔뜩 쉬어 듣기만 해도 목이 아파지는 음성이 침대에서 들려왔다.

"내가 그렇다고 해도 넌 안 믿었을 테니까."

"……."

푸석푸석한 꼬리털이 살짝 들리려다가 힘없이 늘어진다.

"언제였던가, 물레방아를 짓는 현장에 고기와 빵을 팔러 간 적이 있었잖아. 그때도 은근슬쩍 주전부리를 할 수 있었던 것은 처음뿐이었던 거, 기억 안 나?"

"~~……."

호로는 베개에 얼굴을 묻은 채 뭐라 중얼거리며 버둥대던 다리를 쭉 뻗었다. 닥치고 발이나 닦으라는 뜻이다.

"돈 벌기가 얼마나 어려운 일인지 알았지?"

침대에 걸터앉자 호로가 맨발로 걷어찼다. 침대 옆에 미지근해진 물과 수건이 놓여 있기에, 수건을 물에 적셔 꼭 짠 뒤 호로의 발을 닦아 준다. 작고 예쁘게 생긴 발이다.

아마도 하녀가 눈치 있게 뜨거운 물을 통에 담아 가져다주었을 텐데, 기력을 다한 호로는 그마저도 할 정신이 아니어서 옷을 벗고 난 뒤 기진맥진 침대에 엎어졌겠지.

"하지만 기록에 남기기엔 좋은 사건 아니었어?"

웃으면서 그런 소리를 했다가 닦고 있지 않은 왼발에 걷어차였다.

"내일도 갈 거야?"

그렇게 묻자마자 손에 쥔 호로의 오른발이 움찔했다.

머리 쪽으로 눈길을 주자 고개를 든 호로가 괴로운 듯이 말했다.

"…하루 만에 내빼면 현랑의 체면이….

나그네의 임시 고용은 하루나 반나절 단위로 일을 하는 게 보통이니 저쪽도 별로 신경 쓰지 않을 테지만, 그런 점에는 오기를 부리는 호로다.

"그래 뭐, 내일 하루 열심히 하고 다른 데서 불렀다고 하면 되지."

호로는 눈을 내리깔며 땅이 꺼져라 한숨을 쉬고는 느릿느릿 몸을 일으켜 로렌스에게 안겨 들었다.

"이러면 발을 어떻게 닦아."

왼발도 닦아야 하는데 호로는 어린애처럼 달라붙은 채 떨어지려 하지 않는다.

혼자서도 훌훌 세상을 돌아다닐 수 있을 것처럼 생겨서는, 빵가게에서 하루 일을 했다고 이 모양이다.

로렌스는 웃음이 나오면서도 그만큼 내게는 약한 면을 보여주는구나 하고 생각하니 기쁘기도 하다.

"한숨 자고 나면 괜찮아질 거야. 이 시기엔 선창에 밤새 불이 밝혀져 있다고 하니 구경도 할 겸 밥 먹으러 가자."

호로의 머리를 쓰다듬자 세모꼴 짐승 귀가 쫑긋쫑긋 한다. 그
때마다 나비의 비늘 가루처럼 밀가루가 날리는 것을 보니 일이
얼마나 고됐는지를 알겠다.

"그럼 나는 잠깐 이곳 지배인과 일 이야기 좀 하고… 엇?"

막 일어서려다가 침대로 쓰러졌다. 호로가 로렌스의 품에서
고개를 들려고도 하지 않는다. 빵가게에서 일 년치 애교를 뿌
려 대고 온 것이다.

사실은 낯을 가리는 호로이니 손님을 대하느라 소진한 무언
가를 보충하려는 거다.

로렌스가 어이없어하면서도 다정히 웃으며 호로를 꼭 껴안
자, 꼬리로 탁 탁 침대를 친다.

상인은 손님이 자신을 찾아 줄 때가 가장 기쁜 법.

그로부터 얼마 지나지 않아 잠든 호로의 나직한 숨소리가 들
려왔다.

결국, 호로는 오기로 사흘간 빵가게를 더 다닌 뒤, 트레니 은
화 한 냥까지는 아니고 그 반쯤은 벌어 왔다. 잔돈으로 돈을 받
아 와서 그 점에서도 도움이 되었다. 시세보다 꽤 넉넉한 보수
인 것은 어지간히 열심히 일한 덕인지, 빵가게 주인이 그만큼

많이 벌어서인지.

그 대신 호로가 몸 바쳐 일한 몫은 로렌스가 부지런히 메우게 되었다.

아침에 일어나면 머리를 빗겨 주고, 옷을 입혀 주고, 빵을 잘라 입에 넣어 주었고, 일어나지 않고 버티면 머리를 쓰다듬고 꼬리를 칭찬해 주어야 했으니, 로렌스는 차라리 내가 급료를 받아야겠다 싶을 정도였지만, 이런 나날도 가끔은 나쁘지 않았다.

그렇게 빵가게를 다니고 이틀은 늘어져 보내고 나서야 호로는 기력을 되찾았다.

"하여간에 진짜 너무했었다고!"

숙박 중인 방에서 점심으로 소시지를 씹으며 호로가 그런다.

마치 로렌스가 억지로 일을 시킨 것만 같은 말투인데, 그 점을 지적했다가는 이야기가 길어질 것 같아 입을 다문다.

"하지만 번쩍거리는 은화 한 냥도 안 되다니, 앞날이 어둡네⋯."

"느긋하게 벌어 가면 되지. 일은 아직 이렇게 많잖아."

호로가 여기저기 물어보며 알아 온 일거리를 적은 종이에는 출항할 선박을 대신해 순풍을 지켜보는 일, 여행객 대신 역마차를 기다리는 일, 갑작스럽게 일손이 급한 업종들이 쓰여 있었다.

선창의 하역 일은 기본이고, 배에서 내려온 돼지며 양떼를 모는 일도 있다. 선박 청소도 있고, 돛을 수선하는 바느질 일거리도 있다는 점이 참으로 항구도시다웠다.

그 밖에는 음식 판매 일이 많고, 문자를 읽고 쓸 줄 알면 공증인 조합 같은 데서 일할 수도 있다.

"음식 관련 쪽은 이제 질렸어."

그러면서 소시지에 겨자씨를 듬뿍 올려 덥석 문다.

이내 매워서 목이 움츠러들고 꼬리털이 곤두선다.

"그럼 기술직 아니면 힘쓰는 일이네."

"으~… 뭐 좀 없을까. 즐겁고도 단순한 일. 술 시음 같은 게 있으면 좋은데."

너무 많은 음식물에 둘러싸인 고통을 빵가게에서 겪은 지 얼마나 됐다고, 하여간에 호로는 지칠 줄을 모른다.

"곡물가루에 무엇이 섞였는지 냄새로 알아내는 일이 있으면 일당백인데, 응?"

예전에 가게에서 실제로 그런 일이 있었는데, 호로와 뮤리의 늑대 코 덕분에 밀가루에 다른 가루가 섞인 것을 알아냈었다.

"멍청이. 그런 짓을 온종일 했다가는 열흘은 코가 먹통이 되고 말아."

그러면 맛없는 음식도 구분하지 못하게 될 테니 차라리 좋은데… 라고 로렌스는 속으로만 중얼거리며 호로의 일거리 목록을 들여다본다.

"이건 뭐야?"

"음?"

행상인은 다양한 지역에 가서 그곳에서 임기응변으로 장사를 해 나간다. 그러니 세상에 관한 지식 면에선 나름대로 자신이 있는데, 그런 로렌스도 처음 보는 게 있었다.

"섞기 담당 아가씨?"

"아, 그게 있었네."

호두가 들어간 빵을 입에 넣고는 호로가 손을 탁탁 턴다.

"이 상관에서 종일 바느질을 하는 계집애한테 물어봤는데, 선창에 그런 일이 있대."

"이름대로 뭘 섞는 일이야? 무엇을?"

"제일 많은 건 보리라고 들었어. 흠. 나한테 잘 어울리지?"

보리는 섞는다는 말도 선뜻 와닿지 않는다.

"빵가게 직인 일을 거드는 거야?"

로렌스의 물음에 호로는 남은 포도주를 꿀꺽꿀꺽 마시고는 푸하 행복한 한숨을 지었다.

"그건 이미 싫다고 했잖아. 그 일은 보리를 가루로 만들기 전에 하는 손질이야. 당신이 보리를 취급할 때는 바람이 잘 통하는 좋은 짐마차에 싣기만 하면 되니까 잘 모르는구나."

입을 훔친 호로는 의기양양하게 외투를 집어 들고는 로렌스의 외투도 던져 주었다.

"보리가 습기에 약하다는 건 알지? 마을에서도 그렇지만 창고에 넣어 두면 하루에 가능한 두 번은 뒤집어서 공기를 쐬어 주어야 해. 특히 눅눅한 것들은 밖에 널어 두기도 하고."

"아아, 그런 거였어? 질이 좋은지 나쁜지는 신경 썼어도 어떻게 품질을 유지하는지는 생각해 본 적이 없었는데."

"흥."

하며, 호로가 팔짱을 끼고는 왠지 비난하듯 쳐다본다.

"하여간, 당신은 매사에 그런 식이지."

호로의 뒤에서 복슬복슬 꼬리가 여봐란 듯이 좌우로 살랑인다. 잠자리에서 항상 신세를 지는 따뜻한 모피다.

"…내가 얼마만큼 네 꼬리에 공양을 해 왔는지, 그건 기록 안해 놨어?"

하물며 그 본체엔 얼마나 했겠는가. 어제 그제 일을 벌써 다 잊었나?

"멍청이. 턱도 없어."

저런 소리를 하는 호로에게 로렌스는 한숨을 섞으며 어깨를 으쓱이는 수밖에.

"어쨌든, 보리를 다루는 일이라면 나도 익숙한 데다 이건 마을이든 도시이든 여자가 하는 일로 정해져 있는가 봐."

"그래서 섞기 담당 아가씨로군."

일에는 직분이 있고, 영역이 있다. 속속들이 알고 있을 것 같은 시벽 안에도 남자들은 모르는 장소가 많다.

"보리를 섞을 때 부르는 노래도 있대. 좀 기대가 되네."

온천장에서는 그런 판에 잘 끼지 않지만, 호로도 가끔 노래하고 춤을 추기도 한다.

보리가 든 큰 자루에 팔뚝을 넣고 기분 좋게 콧노래를 하며 일을 하는 호로를 상상하자 나름 귀여울 것 같다는 생각이 든다.

"흥에 겨워 꼬리를 살랑살랑 흔들진 마라."

"내가 무슨 개야?!"

호로에게 쩨림을 당하면서, 로렌스와 호로는 손을 잡고 나란히 선창으로 향했다.

선창에서 사람들에게 길을 물어 그 일거리가 있다는 창고가 줄줄이 선 구역으로 향하자, 아닌 게 아니라 수많은 하역 인부, 상인들 사이에 섞여 몸집 작은 여자들이 눈에 띄었다. 물론 로렌스도 선창을 방문하면 여자들이 있다는 건 알고 있었지만, 그 사람들이 무슨 일을 하는지까지는 신경을 써 본 적이 없다.

보리 섞기를 하는 아가씨들은 작업을 위해 한겨울에도 소매가 짧은 옷을 입는가 본데, 창고 구역의 여자들 대부분이 소매 짧은 옷을 입고 있는 것을 보고는 자신의 무식함에 창피할 따름이었다.

"오오, 아가씨도 일하러 왔나?"

오가는 사람에게 물어 보니 보리 섞기 일의 책임자는 창고 근처 공증인 사무소에서 펜을 쥐고 앉아 있는 아담한 노인이었다.

　딱 보기엔 호호할아버지이나, 볕에 잔뜩 그을려 주름진 피부에는 무수한 상처가 보이고, 손가락 뼈마디가 몹시 굵었다. 필시 젊은 시절에는 하역 인부로 이름을 날리다가 선창의 물품 처리 일을 맡아 왔으리라.

　"이 시기엔 사람이 아무리 많아도 부족하지. 참고로 아가씨, 보리는 다뤄 보았는가?"

　"불기를 쐬지 않은 보리라면 싹을 틔워 보라고 해도 금세 할 수 있지요."

　보리에 깃들어 풍작을 관장하는 현랑 호로이니 정말로 그게 가능하지만, 접수를 맡은 노인은 그 말에 그냥 허허 웃었을 뿐이다.

　"그거 참 믿음직하군. 그럼 바로 일을 시작하시게나. 아아, 옷은 팔을 걷고. 그게 이 일을 하는 제복 같은 거니까. 행실 나쁜 하역 인부가 시비를 걸면 반소매 아가씨들이 달려와 편을 들어줄 게야."

　"음."

　호로가 즐겁게 팔을 걷기 시작하는 것을 지켜보고 있다가 로렌스는 문득 노인의 시선을 느꼈다.

"그럼 남편은 하역 일을 하시겠소? 척 보니 글을 읽고 쓸 줄 알 것 같은데, 필사 일을 하시겠소? 둘 다 일은 많은데….."

느닷없는 말에 로렌스는 조금 당황했다.

"아니요, 저는…."

로렌스도 할 일이 많다. 뇨히라에서 맡아 온 유황 가루의 판매처도 찾아야 하고, 부족한 잔돈을 구할 곳도 찾아야 한다.

"음? 이거 실례했네. 부부가 아니었나 보오?"

"아니, 그게."

하고 로렌스가 대답하려는 순간 호로가 끼어들었다.

"이 멍청이는 나한테만 일을 시키고 방에서 술이나 마시고 있답니다."

"야."

로렌스는 곳곳에 보낼 편지를 쓰고 있지 결코 놀고 있는 게 아니다. 그러나 작업을 하면서 포도주를 홀짝이곤 하는 것은 사실이기에 강하게 따졌다가는 후환이 두렵다.

"허허. 취향은 제각각이라 하니, 뭐. 못난 사람에게 반하는 것도 뭐라 할 수는 없지만, 고생이 많겠어."

"음. 이미 뼈저리게 알고 있답니다."

이 빠진 노인과 마주 웃는 호로를 앞에 두고 로렌스는 나오느니 한숨뿐이었다.

"곡물 섞는 일을 하는 아가씨들은 처지가 대개 비슷해. 새삼스러울 것도 없네."

"어쩔 수 없지요. 손 많이 가는 인사일수록 재미는 있으니."

노인은 어이없는 웃음을 짓고는 뒤에 선 다음 아가씨를 불렀다.

"자, 이제 난 가서 씩씩하게 일하고 올게."

"예, 그러십시오."

로렌스가 한숨을 쉬며 대답하자 호로는 즐거워 죽겠다는 듯이 웃었다.

곡물을 섞는 일은 호로의 성미에 맞았나 보다. 선창에는 다양한 산지에서 보리가 들어오니 단순히 그것을 보기만 해도 즐겁고, 섞을 때 많은 것을 알게 돼서 더 즐겁단다. 복슬복슬한 꼬리털에 보리 껍질을 단 채로, 호로는 잠들기 직전까지 기분 좋게 하루 일을 일기장에 쓰면서 로렌스에게도 들려주었다.

또한, 이틀째 밤이 되자 함께 일하는 아가씨들의 이야기도 더해졌다. 뇨히라에서 일하는 떠돌이 무희를 일터에서 만나 서로 깜짝 놀랐다고 한다. 이 시기엔 뇨히라에 가 봐야 아직 손님도 별로 없으니 한동안 이곳에서 푼돈벌이를 하는 중이란다.

물론 곡물 섞기 일을 하는 아가씨들 대다수가 이 지역 출신이고, 대부분 집이 가난하거나 과부다. 당연한 이야기겠지만,

곡물을 섞기만 하는 일이 급료가 셀 리도 없다.

남자들이 그 일을 하지 않는 것은, 돈 벌 데가 없는 여자들에게 일자리를 마련해 주어 그들이 막다른 길에 내몰리지 않게 하려는 뜻도 있는 듯했다.

반대로, 접수 담당 노인이 말한 대로 막다른 길에 내몰렸다가 이쪽 일을 하게 된 이들도 많다고 호로는 말했다. 좋아하는 상대가 변변찮은 놈이라 술과 도박으로 모든 것을 잃어서.

마치 우리처럼, 하며 호로는 우는 흉내를 낸 뒤 즐겁게 꼬리를 살랑였다. 로렌스를 짓궂게 깨물어 댈 때야말로 호로가 가장 기분 좋을 때다.

그런 호로가 선창으로 기분 좋게 일하러 나가는 모습을 배웅한 지 사흘째.

로렌스는 호로의 농담이 영 틀린 것만은 아니라는 생각을 청어 알 거래소에서 하고 있었다.

"대체 이게 어떻게 된 거요? 이 거래소를 폐쇄한다니!"

상인들이 저마다 고함을 질러 건물이 흔들릴 지경이다. 오늘은 술도, 음식도 없고, 청어 알 가격을 알리는 게시판도 조용했다.

로렌스가 청어 알 거래소에 온 것은 방에서 친한 상회에 편지를 쓰고 있는데 데바우 상회 사람이 소식을 들고 왔기 때문이었다.

말인즉, 청어 알 거래소를 둘러싼 문제가 발생한 듯하다고.

그 말을 듣고 달려와 보니 거래소 폐쇄라는 말과 함께 고성과 호통이 난무하는 난리판이 벌어져 있었다.

"신께서는 점술을 금하셨습니다. 그리고 도박은 점술이나 다름없습니다."

거액과 욕망이 뒤섞인 거래소와는 가장 걸맞지 않은 인물이 서 있었다.

사제복을 입은 성직자들이다.

"여기에서 하는 것은 청어 알 거래이지 도박이 아니오!"

그런 소리가 터져 나오고, 수많은 상인에게 둘러싸여 매서운 눈초리를 받으면서도, 아니, 그래서 더 그런지도 모르겠으나, 다섯 명쯤 되는 성직자들은 주눅 든 기색 없이 의연한 자세로 이렇게 말했다.

"이상한 말씀을 하십니다. 이곳에서는 아직 있지도 않은 청어 알을 거래하고 있지 않습니까. 그것은 미래의 길흉을 점치는 행위나 다름없습니다."

네 귀퉁이를 반듯하게 자른 듯 논리 정연하게 의견을 펴는 것은 성실함을 그림으로 그려 놓은 듯한 청년이었다.

복장으로 볼 때 주임사제의 지위인 모양이다. 나이에 비해 상당히 지위가 높으니 이만저만 우수한 게 아니거나, 또는 교회가 개혁에 맞춰 젊은 사제를 출세시켰거나 둘 중 하나이리라.

그리고 그런 청년 사제를 옹립하듯 장년의 성직자들도 주위에 서 있었다.

"또한, 들은 바에 따르면, 여러분 중 그 누구도 청어 거래와는 관련이 없으시다고 합니다만?"

그 말에 상인들이 분한 듯이 말을 되삼키는 것이 기척으로 전해졌다.

이 자리에 있는 전원이 청어 알 같은 건 본 적도 없을 것이다. 현물에 관심이 있는 것도 아니고, 그저 가격이 크게 오르락내리락하여 투기에 딱 맞는 상품이라는 이유로 먼 곳에서 달려왔을 뿐이니.

자신이 이상한 짓을 하고 있다는 생각을 머리 한구석으로는 어렴풋이 했을 것이니, 다른 이들의 눈에는 더더욱 이상하기 짝이 없는 짓으로 비칠 거란 걸 안다.

"하지만 이 제도는 예로부터 이어진, 북방 도서지역 어부들의 생활을 떠받치는 중요한 일이오!"

지혜로운 누군가가 그렇게 외치자 주위가 일제히 동조한다.

"게다가 아직 있지 않은 상품을 매매하는 것은 상인에게는 일반적인 일이오! 보리, 포도, 과일 종류를 미리 사는 거야 당연한 일이지! 우리가 청어 현물을 취급하지 않는다고 뭐라 할 것 같으면, 광산은 어찌 생각하시오? 채굴할 구역에 돈을 대는 상인이 실제로 곡괭이를 들고 광산으로 가는 건 아니거든! 왜 우리만 도박꾼 취급을 당해야 한단 말이오?!"

우레와 같은 박수가 터진다.

화가 나서 씩씩대는 수많은 상인에게 둘러싸여 있는데도 여전히 성직자들은 표정 하나 바뀌지 않았다. 거침없이 신앙을 따르는 엄격함이 있었다.

"공정함의 문제입니다."

청년의 조용한 음성에는 묘한 박력이 있어 상인들을 움츠러들게 했다.

그런 모습이 뇨히라의 온천장에서 몇 번인가 신학자들과 토론을 하던 콜의 자세와 비슷했다.

"여러분 중에는 이 거래소에서 큰 부를 이룬 이가 있다지요? 그러나, 청어를 잡고 가공하고 운반하는 이들 중에서 땀 한 방울 흘리지 않고 그런 돈을 벌어들일 수 있는 이는 없습니다. 그렇다면 여기에서 행해지는 일은 뭔가 잘못되었다고밖엔 생각할 수 없지요."

상인들은 눈을 부라리며 욕을 하고 싶은 충동에 시달리면서도, 얼굴을 시뻘겋게 하고 관자놀이엔 푸른 힘줄을 불뚝대는 채 입을 꾹 다물고 있었다.

이성으로는 알고 있다.

청어 알 거래는 그럴싸한 도박에 지나지 않는다는 것을.

성직자들과 상인들 간에 무언의 눈싸움이 이어지는 와중에 차분한 음성이 끼어들었다.

"하지만 도시에서의 역할이라는 게 있습니다."

검은 머리와 흰 머리가 반반씩 섞인, 수염을 기른 마른 몸의 상인이었다.

옷차림은 평범한 가운데 말쑥한 편이었으나, 침착한 태도에 묘한 박력이 있다.

"청어 알 거래가 있기에 수많은 상인이 이곳으로 모여들고 머물며 체류비를 씁니다. 또한 이곳에서 청어 알 거래가 행해지기에 북방 어부들은 우선하여 이곳에 청어를 보내 줍니다. 만일 청어 알의 거래소가 다른 도시로 옮겨 가면, 청어를 취급하는 수많은 일자리가 다른 도시로 옮겨 가겠지요. 애초에 이 아티프라는 도시 자체가 원래는 청어 알 거래를 위한 모임 장소였다는 이야기도 있습니다. 청어 알 거래는 이 도시의 전통이지요."

누군가가 "옳소!"라고 외치자 구구히 찬성하는 소리가 나오고, 박수가 터졌다.

이 자리에 거래소의 부정을 바로잡으러 왔다 해도, 아티프 교회에서 일하는 성직자들 또한 마을 사람들의 기부로 건물을 유지하고 가구를 마련하고 사람을 고용한다. 게다가 어느 도시이건 공공연하게, 또는 비밀리에 교회도 장사에 손을 대고 있다. 도시의 활기를 해치는 행위는 성직자도 마다한다. 그런 면에선 허술함이 없기에 교회는 세상 곳곳에 그 어느 대상회보다도 많은 지점을 거느려 왔다.

차분한 어조로 말을 한 상인도, 그의 이야기를 들은 다른 상인들도 그 점은 분명히 안다. 그러니, 혹시 저 성직자들도 신앙의 원리 원칙을 따지며 거래소를 흔들어 세금을 받아내려고 이러는 게 아니겠는가.

가까운 상인들이 그런 말을 속삭이는 것을 듣고는 로렌스 또한 그럴 수도 있겠다고 생각했다.

행상을 하던 시절에도 성직자들의 장사 수완에는 혀를 내둘렀었다.

이번에도 그럴 것이라는 생각을 하고 있는데 이곳의 성직자가 터무니없는 말을 입에 담았다.

"우리 성당 참사회는 신의 뜻을 이루기 위해, 이 도시가 악덕의 소굴이 될 바에야 이 거래소를 폐쇄하기로 결의하였습니다."

거래소가 찬물을 끼얹은 듯 조용해졌고, 이번엔 고함이 난무하지도 않았다.

"이 거래소에서 행한 모든 일은 부정한 점술과 도박으로 여겨지며, 신을 모독하는 고리대금의 일종이라고 우리는 판단했습니다."

상인들의 입이 쩍 벌어졌다.

설마, 저 성직자들이 진심이란 말인가? 진심으로 돈이 되는 나무를 잡아 뽑아 내다 버릴 작정인가? 그렇게도 돈에 집착하

242

던 교회가? 어쩔 셈으로?

전원이 소리 없는 당혹의 소리를 온몸으로 발산하는 가운데, 아까 말을 했던 상인이 다시 입을 열었다. 그 역시 놀란 탓인지 음성이 경직되어 있었다.

"청어 알 거래소를 폐쇄하다니, 수, 수많은 이들이 반대할 겁니다. 대체 얼마만큼의 돈벌이가 이곳에서 사라지게 될지 아십니까?"

무서우리만큼 성실한 얼굴을 한 청년 성직자가 대답했다.

"이곳 사람들 대다수는 여러분처럼 태연히 금화 은화를 벌지 못합니다. 사람들은 이마에 땀을 흘리며 성실히 일해 동화를 법니다. 이 도시는 그들의 귀한 노동으로 유지됩니다. 그리고, 이곳의 수많은 이들은 여러분을 악덕 상인이라 여깁니다."

아무래도 진심인 듯하다. 상인들도 느끼고 있었다.

아무도 입을 열지 않는 가운데 청년 성직자가 말을 이었다.

"게다가 올바른 신앙보다 중요한 일이 세상에 있습니까?"

이렇게 욕망으로 가득한 곳에서 저런 설교를 듣게 되다니.

상인들은 찡그린 얼굴을 감추려고도 하지 않았다.

그러나 성직자들에게 대놓고 맞서는 자는 없다.

왜냐하면 그들은 상인이고 시류의 흐름에는 유독 민감하니까.

"이곳도 불과 얼마 전까지는 신의 가르침을 잊고 있었습니다. 그러나 우리는 올바른 신앙을 되찾았습니다. 회개했습니다. 여러분의 죄도 신께서는 용서하실 겁니다."

세상의 추세는 교회와 신앙의 개혁이다.

사람들도 거기에 찬성한다. 그렇다면 잔치는 이미 벌어진 것
이다.

그러나 이곳이 폐쇄되더라도 청어 알을 거래할 곳은 꼭 있어
야 한다. 장소를 옮기기가 쉽진 않겠으나 영구히 거래가 중단될
리는 없다.

재빨리 생각을 전환해 다음 일을 생각하는 상인들을 보며 청
년 사제가 말했다.

"따라서, 우리 성당 참사회는 신의 가르침에 따라, 이 악덕의
소굴에서 행해진 돈벌이의, 더러운 자금을 전액 회수하기로 했
습니다."

"뭐?!"

전원이 고개를 들고, 적잖은 이가 의자에서 일어섰다.

무슨 말을 듣든, 돈벌이 장소를 빼앗기든, 손익의 저울만 맞
으면 얌전히 있는 상인도 절대 못 참는 때가 있다.

자신의 금화 은화를 강제로 빼앗길 때.

그것만은 용납 못 한다. 그 선만큼은 넘어선 안 된다.

특히 이곳은 거금을 건 이들이 많다. 그야말로 목숨보다 중
한 금액에 운명을 걸었다.

분위기가 위태위태해진 그 순간이었다.

"그러나, 신께서는 늘 여러분을 용서하십니다. 만일 여러분이 교회에서 회개하신다면 죄의 사면과 함께 더러운 돈을 깨끗이 씻어 돌려드리도록 하지요."

엄벌을 선고한 뒤 사면하는 것은 교회가 늘 쓰는 수법. 높은 대가를 치르게 한 뒤 온정을 슬쩍 비쳐 선심을 쓰는 상투적 수법이다. 빼앗은 돈을 돌려주겠다고는 하나, 기도료는 빼고 줄 테지. 그래도 전부 잃는 것보다야 단연코 낫다.

상인들의 머릿속에서 그런 계산을 하는 소리가 들려오는 듯했다.

"여러분이 부정하게 번 돈을 이곳 사람들은 신을 저버린 행위라 여깁니다. 신앙이 두터운 이들에게 백안시를 당하면서도 이곳에서 장사를 계속할 생각입니까?"

올바른 신앙을 추구하는 기운이 드높은 지금, 청어 알 거래와 같은 수상쩍은 도박으로 거금을 벌어들이는 상인들의 평판은 이루 말할 수 없이 나쁠 터.

교회는 이곳 사람들의 그런 평판을 듣고 옳다구나 했을 것이다.

상인들을 응징할 수 있고, 사람들에게는 교회가 일하는 모습을 과시할 수도 있으니.

승부는 진작 결판이 나 있는 듯했다.

"…자금 환원은, 언제?"

누군가가 물었다.

청년 성직자가 아침 예배를 떠올리게 하는 친근한 웃음을 지었다.

역시 어딘지 모르게 콜 같다.

"때마침 모레, 이곳에, 이 세상에 올바른 신앙의 등불을 밝혀 주신 여명의 추기경 님과 그분을 따르는 성녀 뮤리 님을 그린 그림이 도착한 것을 축하하는 예배가 있습니다. 그때 드리기로 하지요."

상인들은 그렇다면… 하는 분위기였으나, 로렌스는 떨떠름한 표정을 지은 이들 중 하나였다.

그리고 일부 상인들이 왜 자신처럼 떨떠름한 표정을 짓고 있는지 그 이유도 잘 안다.

"교회에서 죄를 고백하고 기도를 드리면, 여러분의 장사도 신의 가호를 받을 수 있을 겁니다."

자애로운 미소를 짓는 청년 사제는 일부러 비꼬느라 그러는 게 아니라 진심으로 상인들의 영혼 구제를 바라는 듯했다.

그러나 로렌스는 그 장면을 상상하자 식은땀이 흘렀다. 딱히 두꺼비를 받드는 이단이라서가 아니다. 교회에 머리를 숙이고 돈을 되찾는 건 좋다. 신이든 뭐든 이용해 온 전직 행상인이니까.

하지만 아는 사람이 많은 이곳에서, 라는 게 문제였다.

낯빛을 흐린 이들 대부분이 이곳의 토박이 상인들이리라. 자신의 멍청함을 거래 상대에게 드러내는 게 반가울 자가 어디 있겠는가.

무엇보다 그 그림의 피로연에는 호로도 초대받았다. 호로에게 비밀로 해 온 거래의 실패를 되돌리기 위해 비틀비틀 앞으로 나가 참회하는 모습을 상상하자 눈앞이 아찔했다. 호로가 얼마나 닦달하고 어이없어할지 짐작도 가지 않는다.

게다가 그런 멍청함을 내려다보고 있는 것은 자신의 딸인 뮤리와 아들 같은 콜의 그림!

로렌스는 그 후의 자세한 이야기는 듣지도 않고 비틀대며 청어 알 거래소에서 나왔다.

어떻게든 해야 한다고 생각하지만, 사실 답은 나와 있었다. 투자한 돈이 가산이 흔들릴 만한 금액은 아니어도, 호로가 열심히 일하고 있는데 그 몇 십 배에 달하는 돈을 자신의 허영 탓에 내버릴 순 없다.

투자금은 포기하고 참회하러 나가지 않기로 한다 해도, 그 일을 호로에게 끝까지 숨길 자신이 없다. 호로는 그런 부분에서만큼은 유독 감이 좋으니.

그렇다면 호로가 냄새를 맡기 전에, 들통나기 전에, 얼른 자백하는 게 차라리 낫다.

그러는 수밖에 없다.

그러나… 하며 로렌스는 신음처럼 속으로 중얼거린다.

청어 알 거래는 주사위 도박과 달리 손해에는 한도가 있었다. 잘 하면 대박, 못 해도 약간만 손해 보는.

그런데 이런 함정이 있었을 줄이야… 하며 그야말로 신을 저주할 참이나, 장사를 하다 보면 이럴 수도 있다는 것을 이제야 떠올린다.

로렌스는 선창에 우뚝 서서 하늘을 우러러 한숨을 지었다.

나를 잊을 만큼 술을 마시고 싶은 기분이었다.

머리털 꼬리털 할 것 없이 보리 껍질을 붙인 채 그날도 호로가 돌아왔다. 기분 좋게 하루 일을 이야기하는 호로를 상대하며 로렌스는 호로의 꼬리에 붙은 보리 껍질을 떼어 냈다.

새로이 배운 노동요를 즐겁게 흥얼대는 호로는 상태가 이상한 멍청이를 알아보지 못한 것처럼 보이지만, 사실은 그렇지 않다. 알면서 평소처럼 행동하는 거다.

로렌스는 그 중압감을 견디지 못해, 어깨를 주물러 달라며 호로가 등을 내보일 때 비로소 자백했다.

다만, 이번엔 지금까지와 달리 투자금은 거의 전액 돌아올 것이고, 이후 장사에 큰 지장은 없다. 물품을 구매할 때 조금 놀림을 당하게 되는 정도다.

무엇보다 호로 너를 위해서 그런 거였다.

로렌스가 그런 점을 자세히 설명할 것까지도 없이 호로는 이내 이해해 주었다.

그러니 눈을 치켜뜨는 일도, 이를 드러내는 일도, 멍청이라 욕을 하는 일도 없었다.

호로는 조용한 눈빛으로 침대 위에 앉아 바닥에서 반성하는 로렌스를 물끄러미 바라보기만 할 뿐.

로렌스는 고개를 떨구는 수밖에 없다.

완전히 똥개 훈련이나 다름없다.

"하여간… 뮤리를 야단치는 것 같은 기분이야."

호로의 한숨 섞인 음성에 로렌스는 그제야 시선을 들 수가 있었다.

"그 녀석은 당신을 쏙 뺐다고 늘 말하긴 했지만."

장난꾸러기 뮤리는 대체 누굴 닮은 거냐고 툭하면 호로와 의견 충돌을 빚었는데, 로렌스는 자신의 꼴이 말이 아님을 재확인한다.

"면목 없다."

호로는 한쪽 눈만으로 로렌스를 힐끗 보고는 다시 한숨을 푹 쉬었다.

그러고는 침대에서 스르륵 내려와 로렌스의 앞에 섰다.

"당신은 하는 짓이 딱 촐랑대는 똥개야. 킁킁, 앗, 좋은 냄새,

돌진!"

부정할 도리가 없기에 로렌스는 한심스럽게도 고개를 외면하고 만다.

그러자 호로가 얼굴을 바짝 들이대서 하는 수 없이 그쪽을 본다.

자신을 노려보는 호로의 붉은 눈에 로렌스는 이 와중에도 '참 예쁜 눈'이란 생각을 하고 말았다.

딸인 뮤리에게는 절대 들키고 싶지 않은 모습.

몸을 바로 세운 호로가 머리를 긁적인다. 어이없다는 듯한 태도는 로렌스를 향한 게 아니라 자조하듯.

"난 진짜, 왜 이런 것한테 반했는지."

고개를 갸웃하며 다시 한번 땅이 꺼져라 마지막 한숨을 쉬었다.

로렌스가 다시 고개를 숙이자 "하지만." 하고 호로가 말했다.

"개는 개 나름대로 도움이 될 때도 있지."

"뭐?"

고개를 들자 호로가 로렌스에게 손을 내밀었다.

일어서라는 뜻인가 보다.

로렌스는 그 손을 잡고 어안이 벙벙한 얼굴로 일어섰다.

"내 동료들이 말이지, 일거리가 없어질지도 모른다면서 한탄들이야."

"동료들?"

그 물음에 호로는 못마땅한 투로 귀를 쫑긋거렸다.

"같이 곡물 섞기 일을 하는 애들."

"아아… 어, 그런데?"

그게 청어 알 거래와 무슨 관계가 있는 건지.

호로는 가슴 앞으로 팔짱을 끼더니 진지한 얼굴로 말했다.

"같이 일하는 동료 중엔 나나 무희처럼 잠깐 여기에 머무는 이도 있지만, 대부분은 이곳의 가난한 애들이야. 다들 심지가 굳고 착실하게 일하는 좋은 애들이지."

"아, 그래."

호로는 사람을 별로 칭찬하지 않기에 좀 놀랐다.

"게다가… 왠지 수컷 취향이 비슷해."

그 한마디는 짜증 내듯 눈길을 피하며.

그러고 보니 곡물 섞기 일거리를 총괄하는 노인이 그런 소리를 했었다. 많은 여자들이 못난 놈에게 홀려서 이 일을 하고 있다고.

"어쨌든, 난 그 아이들을 그냥 둘 순 없어. 그래서 마침 당신이 자백한 그곳 이야기를 하려던 참이었다고."

"…청어 알… 거래소?"

"음. 그 아이들은 그곳에서 적잖은 일거리를 받고 있거든. 거기가 사라지면 큰일이야. 그 소식을 듣자마자 한바탕 난리가 났었어."

그랬어? 하는 눈빛으로 쳐다보자 호로는 한숨을 쉬고는 귀뿌리를 손으로 긁적였다.

"따지고 보면 우리 콜이와 멍청이 뮤리가 일으킨 소동의 여파잖아? 그 바람에 그 아이들이 길바닥을 헤매게 되면 난 현랑의 이름을 반납해야 돼."

콜은 세상의 신앙을 올바르게 되돌리기 위해 길을 떠났고, 뮤리는 그런 콜을 따라 나갔다. 교회의 그림에서는 뮤리가 콜을 착실히 수행하고 있는 것처럼 보였으나, 뮤리가 그런 단역에 머물 리 없으니 뮤리의 책임도 클 것이다.

그렇다면 부모 된 자로서 악영향은 최대한 제거해야 할 터.

예의 바른 호로는 그렇게 생각한다.

"하지만 난 인간 세상을 잘 몰라. 이런 쪽은 당신 담당이지."

호로는 로렌스를 멍청하다 뭐다 하며 박하게 말하면서도 근본적으로는 탄탄히 믿고 있다. 로렌스의 가슴에 불이 지펴진 것은 그게 기쁘기도 했고, 이 오명을 만회할 절호의 기회가 생겼기 때문이기도 했다.

"자세히 좀 얘기해 봐."

그리고 호로에게 들은 이야기는 웬만한 사람들 눈에는 띄지 않는, 그야말로 허드렛일을 하는 사람들의 이야기였다.

필시 그 거래소에 있는 이들은 자신들과 곡물 섞기 일을 하는 아가씨들의 관계 따윈 알지 못할 테고, 그건 교회 사람들도 마찬가지일 것이다. 요컨대 그들 또한 특권 계급이라 자기네가 걸어 다니는 발밑에 누가 있는지는 잘 보이지 않는다.

"어때, 당신? 힘이 좀 되어 줄 수 없겠어?"

짧은 시간 함께 일하며 마음이 통한 이들에게 닥친 일에 가슴 아파하는 호로의 얼굴을 보자 로렌스도 가슴이 아렸다.

로렌스는 호로의 가녀린 어깨에 양손을 얹었다.

지금이야 여행길에도 버벅거리는 온천장 주인이나, 십여 년 전엔 로렌스도 현랑이라 불리는 늑대마저 사로잡았을 만큼 쟁쟁한 행상인이었으니.

"할 수 있어."

단박에 호로의 얼굴이 환해진다. 아무도 고마워하지 않고, 심지어 자신을 까맣게 잊은 마을의 보리밭에서 고향을 그리워하며 하루하루를 보내고 있던 호로의 눈에는 여차하면 어두운 그림자가 진다.

저 아름다운 붉은 눈을 반짝이게 하고 싶어 로렌스는 호로의 손을 잡고 대모험을 했었다.

십여 년 전 젊은 시절을 떠올리며 로렌스는 이렇게 말했다.

"나는 상인이야. 손해는 반드시 메꿔."

얼빠진 거래에 또 손을 대서 호로를 어처구니없게 만든 일도 반드시 만회하고야 말겠다.

그런 투지에 호로는 어이없는 미소를 지었다.

"당신은 내가 반한 수컷이야. 넘어져도 그냥 일어서선 안 돼."

옳으신 말씀.

그리고 호로에게 들은 이야기에 따르면 어떻게든 해결될 가능성이 충분했다.

"그럼 당신."

"알아."

로렌스는 대답했다.

"뮤리의 그림 앞에서 참회하는 멍청한 사태만큼은 절대로 피해야 해."

호로는 웃음을 터뜨리고는, 어이가 없다는 듯이 한쪽 눈썹을 치켜세우며 로렌스의 등짝을 딱 때렸다.

우선 사전작업을 하러 찾아간 곳은 청어 알 거래소였다.

로렌스는 교회의 이번 결정을 철회하게 하고 싶지만, 어쩌면 다른 상인들은 교회와 맞서는 것을 꺼릴 수도 있다. 투자금을 돌려받을 수 있다면 됐다, 괜히 건드렸다가 동티 날 일 없다고 생각하는 것 또한 나름대로 합리적이다.

상인을 상대로 교섭을 하는 것이 오랜만이라 로렌스는 답지 않게 긴장하며 거래소로 향했다.

"이 거래소의 책임자는 누구신지?"

전과 달리 텅 빈 거래소에는 상인 몇 사람만 있을 뿐인데, 개중 로렌스의 투자금을 장부에 적어 넣은 남자도 있었다.

"이번 교회의 폭거에 관해 제안할 게 있습니다만."

로렌스의 말에 눈이 휘둥그레지더니 히죽 웃는다.

"뜻밖에 기개가 있으시네. 다른 이들은 전부 목을 움츠리고 사라졌는데…. 그런 이를 찾는다면 저쪽이오. 우린 조합도 뭣도 아니니 누가 이끄는 것도 아니지만… 저 사람 말이라면 상인들 대부분이 들을 테니까."

하며 가리킨 것은 성직자를 상대로 냉정하게 대응하던 초로의 상인이었다.

"원래 루웍 동맹의 간부 출신인데, 지금은 은거하고 있어도 현역 시절엔 원거리 무역선을 몇 척이나 이끌어서 '총독'이라고 불리는 인물이라오."

루웍 동맹은 세계 최대의 상업조합으로, 수십 개의 무역도시가 가맹하고 있다.

그런 거물이 어떻게 이런 곳에 있나 싶은데, 지금은 테이블에 홀로 앉아 우수 어린 얼굴로 술을 홀짝이고 있다. 마치 장난감을 빼앗겨 토라진 아이처럼.

그런 모습에 로렌스는 친근감이 들었다.

저 사람은 은퇴하고도 장사의 매력에서 멀어지기가 싫은, 뿌리부터 상인이로구나.

"실례합니다만, 잠시 말씀 좀 여쭤도 될까요?"

테이블에 다가가 말을 걸자 조용한 눈빛으로 쳐다본다.

"이 상황에 제안할 게 있으시다고?"

귀담아듣고 있었는지, 넌 누구냐며 잘난 듯이 따져 묻지도 않는다.

도움이 된다면 뭐든 환영이라는 순수한 상인다운 대답이 반가웠다.

"**선물**은 이미 시도해 봤다오."

대상회의 전직 간부라면 제일 먼저 뇌물을 제안하리라.

"하지만 교회 개혁의 때인지라 딱 잘라 거절하더군. 그 청년은 여명의 **대주교** 노릇 중인 듯해."

돈에 악착같은 교회에 수도 없이 마음에도 없는 선물을 바쳐 왔겠으나, 여차하는 순간 돈의 미약이 듣지 않게 되면 그건 그것대로 불편하다.

"세금을 내겠다는 제안도 안 통했소. 아무래도 놈들은 정말로 신앙 문제로 이곳을 턴 모양이야. 이렇게 재미있는 놀이터를 **빼앗아** 가다니."

총독은 한숨을 쉬고는 목을 꺾었다.

"시키는 대로 고개를 숙이고 투자금을 회수해 다른 도시로 가는 수밖에."

"하지만 한번 고분고분하게 나가면 다음에 또 여차한 일이 있을 때 더 심하게 나와서 더 숙이고 들어가게 되지요. 옮겨 간 곳에까지 따라와서 참견할지도 모르고요."

교회는 어느 곳에 가도 반드시 있고, 인간 사이의 관계든 조직과 조직의 관계든 한번 지고 들어가면 질질 끌려다니게 마련이다. 그래서 처음이 중요하다고들 하는 거다.

"이럴 때 써 볼 수단은 다 써 봤는데, 자네는 뭔가 제안이 있는가?"

연한 푸른빛 눈이 쳐다본다.

로렌스는 그 시선을 똑바로 마주하며 말했다.

"물론입니다. 저 교회 사람들도 결국엔 고매한 세계의 주민인 듯하니까요."

"흐응?"

"우리에게는 함께 손잡아야 할 동료들이 있습니다."

총독이라 불리는 인물인 만큼 그 높은 시야에는 더욱 눈에 들어오지 않는 곳이 있다.

로렌스와 호로가 머리를 맞대고 짠 제안을 설명하자, 초로의 대상인은 표정이 점점 굳더니 끝에 가서는 이마를 딱 쳤다.

"등잔 밑이 어둡다더니! 40년도 넘게 무역업을 했고 하역 인

부도 이끌었는데. 하지만, 그렇군…. 상회 창고와 선박 사이에는 아직 틈새가 있었군."

이 인물보다 훨씬 신분이 낮은 로렌스도 그런 품팔이 노동이 있다는 건 몰랐다.

그도 그럴 것이, 여자와는 거리가 먼 나날이었으니 여자들만의 영역을 알 턱이 있나.

"저는 일단 곡물 섞는 일을 하는 아가씨들을 모아 우리 편에 서게 한 후에, 몇 가지 다른 제안과 함께 교회와 교섭을 하고자 합니다. 승산은 있지만, 여기에 모이는 분들은 찬성하실는지요?"

로렌스는 투자금만 회수하면 거래소 존속은 어찌 되든 상관없으나, 호로가 함께 일한 아가씨들도 도우려면 이 거래소가 유지되어야 한다.

"잠깐. 대충 어림잡아… 그렇군. 교회에 세금을 내는 것보다 싸게 먹히겠어. 무엇보다 놈들에게 고개를 조아리지 않아도 되는 점이 좋아. 이건 허락을 구하고 자시고가 아니라 어엿한 거래요. 거래라면 손익의 이야기고, 손익의 이야기면 다들 이해하기 쉽지. 그래도 주절주절 떠드는 놈은 내가 입 다물리지. 이 놀이터를 빼앗길 순 없으니!"

총독은 벌떡 일어서더니 바다 사나이답게 시원스럽게 손을 내밀었다.

"나는 죽을 때까지 돈벌이는 못 멈춰. 댁도 그러하신가?"

로렌스는 그 손을 잡으며 이렇게 답했다.

"아내한테 적당히 좀 하란 소리를 듣고 있지요."

총독은 해적 같은 웃음을 빙그레 지었다가 이내 뚱한 얼굴로 되돌아갔다.

"그런데, 한 가지 문제가 있군. 여기는 아무리 둘러댄들 기품 있는 기도 장소로는 보이질 않아."

거래소에는 막대한 금액을 걸 때의 이상한 흥분 탓에서인지 묘한 장식들이 여기저기 널려 있다.

천장에 주렁주렁 달린 말린 청어도 그러하거니와, 벽에는 어망에 둘둘 말린 교회 문장, 뱃사람의 수호성인에서 출산의 수호성인까지, 닥치는 대로 수호성인을 딴 목조상이 무수히 걸려 있다.

설상가상 반대편 벽에는 알을 품은 거대한 청어, 마찬가지로 거대한 정어리가 머리를 맞부딪치는 묵화가 그려져 있다. 산산이 튀는 것은 물보라인 듯하나, 가만 보면 은화다. 아무리 좋게 표현한다 해도 어느 부족의 승전 기념 장소로밖에 안 보인다.

하지만 로렌스는 그런 것들을 둘러본 뒤 제안했다.

어디까지나 이 거래소를 위해.

"좀 바꿀 필요는 있겠네요. 예를 들면…."

상인은 넘어져도 그냥 일어서진 않는다.

그 후 총독과 이런저런 자세한 논의 끝에, 도박을 멈출 수 없는 상인들에게 집합을 알렸다.

로렌스는 그 길로 부두의 창고로 가서 호로가 이끌고 있던 아가씨들과 논의했다. 물론 그들이 제안을 거절할 리는 없었다. 하역 인부들 못지않은 씩씩한 기세로 찬성했다.

단, 아무 대책 없이 가는 것은 위험하기에 로렌스는 계획을 하나 더 마련해 비장의 무기로 감춰 두었다.

거기엔 호로의 협력과 온천장 일로 맺은 연줄의 도움이 필요했다.

이튿날, 상인들이 줄줄이 행렬을 이루어 아티프 성당으로 향했다.

성당 앞에는 내일의 특별 예배를 위해 사람들이 부지런히 준비를 하고 있었다.

"주교님 계시오?"

선두에 선 것은 가장 관록 있는 총독이다.

머리와 수염을 달걀흰자로 고정하고, 닿으면 베일 듯이 각 잡힌 고급스러운 옷을 입었다. 이대로 궁정에 입궁해도 될 것 같다.

게다가 그 행동거지.

총독이 말을 건 직인은 어찌나 놀랐던지 하마터면 성당 문에 장식된 도금 장식을 떨어뜨릴 뻔했다. "안에."라는 말만 간신히 하더니 귀족으로 착각했는지 모자를 벗었다.

하지만 줄줄이 안으로 들어가는 상인들의 뒤를 잇는 사람들을 보고는 더 눈이 휘둥그레졌다.

성당 안에서도 준비가 한창이라, 곳곳에 발판을 짜 놓고 직인들이 작업 중이었다. 그런 번잡한 와중을 성큼 걸음을 내디뎌 중랑(中廊) 안으로 거침없이 들어간다.

빨려들 듯이 높다란 천장 밑, 붉은 융단이 깔린 통로 한복판에 그림을 어디에 걸 것인지 논의 중인 듯한 고위 성직자들이 있었다.

"어, 여러분은⋯."

하며 돌아본 것은 여명의 대주교라는 야유를 받은 청년 사제.

상인들을 둘러보더니 이내 눈빛에 날이 선다.

"일전의 이야기라면 이미 결정 난 일입니다. 또한, 우리는 신의 은총 외엔 그 어떠한 것에도 흔들리지 않습⋯."

또 뇌물을 들고 온 줄 알았는지, 기세 좋게 말을 하는 청년 사제를 총독이 손으로 제지했다.

"아닙니다. 저희는 사제님의 신앙심에 감동하여 눈이 뜨였습니다. 그래서 저희도 성전에 나온 대로 신의 뜻에 걸맞은 행동을 하고자 합니다."

"…그러시면?"

어흠, 하고 헛기침이 끼어들었다.

"예, 신께서는 말씀하셨습니다. 가진 것은 나누라고. 그래서 저희는 저 거래소에서 청어 알 거래에 종사하는 가난한 이들에게 무료로 식사를 제공하기로 했습니다."

청년 사제는 눈썹을 추키며 곁에 선 나이 많은 성직자들에게 눈짓했다.

"그것은 바람직스러운 일입니다만…."

"예, 물론 그것만으로 거래소를 이곳에 있게 해 달라는, 그런 뻔뻔한 말씀은 드리지 않겠습니다. 사제님을 비롯한 성당 참사회의 성스러운 결정에 따르겠습니다."

그러나 상인들이 떼 지어 와서 아무 일도 없을 리가 없다.

성직자들이 소곤소곤 귀엣말을 하더니 청년 사제가 대표로 말문을 열었다.

"그러시다면 여러분은 이곳엔 왜?"

"저희는 길 잃은 어린양의 길 안내를 하러 왔습니다."

"예?"

"사제님들께 여쭙고 싶은 것은 저 아가씨들에 관해섭니다."

그러면서 상인들이 두 갈래로 갈라지자, 중랑 입구까지 쭉 통로가 생긴다.

의아한 표정인 사제들의 시선 끝.

거기에 있는 것은 소매 짧은 옷을 입고 팔에 여전히 곡물 껍질을 붙이고 선 아가씨들이었다.

"그런데 말입니다만, 사제님. 성스러운 전병이 되는 밀가루가 그 먼 곳에서 어떠한 경로를 거쳐 이곳에 와서 빵가게의 화덕에 들어가는지 아십니까?"

"엇… 밀가루?"

차림이 좋고 이지적인 청년 사제는 물론이고, 햇볕과는 거리가 멀고 손가락이 아가씨처럼 가느다란 다른 성직자들도 당황했다. 저들은 아마도 어린 시절부터 교회법학을 공부하며 세상에는 거의 나가 본 적이 없을 것이다.

"곡물은 베이고, 자루에 담기고, 짐마차에 실린 뒤, 배에 실려 먼 곳으로 옮겨집니다. 하지만 거기에는 일련의 공정의 틈을 메우는, 눈에 띄지 않는 존재가 있습니다. 그게 바로 저 아가씨들입니다. 자루에 담겨 창고에 보관된 곡물을 매일 아침저녁으로 저들이 부지런히 섞어 놓지 않으면 이내 곰팡이가 피고, 우리가 먹을 빵에 병이 숨어들 겁니다."

총독의 말에 맞춰 곡물 섞는 아가씨들이 우아하게 절을 했다. 그들이 몸에 걸친 몹시 낡은 옷에 반듯한 몸짓이 돋보였다.

"사제님."

하며 총독이 한 걸음 앞으로 나가 사제 앞에 무릎을 꿇는다.

신앙 고백을 하는 귀족 같은 행동이 마치 제례의 연극을 연상

케 했다.

"저희는 탐욕스러운 상인들 맞습니다. 그 점은 부정할 수 없습니다. 그러나 저들은 다릅니다. 저들은 이곳 사람들의 생활을 보이지 않는 곳에서 떠받치고 있는 이들이고, 저들이야말로 신의 빛을 받아야 할 이들입니다."

"으… 으응… 응?"

청년 사제는 당혹해하며 고개를 끄덕이고는 아가씨들에게 눈길을 주었다.

그러자 아가씨들이 일제히 가슴 앞으로 교회 문장을 쥐었다. 고개를 살짝 숙인, 진실되기 그지없는 모습은 누가 보더라도 동정의 마음이 절로 우러날 몸짓이었다.

"하, 하지만, 그게? 저분들이 누구인지는 잘 알겠습니다만, 여러분과 무슨 관계가 있으신지? 여러분은… 청어 알을 거래하시지요? 하지만 저분들은 곡물을 섞지 않습니까?"

그 물음에 대상인인 총독의 눈이 번뜩 빛났다.

"곡물은 계절상품이라 한가한 시기가 생깁니다. 겨울철 밀 파종이 끝나고 나면 저들이 무엇을 섞는지 아십니까?"

"예? 아, 아니요…."

총독은 말했다.

"청어 알입니다."

호로가 동료 아가씨들에게 듣고 와서 로렌스의 도움을 청한

것은 그래서였다. 청어 알 거래소에는 돈을 거는 상인과는 별도로 투자의 끝을 지켜보는 상인들이 있다. 청어 알을 취급하는 그들이 있기에 어부들은 청어를 이곳으로 가져온다. 그리고 보리가 그렇듯이 청어 알 또한 그냥 통에 담아 두기만 하면 되는 게 아니다.

그런 사실을 대부분 상인이 알지 못했고, 물론 청어 알을 먹어 봤을 리 만무한 성직자는 더더욱 몰랐기에 쉽게 그 거래소 폐쇄를 입에 담은 것이다.

"청어 알 거래에는 두 종류가 있습니다. 단순히 이것은 거래되는 청어 알에 두 종류가 있기 때문입니다."

"아, 으, 음?"

"우선은 말린 청어 알. 그러려면 햇빛이 필요하니 이 아가씨들이 매일 열심히 말리고 섞어서 관리해 주기에 상하지 않게 됩니다."

"음, 응….."

"그다음에는 염장 청어 알입니다. 청어 알은 남쪽 바다에서 정어리를 불러들이는 미끼로 쓰입니다만, 말린 알보다 염장 알을 더 잘 먹는다고 합니다. 따라서 이쪽이 더 비싸게 팔리는데, 관리하는 데도 더 손이 많이 갑니다. 커다란 대야 가득 소금물에 담긴 청어 알을 상상해 보십시오. 가냘픈 이 아가씨들이 손에 커다란 노를 들고 하루에도 몇 번씩 섞는 겁니다. 오오, 사

266

제님의 자비가 있으시기를. 이 아가씨들은 그렇게 해서 이 도시뿐 아니라 남쪽 지방 사람들의 소박한 식탁에 정어리가 오를 수 있도록 매일 애쓰고 있습니다."

청산유수 같은 총독의 말솜씨에 사제는 끼어들지도 못한다.

이때다 하고 로렌스는 사전에 논의한 대로 슬며시 수신호를 보냈다.

신호를 받은 아가씨 중 하나가 그 자리에 가만히 무릎을 꿇었다.

"저희를 가엾이 여기신다면, 부디 앞으로도 이곳에 청어가 모일 수 있도록 힘을 빌려주소서…."

황갈색 머리 아가씨의 정감 어린 호소 후, 다른 아가씨들도 그 자리에 무릎을 꿇고 일제히 합창했다.

부디 저희에게 자비를 베풀어 주소서….

죄 없는 아가씨들의 호소 앞에 청빈과 공평함을 구실로 거래소를 비난한 성직자들은 말을 잇지 못했다. 거래소를 없애면 청어와 관련한 수많은 거래도 이 도시에서 사라진다. 그것은 곧 저들이 먹고살 거리를 빼앗는 일이다.

그러나 잘못은 잘못이라며 고지식한 청년 사제가 말문을 열려는 때를 노리고 있다가 로렌스가 넌지시 귀엣말을 했다.

"사제님. 호수의 물이 맑은 것은 바닥에 진흙이 쌓일 수 있는 깊이가 있기 때문이지요."

"뭐?"

"물이 너무 깨끗하면 물고기가 살 수 없다고도 하지요."

반대쪽에선 총독이 귀엣말을 속삭인다.

"또한 저희는 그 거래소를 가난한 자들… 이를테면 저 아가씨들처럼 날품을 파는 이들에게 음식을 만들게 하고, 실내 장식도 바꾸게 하여 신앙을 잊지 않는 장소로 삼을 것을 맹세합니다. 물론."

하며 총독은 가슴을 폈다.

"저희는 사제님의 질타를 받고 신앙의 눈을 떴습니다. 사제님께서 저희를 이끄신 증거는 자자손손 대를 이어 그 거래소에 남을 겁니다."

천국에 금화는 쌓을 수 없어도 덕은 쌓을 수 있다. 그렇다면 금화로 된 뇌물은 받지 않아도 저들에게 통하는 다른 미약이 있을 거란 생각에 로렌스는 이번 계략을 짰다.

하지만 사제는 입을 꾹 다문 채 이거 혹시 뭔가 잘못된 것이 아닌가 하여 얼굴이 굳어 있다. 상인들의 감언이설에 속아 넘어가는 게 아닌가 하여.

그 순간, 다짐하듯 총독이 품에서 종이 한 장을 꺼내어 사제에게 내보였다.

"참고로 실내는 이렇게 바꿀 생각인데, 여기에 서 계신 인물을 사제님으로 하려고 합니다."

사제는 눈이 휘둥그레져서 얼결에 뒤를 돌아보았다.

그 시선 끝에는 몸에 밧줄을 감고 천장에 매달려 한 장의 그림을 장식하려 하는 남자들이 있다.

총독이 내민 종이에는 그림의 초안이 그려져 있었다.

성당에 걸릴 예정인 콜과 뮤리의 그림처럼 전형적인 종교화.

거기에는 산더미 같은 청어를 배경으로 상인들과 곡물 섞기 아가씨들이 겸허한 자세로 무릎을 꿇고 기도를 드린다. 그런 그들을 천국으로 인도하고 있는 것은 다름 아닌 청년 사제.

총독이 청년 사제를 여명의 대주교라고 부른 것은 올바른 지적이었다.

콜을 어린 시절부터 봐 온 로렌스는 잘 안다.

이 청년은 명백히 콜을 흉내 내고 있다.

"어떠십니까, 사제님?"

화들짝, 청년 사제는 정신을 차렸다.

"으음, 아… 어….”

젊은 사제는 어쩔 줄 몰라 연상의 성직자들에게 판단을 구하려 했으나, 그들도 이미 다른 상인들에게 이런저런 귀엣말을 들은 후다. 성직자를 구워삶는 데는 악착같은 상인들을 따라올 자가 없다.

"사제님."

총독이 재차 묻자 청년 사제의 시선이 총독과 로렌스, 그리고 아가씨들 사이를 방황한다.

그러다 마침내 괴로운 듯이 눈을 감았다.

"…아, 알겠습니다…. 철회하겠습니다. 거래소는, 계속합시다…."

그 말에 그 누구보다 아가씨들이 기뻐하며 일제히 일어나 환호성을 올렸다.

사제는 여전히 곤혹스러운 표정이었으나 새삼 말을 취소할수도 없다.

게다가 시선이 총독이 들고 있는 그림 초안에 붙박여 있는 것은 분명했다.

"그, 그런데…."

"예."

총독의 온화한 웃음에 기가 죽으면서 사제는 조그맣게 물었다.

"정말로, 저라는 걸 알 수 있도록?"

완벽하게 욕심이 없기란 어렵다.

그렇기에 로렌스를 비롯한 상인들이 세상에 있는 것이다.

"물론이지요."

총독은 그렇게 말한 후 그림의 자세한 이야기를 꺼냈다. 그 야말로 뱀이 쥐를 칭칭 감는 모습이 눈에 선했으나, 로렌스는 신경 쓰지 않기로 했다.

이제 결판이 난 듯해 로렌스는 안도의 한숨을 지은 뒤 중랑 입구를 향해 걸어간다.

거기에서는 나이 불문하고 아가씨들이 손에 손을 잡은 채 기뻐하고 있었다.

로렌스를 알아본 무희가 넋을 잃을 만큼 나긋한 몸짓으로 앞으로 스윽 나와서는 연극을 하듯 로렌스를 끌어안았다.

"아아, 우리 나으리!"

아는 얼굴인 무희의 포옹에 로렌스는 쓴웃음.

물론 무희는 뇨히라에서 춤을 추고 있는 만큼 온천장 '늑대와 향신료'에 관해서도 잘 안다.

이내 팔을 풀고 로렌스를 진짜 주인에게 인계했다.

"뭐야, 얼굴이 있는 대로 풀어져서는."

정면에 선 호로가 약속한 듯 그런 소리를 한다.

주위의 아가씨들은 재미있는가 보다.

"투자금이 돌아오잖아. 얼굴이 풀어질 만도 하지."

로렌스가 그러자 호로는 스커트 자락을 잡고 로렌스의 발을 걷어찬다.

노상 연극에서 흔히 보는, 드센 아내와 소심한 남편의 옥신각신 장면이다.

깔깔 웃는 아가씨들에게 쓴웃음을 지은 후, 로렌스는 호로와 무희를 데리고 중랑에서 측랑으로 나섰다.

"그나저나 정말 큰 도움이 되었습니다. 연극 대본을 써 달라는 부탁에 이런 일류 솜씨를 보여 주셔서."

좀 전까지는 다른 아가씨들 사이에 완벽하게 스며들어 있더니, 지금은 그 멋없던 옷이 연극 의상처럼 그럴싸해 보인다. 일류 무희이자 배우라는 뜻이리라. 뇨히라에는 단골손님이 모이고 경쟁이 치열하다.

"무슨 말씀을요. 뇨히라에서는 저런 고집불통들도 웃게 만드는걸요. 어떤 대사를 해야 할지, 어떤 몸짓을 해야 할지, 자신 있답니다."

호로와는 달리 무희는 좀 더 육감적인 웃음을 보인다.

총독이 하는 말, 취해야 할 자세, 성당의 예절 따위는 당연히 모르는 아가씨들에게 연기를 지도하는 일도 전부 이 무희가 맡아 주었다.

보리가 밭에서 식탁에 오르기까지 수많은 사람의 손을 빌리듯, 이번 역전극 또한 수많은 사람의 손을 빌렸다.

"그보다, 아까 그 수염 난 상인님 좀 소개해 주시겠어요? 상당한 부자라고 하던데."

"예에, 물론이죠."

무희도 대가는 제대로 요구한다. 이것이야말로 착한 상인의 거래.

"겨울철 돈벌이 전까진 담비털을 받아 내야지."

그런 말을 하는 순간의 옆모습은 사냥꾼의 얼굴.

경직된 웃음을 짓고 있자 곁에서 소매를 꾹 잡아당긴다.

"당신."

곡물 섞는 일을 하는 아가씨 노릇을 하기 위해 삼각건을 머리에 두르고 소매를 걷은 호로는 완연히 이곳의 일꾼 아가씨다. 저런 모습도 신선하여 잠깐 넋을 잃었다.

"배고파."

무희는 당연히 바로 알아채고는 살짝 미소 짓더니, 다른 아가씨들과 합류하려고 중랑으로 돌아갔다.

로렌스는 나직이 한숨을 쉰 뒤 호로의 손을 잡았다. 내일 행사에 맞춰 바삐 작업 중인 성당 밖으로 나선다.

"어휴, 정말이지, 이제 조금은 뮤리와 콜이의 뒤치다꺼리가 되었으려나?"

청빈하고 신앙에 순종적인 아가씨 연기를 해서 그런지 어깨가 뻣뻣하다는 듯이 양팔을 쭉 뻗으며 호로가 그런 소리를 했다.

"나도 투자금을 잃지 않고 일단락됐네."

로렌스는 그렇게 대답하고는 오전 중 도시의 밝은 공기를 앞에 두고 눈을 찌푸렸다.

"당신은 여전히… 라고 해야겠지만, 이번엔 그 덕을 봤으니까."

"그래 뭐."

그렇게 대꾸하며 로렌스는 웃었다.

그리고 두 사람 사이에 묘한 침묵이 내렸다.

호로의 기색이 아까부터 좀 이상한 것을 로렌스는 눈치채고 있었다. 호로는 평소 말에 거침이 없으면서도 묘한 데서 아닌 척 군다.

하지만 그런 호로의 모습이 귀여워서 로렌스는 모르는 척했 었다.

"그럼, 어디 좀 가서 가볍게 술을 마신 뒤에 방으로 돌아갈까?"

일부러 들으란 식으로 제안하자, 호로는 퍼뜩 정신이 든 것처럼 고개를 들고는 건성으로 대답한다.

로렌스가 그런 호로를 바라보며 결국 빙그레 웃자, 이내 호로의 눈초리가 치켜 올라갔다.

"당신은 진짜 성격 나빠!"

"하하, 네가 할 소리는 아닌데?"

하며 웃자, 호로가 팔을 찰싹찰싹 때린다.

그런 후 목덜미를 덥석 잡더니 이렇게 말했다.

"그래서? 어떻게 됐는데?"

너무 약을 올렸다가는 호로가 정말로 화를 낼지도 모른다.

로렌스는 얌전히 답을 주기로 했다.

"거래소 안에 그릴 그림에 널 참고로 삼겠대."

호로의 눈이 번쩍하면서 귀가 삼각건을 들어 올릴 만큼 쫑긋

섰다.

"그 찰나에 거래소 실내를 바꾸자고 제안한 나의 재치를 매우 칭찬해 주기 바라는데."

내 돈으로 그림을 그릴 수 없으면 남의 돈으로 그리면 된다.

그 거래소에는 로렌스 따위는 발치에도 못 따라갈 만큼 큰 부자들이 수두룩하니.

"내친김에 기도하는 상인들의 필두로는 나를 그려 주겠대."

그 한마디에 호로는 얼이 빠져 하마터면 돌계단을 헛디딜 뻔했다.

당황하여 몸을 붙잡아 준 뒤 로렌스는 호로의 등에 팔을 둘러 꼭 끌어안으며 말했다.

"회반죽으로 그린 그림은 몇 백 년이나 간다니까, 앞으로 시간이 아무리 흘러도 네가 이곳에 오면 나한테…."

로렌스는 그다음 말을 하려다가 말았다.

호로가 혼자 이곳에 그림을 보러 올 때 로렌스는 살아 있지 않을 테니.

그 말을 굳이 할 필요는 없다.

그 대신, 이렇게 말했다.

"그러니까, 원하는 게 있으면 지금 해."

"…흐윽… 으, 뭐?"

두 사람의 모습이 내내 그림 속에 남는 기쁨에서인지, 아니면 로렌스와의 이별을 떠올려서 그런지는 모르겠으나, 당장에라도 울 것 같은 얼굴을 든 호로에게 로렌스는 빙그레 웃어 주었다.

"뮤리의 그림보다 가슴을 크게 그렸으면 한다든가?"

얼이 빠져 있던 호로의 얼굴이 요술쟁이처럼 순식간에 변하더니 로렌스의 턱수염을 덥석 잡았다.

"이 멍청이!"

사람들이 오가는 교회 앞에서 호로는 거침없이 고함을 지른다. 곧바로 수많은 시선이 모였으나 이내 곡물 섞는 아가씨 차림을 한 여자와 멋없는 상인 분위기의 남자가 싸우는 건 신기한 일도 아닌지, 흔한 사랑싸움으로 여기고는 다들 하던 일, 가던 길로 되돌아간다.

로렌스는 그들의 시선이 사라지기를 기다렸다가 뿌루퉁한 호로에게 시선을 돌렸다.

"참고로 나도 조금 젊게 그려 달라고 할 생각이야."

호로에게 잡혔던 수염을 문지르며 그렇게 대답한다.

호로는 어이가 없다는 투로 눈살을 찌푸리며 바보 어쩌고 한 마디 할 것처럼 입을 뻐끔대다가 결국엔 아무 말도 하지 않았다.

대신 지친 듯 한숨을 쉬고는 로렌스의 손을 잡았다.

"당신은 죽을 때까지 그 모양이겠지."

칭찬인 건지 아닌지 알쏭달쏭하니 로렌스는 이렇게 대답하는 수밖에.

"남 말 해?"

"흥. 난 긴 강을 따라 내려가 이보다 더 둥글둥글해질 수 없는 돌멩이 같지. 여기서 더 고칠 데 없어."

"그런 데 비해선 먹을 것에 집착하다 툭하면 호된 꼴을 당하네?"

"뭐어? 당신이야말로 남 말 하네? 또 도박 같은 걸 해 놓고. 게다가 나한테 숨기고 몰래."

"그 결과, 모든 게 잘 풀렸잖아? 그게 뭐가 잘못이야?"

"멍청이. 그것도 다 내가 보리 섞는 일을 한 덕분이잖아. 당신은 내가 없으면…."

호로가 그렇게 말을 하려는 순간, 로렌스는 몸을 숙여 호로를 공주님처럼 옆으로 안아 올렸다.

"그래, 맞아. 네가 없었으면 난 지금쯤 객사했겠지. 혼자 하는 여행은 다시는 하기 싫어."

호로는 붉은 눈을 크게 뜨고 로렌스를 바라보았다.

그러다 천천히 표정이 풀린다.

"멍청이."

때마침 교회 앞.

호로가 로렌스의 목에 매달리자 마치 두 사람을 축복하듯 종탑에서 점심때를 알리는 종소리가 울리고….

"음, 점심이구나. 점심은 고기가 좋겠어."

호로는 이내 평소의 호로로 돌아와 그런 소리를 했다.

"…청초한 신부는 어디에?"

로렌스의 말에 호로는 어깨를 으쓱이고는 몸짓으로 내려 달라고 한다.

큰맘 먹고 공주님처럼 호로를 안아 올렸던 로렌스는 호로의 쌀쌀맞은 반응에 실망하면서도 하는 수 없이 호로를 내려 주었다.

그러자 호로는 어깨가 결린다는 투로 목을 꺾더니 활짝 웃었다.

"혼례 잔치 버금가는 소동이라면 기대해 보겠는데?"

자신은 인간이고 호로는 늑대라고 로렌스는 생각한다.

어느 쪽이 지배자인지는 알고도 남는다.

"은화 두 냥까지만."

로렌스의 말에 호로는 경박한 아가씨처럼 로렌스의 팔에 냉큼 달라붙었다.

"좀스럽게 그러기 없기. 투자한 것도 어차피 잘 풀릴 거잖아? 그러고 보니 요전번에 당신이 왠지 정어리 이야기를 했었네?"

현랑 호로는 요런 데만 약았다.

"…세 냥."

"다섯 냥."

교섭하는 자세조차 안 보인다.

그래도 호로가 즐겁게 꼬리를 파닥이고 있으니.

로렌스는 해를 올려다보며 한숨을 푹 쉰다.

"알았어, 다섯 냥."

"음!"

호로는 씩씩하게 대답하고는 까치발을 했다.

"이래야 내가 제일 사랑하는 낭군님이지!"

그러면서 뺨에 입을 맞춰 오는데, 이게 은화 다섯 냥어치.

비싸기도 하네, 하며 웃을 수밖에.

"나도 마실 거니까. 그래서 다섯 냥이야."

"뭐어? 당신은 당신 돈으로 마셔."

"너 진짜….'"

그런 대화를 주고받으며 로렌스와 호로는 인파를 헤치고 나아간다. 아무리 사람들에게 떠밀리고 서로 얄미운 소리를 해 대면서도 손은 꼭 잡은 채.

오랜만의 여행은 이제 막 시작된 참.

쾌청한 하늘에 바람은 쓸쓸하나 아직은 여름의 잔재가 느껴지는 항구도시에서의 일이었다.

늑대와 향신료

늑대와 또 하나의 생일

이것은 아직, 온천의 향이 물씬한 뇨히라 첩첩산중에 아름다운 두 마리 늑대가 있던 시절의 이야기….

◇◇ ◇◇

낮은 꽤 따스해졌으나 밤이 되면 여전히 쌀쌀한 초봄 무렵.

북방 온천의 고장 뇨히라의 온천장들은 겨우내 머물던 온천객들이 돌아간 후라 다들 긴장이 풀려 있다.

그러나 마을 안에서도 가장 산중 깊숙이 자리한 이 온천장만은 그날도 늦도록 등을 밝히고 있었다.

온천장 '늑대와 향신료'의 큰방은 사람들로 가득했다. 대상인인 듯 차림새 좋은 이도 있고, 언뜻 보기엔 수도사가 아닌가 싶은 초로의 남자도 있다. 뺨에 베인 상처를 단 짐승 같은 면상의 용병까지 있으니, 다양한 여행객이 모여드는 뇨히라라치고도 단연코 다채로운 면면들이다. 신분도, 살아가는 방식도 가지가지인 이들의 공통점은, 푹 퍼진 자세로 느긋이 쉬고 있다는 것. 날이 저물도록 탕에 몸을 담그고 있다가 열기를 식힐 겸 포도주등등을 홀짝인다.

그러나 이들이 즐거워하는 것은 술 때문만은 아니다.

이들이 이날 이렇게 한자리에 모인 것은 이 온천장에 축하 인사를 하기 위함이니까.

"그러면, 외람되오나."

큰방에 모여 각자 느긋이 퍼져 있던 이들의 시선을 한데 모은 것은 이 여관의 주인장인 로렌스. 행상인으로 시작하여 이 온천장을 운영한 지 올해로 십 년째. 이젠 온천장 주인의 자세가 잡혔다.

큰방 복판으로 나선 로렌스의 뒤를 따르는 이는 머리를 바짝 친 짐승 같은 루워드다.

북방 일대에서는 모르는 이가 없는 용맹한 용병단의 단장인 루워드가 진홍빛 천 위에 올린 자그마한 무언가를 두 손으로 공손히 들고 있다.

그리고, 설령 상대가 신이라도 뜻을 굽히지 않을 것 같은 루워드가 벽난로 앞으로 간 로렌스의 곁에 무릎을 꿇더니 두 손을 내밀었다.

"…황송하옵니다."

진홍빛 천 위에 오도카니 얹힌 것을 집으려다가 로렌스는 다소 농담 어린 말투로 그렇게 예를 표했다. 그러자 늑대 같은 용병이 히죽 웃는다.

로렌스가 집어 든 것은 금빛 화폐였다.

거기에는 한 여성의 옆얼굴이 새겨져 있다. 긴 머리에 눈을 감은 채 고개를 약간 숙이고 담담히 웃는 여성. 머리에는 알곡이 여문 보리 이삭을 관처럼 둘렀다.

로렌스가 특별히 주문 제작한 화폐로, 값어치를 따지면 소재가 된 금값 이상은 나가지 않는다.

그러나 이 화폐에는 더할 나위 없는 의미가 있었다.

로렌스는 만감이 교차하는 심정을 담아, 벽난로 위에 놓인 판에 화폐를 끼워 넣었다. 동그란 구멍이 여럿 뚫려 있어 금화를 장식하게 되어 있는 판이다.

처음에는 그저 저금이나 할 목적이었다. 온천장 장사가 잘되지 않으면 이것을 밑천 삼아 다시 행상길로 돌아가야지 하며.

그런데 온천장은 개업하자마자 큰 인기를 끌었고, 해가 갈수록 번창해 손님이 끊일 날이 없을 정도가 되었다.

판에 뚫린 구멍은 총 열 개. 매년 거기에 금화를 하나씩 넣어 왔다.

로렌스는 열 번째 구멍에 금화를 꾹 끼웠다.

"경하드리옵니다."

짓궂은 웃음기를 머금고 신하 같은 말투로 루워드가 즐겁게 축하의 말을 건넨다.

큰방에 모인 손님들도 저마다 인사말을 건네고 로렌스가 그에 답하고 있던 그때.

"자, 새로운 출발을 위해, 술잔 가득 채워!"

화폐 속에서는 얌전히 미소 짓고 있던 여성이 그렇게 외친다.

짐승 귀와 꼬리가 달렸고, 연세 수백 살을 잡수신, 보리에 깃든 현랑이자 로렌스와 손에 손을 잡고 이 온천장을 세운 호로.

평소에는 호로의 술버릇에 주의를 주던 로렌스도 오늘만큼은 잔소리 없이 넘어간다.

그 대신, 잔이 찰랑찰랑하도록 포도주를 붓고 있는 호로를 공주님처럼 안아 올린다.

그러고는 손님들이 요란하게 놀려 대는 가운데, 술을 흘릴세라 필사적으로 버티는 호로의 뺨에 술보다도 뜨거운 입을 맞췄다.

문 너머로, 아니, 창문 너머로 들리는 건가?

이 여관에서 먹고 자며 일을 돕고 있는 콜은 조용한 방 안에서 아래층의 야단법석 소리에 쓴웃음을 지었다.

지금 이 가게에는 서로를 속속들이 아는 오랜 지인들만 모였으니 아무리 소란을 피운들 문제 될 일은 없다.

누가 잽싸게 악기를 꺼내 왔는지 신나는 음악까지 들려왔다.

내일은 다들 숙취로 탕 안에 앓는 소리가 넘쳐 나겠네.

"오라버니, 아직 멀었어?"

그런 생각을 하고 있는데, 앞에서 불쑥 불만 어린 음성이 들렸다.

콜에게 등을 돌린 자세로 등받이 없는 의자에 여자아이 하나가 앉아 있다.

"빨리 안 내려가면 먹을 게 다 없어진단 말이야."

방정맞게 의자를 까딱까딱 흔들며, 짜증스러운 기색을 감추려고도 하지 않는다.

어깨 너머로 돌아보는 얼굴이 아래층에서 이 야단법석에 흥겨워하고 있는 모친 호로와 똑 닮았다. 은가루를 섞은 듯 신비한 빛깔의 은발과 장난꾸러기 같은 활달함이 다를 뿐.

"뮤리, 오늘부터는 그런 짓 하면 안 돼요."

"뭐어~…?"

"누누이 설명했잖아요."

콜의 말에 뮤리는 있는 대로 얼굴을 찌푸렸다.

"어허, 앞을 봐요."

그러자 마지못해 자세를 바로 하면서도 목은 움츠려서 저항의 뜻을 표한다.

뮤리는 콜이 모시는 이곳 주인 부부의 외동딸이나, 태어날 때부터 함께 살아서 콜에게는 나이 차 많이 나는 여동생 같은 존재다.

부루퉁하게 부어 있는 뮤리의 머리를 빗겨 주며 콜은 맥 빠진 웃음을 지었다.

"이번 봄으로 개업 십주년을 맞이하는 이 온천장과 마찬가지로, 뮤리에게도 올해는 한 획을 긋는 해잖아요?"

"……."

뮤리는 대답도 하지 않고, 뒤를 돌아보지도 않는다.

대신 모친에게서 물려받은 복슬복슬한 꼬리와 기민한 짐승 귀만 살짝 쫑긋했다.

"이젠 온갖 만행도 그만할 때가 됐어요. 뮤리는 이제 성인 여성의 대열에 끼게 될 테니까요."

나이 열 살이면 귀족의 딸이 아니더라도 슬슬 결혼 상대를 의식할 때다. 지금까지 막대를 휘두르며 들로 산으로 뛰어다니던 왈가닥도 요리와 바느질을 배우고, 청소하기, 집안 가꾸기를 배워야 한다.

뮤리와 콜이 이 방에 있는 것은 이제 성인 대열에 선 뮤리가 첫선을 보일 준비를 하기 위해서였다. 그러니 지금 뮤리가 입고 있는 옷을 이 근방 소꿉친구 사내 녀석들이 봤다가는 배꼽을 잡고 웃거나 얼이 빠질 것이다.

평소에는 절대 입지 않을, 천을 아낌없이 써서 잔뜩 부풀린 스커트를 입고, 기막힐 만큼 가죽끈을 칭칭 감아 장신구를 단 뒤, 그 위에 장식 천이 붙은 상의를 덧입고, 정숙함을 강조하는 케이프까지 둘렀다.

어느 것 하나 빠짐없이 일등품인데, 오늘을 위해 로렌스의 오랜 지인들이 마련해 준 것으로, 원래는 대상회의 영애나 그야말로 귀족 혈통이 아니고서는 손에 넣을 수 없는 물품들이다.

그러나 정작 당사자인 뮤리는 이런 여자 같은 차림에는 혀를
내두르며 질색하는 바람에 입히는 데만도 이만저만 고생을 한
게 아니었다.

어르고 달래고 위협하면서 간신히 옷을 다 입힌 결과, 이렇
게 안절부절못하고 의자 위에서 몸을 가만두질 않고 있다.

"뮤리, 다리 잘 모으고 앉아요."

"……."

스커트 밑으로 잔뜩 벌어져 있던 다리가 여봐란듯이 닫힌다.

오늘 있을 행사를 알리자 뮤리는 마치 부엌에 끌려가는 닭처
럼 저항했으나, 모친인 호로가 한마디 하자 어쨌든 말을 듣기
는 했다.

그리고 지금은 마지막 준비인 머리 손질 중이다.

콜이 뮤리의 머리를 정성스레 빗고 있으려니 뮤리가 또 다리
를 떨기 시작한다.

하여간에 참, 하며 콜은 말문을 열었다.

"가만 좀 있어요."

옷을 입기 전에도 그토록 저항하더니, 뮤리는 과장된 한숨을
지으며 이렇게 말했다.

"그럼 재미있는 이야기 좀 해 봐."

차림새엔 거의 신경 쓰지 않는 뮤리에게는 머리를 빗는 게 그
저 따분하고 무의미하기만 한가 보다.

이런 면도 차츰 달라지기를 희망하며 콜은 왈가닥에게 한 걸음 양보했다.

"그럼….."

"설교는 싫어, 알지?"

이참에 뮤리에게 신의 가르침을 전하려던 속셈은 무너졌다.

게다가 여기에서 더 뮤리의 기분을 해쳤다가는 이번 행사 자체를 망칠 수도 있으니.

"알겠어요. 그럼….."

화제를 찾는 콜에게 뮤리가 어깨 너머로 돌아보며 이렇게 물었다.

"그건 어때? 오라버니가 이 마을에 왔을 때 이야기?"

"이 마을에 왔을 때 이야기요?"

"오라버니랑 아버지, 어머니가 대모험을 하고 온 이야기는 수도 없이 들었지만, 그다음 이야기는 들은 적이 없는 것 같거든."

뮤리는 그러면서 여전히 안정이 안 되는지 스커트를 붙들고 바스락댔다.

"처음 왔을 때 여기에 이 집은 없었잖아? 생각해 보니까 그게 굉장히 신기하더라고."

하긴.

게다가 아래층에서도 바로 그 옛날이야기로 꽃을 피우고 있을 테니.

"이 집은요… 로렌스 씨가 돈을 잔뜩 벌고, 호로 씨가 온천 수맥을 찾아서 지은 거예요."

"그때는 나도 있었어?"

의자에 등받이가 없기에 뮤리는 콜에게 등을 기대며 그렇게 물었다.

"뮤리, 이러면 머리를 땋 수가 없잖아요…. 그때는 아직 없었어요."

뮤리의 등을 살짝 밀자 간지러운 듯이 웃으며 몸을 비튼다.

"처음 두 해는… 아니, 세 해였나… 이젠 기억도 가물가물한데, 한동안은 이 여관을 세울 준비를 했어요."

"땅도 파고?"

어린아이들은 왜 그런지 여기저기 땅을 파고 싶어 한다.

"그랬죠. 기둥을 세울 땅을 파고, 온천수를 끌어들이기 위해 홈도 파고…. 덕분에 몸도 약간은 탄탄해졌죠."

"전혀 그렇게 안 보이는데?"

장난으로 하는 말이 아닌 듯하니 더 속이 쓰리다.

콜은 어정쩡하게 웃은 뒤 말을 이었다.

"바닥에 돌을 까는 작업도 했어요. 그리고 수많은 직인을 구해서… 아, 옛날 생각이 나네요. 바빠서 눈이 팽팽 돌던 하루하루였죠."

일상에 묻혀 있던 기억이 되살아나자 콜은 눈을 감고 당시 풍경에 미소 지었다.

그러자 소외감이 들기라도 했는지 뮤리가 불만스럽게 몸을 까딱인다.

"그래서? 오라버니, 그다음엔?"

"아아, 미안해요. 그다음에는, 가게가 얼추 완성되어 사람들을 많이 초대하고 개업 축하 잔치를 했죠. 처마에 달린 간판 있죠? 그 간판도 그때 매단 거예요."

"그래~? 그럼, 그때는 나도 있었어?"

뮤리는 모르는 때의 이야기라서 그런지 자신은 언제 등장하는지 궁금한가 보다.

"그때는… 아아, 있었다고 할 수도 있겠죠. 아직 호로 씨의 배 속에 있었지만."

"흐응?"

"뮤리라는 이름을 지은 건 온천장 완공 축하식에서였어요."

그 말에 뮤리의 짐승 귀가 쫑긋 선다.

"그랬어?!"

확 돌아보는 바람에 땋으려고 나눠 놓은 머리 다발이 손에서 쑥 빠져 버렸다.

콜은 잠자코 뮤리의 몸을 바로 돌린 뒤 대답했다.

"그랬어요. 호로 씨의 옛날 옛적 친구이자 로렌스 씨와 호로 씨의 대모험을 함께한 루워드 씨네 용병단 이름이기도 해서요.

금세 결정 난 것으로 기억해요."

"흐응. 헤에~… 에헤헤."

자기 이름이 지어진 순간을 알게 된 것이 어지간히 기쁜지, 스커트 자락 밑으로 엿보이는 복슬복슬한 꼬리가 좌우로 살랑인다.

"그래서? 그다음엔? 내가 태어난 건 언젠데?"

"뮤리가 태어난 건… 그해 겨울이었죠. 아아, 그래요… 그랬죠."

"응?"

말끝을 흐리며 머리를 매만지던 손길도 멈춘 콜을 뮤리가 의아해하며 돌아본다.

눈을 감은 콜이 보고 있는 것은 정신없이 바쁜 집 안에서 미친 듯이 일을 해 댔던 기억이다.

"오라버니, 왜 그래?"

뮤리가 손을 잡고 흔들자 그제야 콜은 정신을 차렸다.

그때의 일을 떠올리니, 당시의 초조한 마음이 되살아난다.

그 원흉인 뮤리가 천진한 눈을 동그랗게 뜨고 있다.

"…뮤리가 태어나고 몇 년간의 일은 영원히 잊지 못할 거예요."

"어? 에헤헤, 진짜?"

뮤리는 기쁘기도 하고 부끄럽기도 한 듯한 반응을 보였다.

확실히 뮤리의 탄생은 경사였고, 온 가게가 화사해졌다.

아니, 화사하다는 말은 너무 에두른 표현이다. 좀 더 정확하게 말하자면, 불난 집이 되었다는 쪽이 가까우리라.

물론 당시 일을 알 리 없는 뮤리는 순수하게 기쁜 듯이 콜을 바라보고 있다.

"있잖아, 오라버니. 아가 때 나는 어땠어? 오라버니가 돌봐 줬다고 어머니가 그러던데?"

"네? 아아… 뭐, 그랬죠. 로렌스 씨도, 호로 씨도 둘 다 가게 경영을 안정시키느라 너무 바빴으니까요."

"하지만 난 아무리 생각해 봐도 그때 일이 하나도 기억 안 나…."

뮤리는 재미가 없다는 투로 말한다.

콜에게 놀아 달라고 조르다 거절당하고, 툭하면 참견하다 혼만 났는데 자기랑 놀아 줬다니… 그게 궁금한 거겠지.

"기억나는 건… 뭐랄까, 좀 이상하긴 한데, 덫에 걸린 생각만 나. 혹시 그냥 꿈인가?"

고개를 갸웃하는 뮤리는 참 귀엽다. 지금은 예쁜 옷을 입고 머리도 빗어 멋을 내서 그런지 이루 말할 수 없게 귀여웠다.

원래부터 몸이 호리호리한 데다 이목구비도 호로와 똑 닮아 반듯하다.

이러고 있으면 어디 내놓아도 부끄럽지 않을 여자아이인데.

저 속을 아는 콜은 지친 듯한 웃음밖엔 나오지 않는다.

"꿈이 아니에요."

"그래?"

천진하게 되묻는 뮤리에게 콜은 간질간질한 감정을 느끼며 대답했다.

"뮤리는 이만저만 씩씩한 게 아니어서… 어쩔 수 없이 그물 안에 넣어 천장에 매달아 두었어요."

"아… 어? 뭐어?!"

뮤리는 귀를 쫑긋 세우고, 입술을 앙다물었다.

"뭐야, 그게! 오라버니, 그렇게 못된 사람이었어?!"

"그런 게 아니에요. 아아, 그때 일을 생각하면 지금도 가슴이 벌렁거려요…."

그저 누워서 울며 젖만 보채던 시절에는 호로가 거의 상대했었다. 호로나 로렌스의 손이 도저히 비지 않을 때는 콜이 치다꺼리를 하기는 했으나 갓난아기인 뮤리는 그저 귀엽기만 했다.

고생이라고 해 봐야 호로에게 물려받은 짐승 귀와 꼬리를 아직 아가라 제대로 감추지 못하기에 남들 눈에 띄지 않게 감춰 주기만 하면 됐다.

그러나 이윽고 혼자 몸을 뒤집을 수 있게 되고, 훌쩍 일어서고 나자, 귀여움만으로 끝날 일이 아니게 되었다.

"난리도 그런 난리가 없었어요. 온갖 것을 만지고, 던지고,

내리치고, 잠깐 눈을 뗀 새에 사라지고, 다들 기겁하며 찾아다니면 엉뚱한 곳에서 쿨쿨 자고 있었으니."

"……."

뮤리는 기억에 없는 자신의 만행을 열거하자 '난 그런 거 모른다'는 투로 눈길을 피한다.

"하지만 그물 속에 넣어졌을 때의 뮤리는… 얼마나 귀여웠는지 몰라요. 그야말로 그물에 걸린 강아지처럼요."

콜이 웃음밖에 안 나온다며 체념한 듯 말하자, 뮤리가 조금 안절부절못하며 돌아본다.

"그랬어?"

"그때는 몸집이 작아서 꼬리가 몸만 했거든요. 그물 속에 웅크린 채 복슬복슬한 꼬리를 끌어안고 꼼지락대는 모습이 귀여웠어요. 로렌스 씨도 자주 넋 놓고 쳐다보고 있다가 호로 씨에게 야단을 맞았죠. 그러고 보니 꼬리 무는 버릇도 어느 사이엔가 사라졌네요."

입이 허전했는지 당시의 뮤리는 무는 버릇이 있어서 자주 꼬리를 침으로 처덕처덕하게 만들곤 했었다.

뮤리에겐 그게 좀 창피한 기억인지 어깨를 움츠리며 뺨을 붉힌다.

"그, 그런 거 안 해. 이젠 아기가 아니니까."

"그러게요. 뮤리도 다 컸네요."

그로부터 십 년이 흘렀다. 헤아릴 수 없을 만큼 야단치고, 식접하고, 웃기도 했다. 그랬던 뮤리도 이제 한 사람의 여성으로 첫선을 보일 날이 왔다. 앞으로는 오라버니, 오라버니 하면서 따라다닐 일도 없어질 것을 생각하면 좀 섭섭하기도 하다.

벌써 이러면 뮤리가 시집갈 땐 어쩌려고, 하며 자조했다.

"자, 머리 땋기도 거의 다 끝나가요. 자세 바로 해요."

뮤리의 머리는 신비롭게 냉한 기가 돌아 손가락으로 들어 올리면 사라락 흘러 내린다.

제대로 빗질을 하면 그야말로 빛이 나 땋는 데에도 즐거움이 있다.

머리를 좌우 중간 세 갈래로 나눠 좌우 양쪽을 먼저 땋은 후 중간 머리를 묶듯이 다시 땋는다.

공이 많이 드는 머리형인데, 온천장을 드나드는 무희에게서 배웠다.

다 되고 나면 아래층 사람들 눈이 전부 휘둥그레지리라.

하지만 정작 당사자는 그런 데엔 전혀 관심 없는 눈치다.

"하아… 앞으로는 이딴 옷차림으로 이렇게 귀찮은 머리를 하면서 살아야 하는 거야?"

그물 속에서 버둥대던 아기 때처럼 뮤리는 새로이 자신을 속박하려는 차림새 속에서 또 버둥댄다.

"매일 이렇지는 않죠. 날마다 이렇게 입으면 온천 일을 어떻게 거들어요. 그래도 지금까지와는 달리 좀 더 여자다운 차림과 행동거지는 필요해요."

"……."

대꾸는 하지 않는 대신 뮤리는 한숨을 푹 쉬었다.

"언제까지나 어린애로 있을 순 없으니까요."

포기란 걸 모르는 뮤리에겐 익숙하다. 덕분에 골머리를 앓기는 해도 그 또한 뮤리의 귀여움이라고 생각하는 콜은 웃으면서 머리 땋기 마무리에 들어갔다.

"그리고, 뮤리도 결혼을 해야 할 테니 지금부터 익숙해져야죠."

그 말에 뮤리는 다리를 까딱이며 말했다.

"결혼 같은 거 안 해. 아버지도 그럴 필요 없다고 했어."

외동딸에게 약하디약한 로렌스는 가끔 그런 소리를 해서 호로에게 엉덩이를 꼬집힌다.

로렌스의 심정을 이해 못 할 바 아닌 콜은 동정하듯 웃고는 한숨을 지었다.

"그럴 수는 없죠. 그게 세상사라는 거니까."

재는 재로, 먼지는 먼지로 돌아가듯.

사람은 신께서 정하신 세상의 흐름을 따라 살아야 한다.

"그래도 난 오라버니 곁이 좋은데."

뮤리는 토라진 듯 말하고는 콜에게 또 등을 기댄다.

물론 콜도 자신을 믿고 따르는 뮤리가 사랑스럽다.

하지만 미소에 쓸쓸함이 섞이는 것 또한 사실.

"나한테는 떼를 쓸 수 있어서 그렇죠?"

뮤리가 고개를 젖혀 콜의 턱밑에서 위를 쳐다본다.

따지는 듯한, 반항하는 듯한 눈빛이다.

"그런 거 아냐."

그 말에 콜이 어깨를 으쓱이자 뮤리는 그대로 콜의 가슴을 머리로 들이받았다.

콜은 웃으면서 박치기를 받아 내고는 머리를 토닥토닥 쓰다듬었다.

"내가 바라는 건, 뮤리가 평생 소중히 여기고 싶은 사람 곁에서 행복하게 사는 거예요."

"그러니까 그건…."

하며 항변하려는 뮤리를 콜은 뒤에서 가만히 끌어안았다.

"이렇게 잘 하고 있으면 뮤리는 참 멋진 매력을 가진 사람이에요. 하지만 구슬도 갈고닦아야 빛이 나죠. 뮤리를 돌아보게 하고 싶은 누군가에게 뮤리를 알리기 위해서 조금은 자신을 갈고닦아야 한다는 얘기예요."

그러자 뮤리는 더 불만스러운 표정을 지었다. 육포를 입에 물고 온 산을 뛰어다니는 게 즐거운 뮤리에게는 이런 설득이 통하지 않을 수도 있다.

그래도 이건 아주 중요한 이야기이니.

그 점을 다짐하듯 뮤리의 팔을 토닥이자, 문득 뮤리가 콜의 품속에서 몸을 틀었다.

"그럼 그 말은, 오라버니도 그렇게 생각한다는 거야?"

"네?"

하고 되묻자 뮤리가 이쪽을 돌아본다.

머리를 다 땋아 놓아서 그런지 평소보다 한층 어른스러워 보였다.

"오라버니도, 예쁘게 차려입은 여자애를 신부로 맞고 싶어?"

참으로 어린애다운 질문이라 콜은 온화하게 웃으며 대답했다.

"나는 성직자를 지향하니까… 하지만, 뭐 그렇죠. 도둑놈 같은 차림을 하고 옷자락으로 콧물을 훔치는 것보다 단정하게 입고 여자답게 웃는 사람이 더 좋죠."

뮤리는 말이란 것을 처음으로 듣는 갓난아기처럼 콜을 빤히 쳐다보고 있다.

그리고 콜이 말을 마치자 몹시 신묘한 표정으로 시선을 거둔다.

드디어 이해했나?

하여, 안도의 한숨을 짓고 있자 뮤리가 콜을 다시 보았다.

이번에는 좀 전보다도 묘하게 힘 있게.

"그럼, 그렇게 할게."

뮤리는 그러면서 웃어 보였다.

웬일로 말 잘 듣는 착한 뮤리의 모습에 콜도 기뻤다.

"알아들었어요?"

"응."

귀와 꼬리를 파닥대는 뮤리에게 콜도 웃음 짓는다.

"그럼, 새로이 태어난 멋진 모습을 여러분께 선보이러 갈까요?"

그러면서 어깨를 톡 치자, 마지못해하면서도 뮤리가 자리에서 일어선다.

머리를 땋고 근사하게 차려입은 모습이 더할 나위 없이 아름다웠다.

"아주 예뻐요."

"진짜?"

"그럼요."

콜의 대답에 뮤리가 기쁜 듯이 웃는다.

"자, 넘어지면 안 되니까 잡아요."

하며 콜이 내민 손에 뮤리는 가만히 손을 얹었다가 이내 맞잡았다.

그러고는 손에 힘을 꼭 준다.

"있잖아, 오라버니."

나란히 방에서 나가려는데 뮤리가 불러 세웠다.

"왜요?"

콜이 곁에 선 뮤리를 보자, 미소만 지으며 아무 말이 없다.

"?"

고개를 갸웃하자, 콜의 팔을 잡은 뮤리가 나서서 문을 연다.

"아무것도 아니야. 그보다, 아, 배고파!"

"뮤리, 바로 그런 점을 고쳐야 한다는 거예요."

콜을 돌아본 뮤리가 혀를 쏙 내밀더니 깔깔대며 웃는다.

하여간에 참, 하며 한숨을 짓지만 콜도 저런 뮤리의 모습이 싫은 건 아니다.

복도로 나서자 아래층의 야단법석이 또렷이 들려온다. 전직 행상인과 현랑이라 칭송받는 늑대가 차린 이 온천장의 기념비적인 날을 축하하는 소리다. 지금 그 자리에 새로이 탄생한 꼬마 숙녀가 내려가고 있다. 콜은 오라버니를 대신하여 그런 뮤리의 손을 이끄는 기쁨에 가슴이 벅차올랐다.

다만, 그래서 미처 알아채지 못했을 수도 있다.

콜의 곁에서 나란히 걷는 뮤리의 그 웃음을.

"오라버니, 머리 또 땋아 줄 거지?"

좀 전까지 그토록 싫어해 놓고, 라며 비웃지는 않는다. 번데기가 하루아침에 별안간 나비가 되듯, 여자아이도 별안간 그리 변할 테니.

"그럼요. 물론이죠."

뮤리가 기쁜 듯이 목을 움츠리며 어깨를 기대어 온다.

아래로 내려가 모습을 선보이자 이미 떠들썩하던 자리가 더 끓어올랐다. 칭찬이 쏟아지자 싫지 않은 기색인 뮤리의 곁에서 콜은 순수하게 그 성장을 기뻐했다.

그렇기에 결국 콜은 그 후로도 한참 알아채지 못했다.

작은 늑대의 가슴에 또렷이 태어난 마음을.

그리고 그 은빛 늑대의 교활함과 용의주도함을.

"오라버니."

마치 새색시처럼 사람들 앞에서 축하를 받던 뮤리가 콜을 올려다보았다.

"왜요?"

무방비하게 되묻는 콜에게 뮤리는 모친 호로를 쏙 빼닮은 웃음을 지었다.

"좀 부끄럽다."

신의 어린양인 콜은 양처럼 얌전히 대답했다.

"나는 뮤리가 이렇게 잘 자라 줘서 자랑스러워요."

뮤리가 짓궂게 웃는다.

딸의 성장에 눈물짓는 로렌스, 이미 취해서 깔깔대며 웃고 있는 호로, 조카딸처럼 뮤리를 예뻐하는 루워드의 앞에서 콜은 거짓 한 점 없이 그렇게 생각했다.

하지만 곁에서 미소 짓는 것은 현랑의 딸.

온천장은 개업 십주년을 맞았다. 뮤리는 아이에서 어른이 되었다.

그리고 콜의 새로운 고행길이 이제 막 열리고 있었다.

21권 끝

안녕하세요, 하세쿠라입니다. 그간 좀 뜸했지요…라는 서두를 거의 매일 쓰고 있는 요즘입니다. 그간 좀 뜸했네요….

위대한 작가 선생님께서 단편을 매달 내지는 정기적으로 쓰면 어느 결엔가 책이 된다며 그리 하라 권하셨는데, 정말 맞는 말씀이란 걸 실감했습니다. 이번 단편집도 언제 이렇게 썼지 싶어 좀 신기했습니다.

또, 이번 권에는 전부터 써 보고 싶었으나 좀처럼 쓸 기회가 없었던 소소한 소재로 글을 쓸 수 있게 되어 반가웠습니다. 벌과 관련한 이야기, 특히 이번 권을 위해 새로 쓴 이야기는 중세와 관련한 소재를 좋아하시는 분이라면 한 번쯤 의심한 적이 있으셨을 그것! 위키피디아 관련 항목에서는 유럽에서는 이미 폐기했다 하고, 귀중한 단백질 공급원인데 그냥 버린다는 게 말이돼? 하며 내내 궁금했는데, 마침내 이용법을 기록한 문헌을 찾아냈습니다. 뭐, 그 후에 관련 단어를 검색했더니 이미 야후 지식 주머니에 대답이 나와 있어 허무했습니다만…. 두꺼운 문헌을 읽다가 그간 몰랐던 일의 해답을 뜻밖에 발견했을 때의 그 기쁨은 인터넷 검색으로는 맛볼 수 없는 기쁨이라며 자신을 다독이고 싶습니다!

참고로, 『늑대와 향신료』 시리즈는 대개 피레네 산맥 너머 일대를 다룬 책을 바탕으로 하고 있으나, 최근에는 시대와 지역모두 아래로 내려간 근세 무렵 남방 지중해, 나아가 중근동의책도 읽고 있습니다. 모르고 있던 일이 천지라 재미있습니다.호로 일행이 사막에 가게 될지는 아직 불확실합니다만, 다른 시리즈 같은 곳에서 쓸 수 있게 되면 좋겠다고 몽상 중인 나날입니다.

또한, 최근 지치지도 않고 VR 작품을 제작하고 있습니다. 책이 나오지 않는 것은 이게 원인입니다….

현재 제작 중인 타이틀은 그 이름마저 〈늑대와 향신료 VR〉!원작자의 지위를 충분히 살리고, 관계자 여러분의 협력을 받아만들고 있습니다. 새로 쓴 시나리오의 VR 애니메이션 작품에호로의 꼬리를 복슬복슬하게 할 수 있는 미니 게임이 붙어 있습니다.

괜찮다면 한번 검색해 보세요.

그럼 칸도 다 채웠으니 이쯤에서.

다음 책에서 또 뵙겠습니다.

하세쿠라 이스나

늑대와 향신료 [21]

————————

2020년 1월 10일 초판 발행
2024년 4월 10일 2쇄 발행

저자 하세쿠라 이스나 | **일러스트** 아야쿠라 쥬우 | **옮긴이** 박소영
발행인 정동훈 | **편집인** 여영아
편집 팀장 황정아 김은실 | **편집** 노혜림
발행처 (주)학산문화사 | 서울특별시 동작구 상도로 282 학산빌딩
편집부 02.828.8838(전화), 02.828.8890(팩스) | **영업부** 02.828.8986(전화), 02.828.8989(팩스)
홈페이지 www.haksanpub.co.kr | **등록** 1995년 7월 1일 | **등록번호** 제3-632호

————————

OOKAMI TO KOUSHINRYOU Vol.21 Spring Log Ⅳ
©Isuna Hasekura 2019
Edited by 전격문고
First published in Japan in 2019 by KADOKAWA CORPORATION, Tokyo.
Korean translation rights arranged with KADOKAWA CORPORATION, Tokyo,
through Korea Copyright Center Inc.
이 책의 한국어판 저작권은 일본 KADOKAWA CORPORATION과의 독점계약으로 (주)학산문화사에 있습니다.
저작권법에 의해 한국 내에서 보호를 받는 저작물이므로 불법 복제와 스캔 등을 이용한
무단 전재 및 유포·공유 시 법적 제재를 받게 됨을 알려드립니다.

————————

ISBN 979-11-348-3789-1 04830
ISBN 978-89-529-9574-2 (세트)

값 7,000원

나를 좋아하는 건 너뿐이냐 8

라쿠다 지음 | 브리키 일러스트

〈제22회 전격소설대상〉 '금상' 수상작!
TV애니메이션 방영작!

어이, 죠로, 알고 있었어? '승리의 여신'은 체육관 뒤의 나무 위에서 갑자기 뛰어내린다고. 게다가 씩씩한 '공주님'의 모습으로 말이야. 내 마음속으로 마구 돌진하는 천진난만한 공주님. 투수와 매니저로서 서로의 거리를 좁혀 갔지…. 그런데 말이야. 공주님은 어느 날 갑자기 내게 '작별'을 고하고 눈앞에서 사라졌어. 어이, 죠로. 나는 어떻게 하면 좋지? 그게 그녀의 본심일까? 뭐? …하핫. 그래, 그렇군. 내가 할 일은 하나뿐이야. 그런고로! 어느 겁쟁이 야구 소년과 그 녀석을 좋아하는 자유분방한 여자아이. 우리가 보낸 한여름의 이야기를…. 들어 줘.

(주)학산문화사 발행

늑대와 향신료의 새로운 이야기

늑대와 양피지 4

하세쿠라 이스나 지음 | 아야쿠라 쥬우 일러스트

교회, 왕국, 상인.
삼색의 전쟁 속에 청년 콜, 몸을 던지다!

윈필 왕국 제2의 항만 도시 라우즈번. 뇨히라를 떠난 후로 처음 오게 된 대도시에 신이 난 현랑의 딸 뮤리. 그리고 교회 개혁의 사명에 가슴을 불태우는 콜. 그러나 막상 두 사람을 기다리고 있던 것은 무장한 세금 징수인이었다. 하이랜드의 기지로 궁지에서 탈출한 두 사람은 '여명의 추기경'이라 찬사받는 콜의 활약이 오히려 왕국과 교회 간의 대립에 박차를 가하고 있다는 사실을 알게 된다. 이대로 가다가는 전쟁을 피할 길이 없다. 뾰족한 수가 없는 가운데, 콜을 돕겠다며 나선 사람은 일찍이 로렌스의 호적수였던 여상인 에이브였다. 신마저도 겁내지 않는 이 수전노는 과연 적일까, 아군일까.

(주)학산문화사 발행